I0628727

LUCIÉRNAGAS

LISE GOLD

Traducido por
ROCÍO T. FERNÁNDEZ

Para Karen,
Mi amiga por correspondencia :)

Ser amada profundamente por alguien te da fuerza, mientras que amar a alguien profundamente te da valor.

— LAO TZU

1

LONDRES, REINO UNIDO

Una capa de vapor de agua cubría ya la mampara de la ducha cuando Mia abrió el agua caliente en su pequeño cuarto de baño. Se metió en la bañera y se frotó con la esponja, asegurándose de mantener la cabeza lejos del agua para no mojarse el pelo. La media hora extra en la cama le había dejado poco tiempo para el café y el secador, antes de ir al aeropuerto. Mia comprobó su estado de ánimo a conciencia; hoy se sentía inquieta. *Nada nuevo.* Quedarse en casa más de un día nunca le sentaba bien y estaba deseando que llegara el vuelo y ver otra vez a algunos de sus compañeros favoritos, después de tres días muy largos en casa. Había sobrellevado el fin de semana organizando el vestidor, jugando con el gato de sus vecinos, que seguía metiéndose en casa por el balcón, estudiando el curso de *"Árabe para principiantes"* y haciendo un poco de compra. Era difícil dormir por la noche cuando no estabas exhausta y la noche anterior no había sido diferente, con cuatro horas escasas de descanso. Hoy, sin embargo, era un nuevo día y cada mañana era como una pequeña victoria, especialmente ahora, que sobrepasaba la marca de ocho meses de sobriedad.

"Lo estás haciendo bien, Mia," se murmuró a sí misma. Aliviada por la perspectiva de volver al trabajo, levantó el dedo índice sobre el cristal empañado y escribió: *"Día 248."*

"Date prisa, Mia. Llevamos cinco minutos de retraso."
Mia recogió sus papeles, su maleta y siguió a su colega hacia la puerta de seguridad de los tripulantes de cabina en el Aeropuerto Heathrow.

"Relájate, Lynn. Tenemos mucho tiempo." Le dio a Lynn su carpeta. Durante trece años, Mia había hecho esto miles de veces y sabía exactamente cuánto se tardaba en llegar a la sala de reuniones. Abrió la maleta, sacó el portátil y lo puso en la bandeja, al lado de los líquidos, antes de saludar a sus colegas en la puerta de seguridad. "Además, yo soy la que está al mando, así que nadie nos va a dejar fuera."

Lynn suspiró. "Sí, tienes razón. Gracias a Dios." Soltó una risita. "No está mal ser amiga de tu jefa."

"Supongo que no." Mia echó una mirada rápida al móvil buscando los cumpleaños de los miembros de su tripulación antes de ponerlo en la bandeja junto al portátil. No había ninguno hoy así que no tendría que felicitar a nadie en la reunión. "¿Quién es el nuevo capitán? ¿Lo conoces?"

Lynn echó una ojeada a la planilla de horarios y frunció el ceño. "Capitán Alfarsi. Nunca he oído nada de él. ¿Y tú?"

"No," dijo Mia sin prestar atención. "Nunca he volado con él." Tenía cosas más importantes en las que pensar que el capitán. "Me alegra tener algún tiempo libre en Dubái. Por lo menos, podré hacer una visita a la peluquería." Se frotó las sienes y cerró los ojos un momento, un poco preocupada por el dolor de cabeza que se le estaba levantando justo antes de un vuelo de larga distancia. "Esta mañana no me podía levantar de la cama así que no he podido ni lavarme el pelo. Está demasiado largo para manejarlo sin la crema suavizante."

"Puedes hacer sitio para seis citas a la peluquería mañana si quieres," le contestó Lynn animadamente. "No volamos de vuelta hasta después de medianoche." Levantó el dedo. "Pero, solo para que lo sepas, no voy contigo esta vez. Levantarme al amanecer esta mañana tampoco ha sido fácil para mí y estoy deseando levantarme tarde." Se ajustó el gorro azul marino sobre su flameante pelo rojo, asegurándose de que se ladeaba un poco hacia la izquierda.

"Ah, ¿sí? ¿Fin de semana intenso?," Mia le dirigió una sonrisa burlona a su colega favorita.

"Algo así." Lynn sacó su portátil también y lo puso en una bandeja antes de poner su carpeta y su bolso de mano en otra. "Oye, deberías salir con nosotros la semana que viene. Tenemos una escala de tres noches en Nueva York y estamos planeando una grande." Hizo el gesto de beber y se rió.

"Salir no es lo mío, como bien sabes." Mia levantó los brazos al pasar por el escáner del cuerpo. Cogió sus cosas en la otra parte y cerró la maleta. "De hecho, es probablemente mi peor pesadilla. Prefiero acurrucarme con un buen libro y levantarme fresca."

"¡Venga! Siempre dices eso." Lynn bajó los brazos, se estiró la chaqueta y se unió a Mia al otro lado de la puerta de seguridad. "No voy a seguir preguntándote siempre."

"No hace falta." Mia la ayudó a recoger sus cosas y se dirigieron a los cuarteles de los trabajadores. "En realidad, no soy bebedora."

"Aburrida," Lynn entornó los ojos. "Eres mi colega favorita y ni siquiera puedo emborracharme contigo." Bajó la voz cuando se acercaban a la sala de reuniones. "Además, nunca vas a echar un polvo si no sales y conoces gente nueva."

Mia soltó una risita. "Estoy muy bien sola, gracias," dijo, manteniendo la voz baja. "E incluso si quisiera conocer a alguien, hay un montón de aplicaciones para eso hoy en día." Se giró a Lynn con una sonrisa sarcástica. "Pero, hasta ahora, las mujeres solo han sido un problema para mí, así que creo que estoy mejor sola." Deslizó su tarjeta para abrir la sala de reuniones número veintiocho y se dirigió al frente de la sala antes de saludar al grupo de miembros de la tripulación de cabina que estaban esperándola.

"Hola a todos, siento llegar tarde. Me llamo Mia Donoghue y soy la sobrecargo hoy, al mando de las tripulaciones de cabina y pasajeros en el vuelo CY3044 a Dubái." Les sonrió y saludó con la mano. "Ya sé que la mayoría de vosotros me conocéis y también entre vosotros, pero tenemos un par de caras nuevas, así que estaría bien si nos presentamos primero."

Los trece miembros de la tripulación, incluida Lynn, dijeron sus nombres y posiciones, de uno en uno. Mia conocía a la mayoría bastante bien, pero la reciente expansión de la aerolínea a tres nuevos destinos significaba que, normalmente, había uno o dos miembros de tripulación de cabina que no conocía de antes. Después de las presentaciones, avanzó y dio información sobre el vuelo, la lista de pasajeros, dietas especiales o alergias, pasajeros VIP y pasajeros descontentos o de riesgo. Luego distribuyó el trabajo y las tareas a los miembros de la tripulación, pasó quince minutos informando sobre la seguridad y casos de primeras ayudas, comprobando sus conocimientos.

"Bueno, ¿todo claro? ¿Alguna pregunta?" Les preguntó una vez que se trataron todos los temas. "¿Nada?" Miró por la sala. "Excelente. Tenemos algo de tiempo de sobra, así que tomaros un café antes de embarcar".

2

LONDRES, REINO UNIDO

Ava se dirigió a la sala asignada para la tripulación técnica para la reunión con sus dos oficiales de alto cargo. Solo llevaba tres semanas en el nuevo trabajo y todavía tenía que acostumbrarse a estar al mando. Aunque le gustaba ser la número uno, tener a hombres informándole a ella, que, a menudo, eran mucho mayores, podía ser un desafío. Respiró profundamente mientras se daba una arenga interna. *Lo tienes, Ava. ¿No es esto lo que persigues? ¿Tener el control?*

"Buenos días, capitán", le dijo su oficial de primera Jack Weldon. Jack y su oficial de segunda, Frank Fletcher-Hunt, ya estaban sentados, ambos tomando café en vasos para llevar. Ava sintió una mezcla de inquietud cuando caminaba hacia los dos hombres, quienes, a juzgar por la expresión de sus caras, habían estado hablando de ella. Ya había volado antes con Jack y sabía que, de momento, no iba a causar problemas. Él se consideraba demasiado divertido y guapo para sentirse amenazado por una mujer, y sus chistes, que rozaban lo ofensivo, no eran dañinos. Frank era más reservado. Parecía estar en los cuarenta y muchos, que era más mayor de lo normal para un oficial de segunda. Era delgado, con ojos demacrados y cansados y su pelo oscuro peinado hacia atrás, empezaba a ponerse gris.

"Hola Jack, encantada de volar contigo otra vez. Y Frank, encantada de conocerte. Soy la capitán Ava Alfarsi. Por favor, llámame Ava." Se estrecharon las manos antes de echar un vistazo al reloj. "¿Llego tarde?".

"No" Jack negó con la cabeza. "Nosotros hemos llegado temprano. La mujer de Frank nos ha traído. Trabaja aquí, en el aeropuerto".

"Ah, ¿sí? ¿En qué trabaja?" le preguntó Ava.

"Control de tierra". La respuesta de Frank fue corta, como si no tuviera intención de charlar con ella.

Ava fingió no darse cuenta. Sabía que la situación mejoraría. Jack ya se había relajado con ella y Frank también lo haría con el tiempo. "Vale, estupendo. Tengo tiempo para tomarme uno de esos" dijo, señalando sus vasos. Se dirigió a la máquina de café, se hizo un expreso e hizo una mueca cuando tomó un sorbo. La sustancia acuosa no sabía para nada a expreso. "¿Qué demonios es esto?".

"Sí, sobre eso..." dijo Frank señalando el vaso. "Alguien debería haberte avisado sobre esa máquina. No me he acercado a ella en años". Levantó su propio café artesano, que olía delicioso, entrecerrando sus ojos mientras observaba a Ava con curiosidad.

Ava había visto esa mirada muchas veces en las últimas semanas. Todos pensaban que era demasiado joven para el trabajo la primera vez que la conocían. Su edad, su apariencia, y que fuera mujer, no ayudaban a tener el respeto de la gente que volaba con ella. La primera reacción era siempre mirarla de arriba abajo con sorpresa, como si esperaran verla en la portada de una revista de moda de Oriente

Medio en vez de en la cabina de mando. No estaba bien, pero era algo a lo que tendría que acostumbrarse.

"Muy bien, empecemos entonces", dijo Ava mientras se sentaba y alejaba su vaso de café. "Dubái".

"Sí", Jack sonrió de oreja a oreja. "Dubái está bien. Siempre nos quedamos en el mismo hotel que el personal de cabina cuando estamos allí".

Frank rió entre dientes también pero no dijo nada.

"De acuerdo". Ava arqueó una ceja, ignorando la implicación sexual de su comentario. "Estupendo. Me dará la oportunidad de conocer a algunos". Sabía que no era normal que los capitanes conocieran a todos los miembros de la tripulación personalmente, pero ella siempre prefería conocer a la gente con la que volaba. Era agradable tener la opción de pasar tiempo con otra gente aparte de su equipo, quienes, en su experiencia, a menudo no tenían interés en relacionarse con la tripulación de cabina a menos que creyeran que se iban a acostar con ellos, que era, claramente, el caso de Jack. Abrió su carpeta de piel que contenía el plan de vuelo y se giró a sus colegas.

"Asumo que os conocéis si estáis compartiendo coche". Los dos hombres asintieron. "De acuerdo, entonces podemos saltarnos las formalidades. Frank, no hemos volado juntos antes. Como ya te he dicho, puedes llamarme Ava. Si estamos en vuelo y notáis algo inusual, confuso o algo que parece incorrecto, por favor, decídmelo enseguida para que podamos solucionar la situación. Si no estáis de acuerdo con alguna de mis decisiones o actuaciones, decídmelo inmediatamente. ¿Está claro?".

"Todo claro" dijo Jack.

"Claro" asintió Frank.

"Genial" asintió Ava también. "Jack, ¿estás bien para hacer el despegue? Yo haré el aterrizaje". Sabía que Jack estaba ansioso por ascender, igual que ella lo había estado cuando estaba en su lugar.

"Completamente" dijo Jack, tratando de ocultar su excitación.

"De acuerdo. Harás el despegue entonces". Escribió notas en la primera página del libro de registro mientras hablaban de los descansos en el horario y dividían las tareas que harían durante el vuelo. "Frank, ¿puedes, por favor, ponernos al día sobre el tiempo?".

"Desde luego, capitán". Frank les acercó una copia y les dio una actualización del parte meteorológico, que incluía la velocidad del viento estimada y direcciones de cada pista de aterrizaje anticipada. Revisaron la ruta y hablaron sobre rutas alternas en caso de condiciones adversas en el tiempo. Luego trataron la actuación de la nave, tasaron su peso y equilibrio, comprobándolo para cambios de última hora antes de decidir cuánto combustible necesitarían. Ava veía que los dos oficiales habían hecho esa ruta antes. Estaban seguros en sus respuestas y parecían relajados ante su próximo vuelo.

Ava pasó una página y les habló de varios mensajes de la compañía en el informe del viaje. Había un pasajero en silla de ruedas y dos bebés, todos en clase turista. "También tenemos cinco pasajeros en lista de espera. No me importa aceptarlos si estáis de acuerdo." Aunque era ella quien tenía la última palabra, incluía a sus oficiales en todas las decisiones, con la esperanza de establecer una buena relación de trabajo. Hasta ahora, sus esfuerzos parecían aceptados y notó que la actitud de Frank hacia ella se estaba relajando lentamente. *Bien. Quizá pueda conseguir algo con este.*

3

LONDRES, REINO UNIDO

"**B**ueno, siguiendo con nuestra conversación sobre citas" decía Lynn mientras se dirigían al avión, "¿has considerado alguna vez volver a salir con un hombre?". Le dio un empujón juguetón a Mia. "Definitivamente te lo recomiendo. La semana pasada salí con un oficial de primera de Falcon Air y se pasó toda la noche..."

"Asqueroso. Ahórrame los detalles" la interrumpió Mia. Levantó una mano e hizo una mueca cuando entraban al A380, saludando a los trabajadores de limpieza que estaban a punto de salir. "No quiero oír nada de tu vida sexual Lynn. Es molesto. Y en cuanto a los hombres, ese capítulo de mi vida se cerró hace mucho tiempo. Dieciséis años, para ser más precisa." Miró alrededor de la espaciosa nave y saludó a uno de los pilotos, con el que había volado muchas veces. "Hola Jack. ¿Estás bien?".

Jack asintió mientras introducía el código para abrir la puerta de acceso a la cabina de mando. "Todo bien" dijo. "Esperando al capitán nuevo. Tenía que ir al baño de señoras". Jack pronunció la palabra *señoras* con una sonrisita.

"¿Estás diciendo que capitán Alfarsi es una mujer?" le

preguntó Mia. Movió la cabeza. "¿A quién le importa? Bien por ella. Y deberías relajarte con el sarcasmo Jack. Es tu jefa, lo que significa que es mejor piloto que tú" Mia le lanzó una botella de agua y abrió otra para ella mientras seguía a Lynn por el avión, comprobando los extintores de fuego, los contenidos de la caja de primeros auxilios, las unidades de oxígeno portátiles y la zona de descanso de la tripulación. Todo estaba bien, como siempre. Estaba contenta de trabajar, por fin, para una línea aérea igualitaria. Mia había conseguido su trabajo de sobrecargo hacía poco más de un año, lo que significaba que ahora trabajaba solamente en primera clase en la mayoría de los vuelos, cuidando a su plantilla y a los pasajeros VIP. Con solamente de doce a veinte pasajeros y, por tanto, menos llamadas, era una delicia comparado con las cabinas repletas de clase turista, llenas de niños llorando y pasajeros exigentes quienes, por supuesto, siempre tenían razón. Además de las calificaciones básicas requeridas para tripulante de cabina, había pasado por un programa de formación rígido, que incluía gestión, pediatría y primeros auxilios de emergencia, jefe de bomberos, un curso sobre vinos, de camarera, de servicio de cubiertos, de etiqueta e incluso un curso de cómo arreglarse el pelo y maquillarse de una manera concreta. Lo último no le importaba normalmente pero lo básico en primera clase pedía que toda la tripulación estuviera impoluta y con la cara fresca en todo momento.

"Toma" Lynn le dio una de las tabletas de la tripulación, que contenía toda la información de sus pasajeros y los VIPs, incluyendo lo que les gustaba y lo que no, dietas o alergias, preferencias en las bebidas y el objetivo de su viaje.

"Solo uno problemático hoy" dijo Mia en voz alta mientras miraba la lista de pasajeros una vez más. Reconoció el nombre del asiento 3b inmediatamente. "Yo atiendo a Lord McIver, sé cómo manejarlo".

"Gracias" dijo Lynn mirando a un lado, distraída por algo en la parte delantera. "Madre mía, mira eso. Quizá deberías asistir al personal técnico también." Le guiñó un ojo, señalando a la parte delantera del avión.

Mia seguía concentrada en la tableta. "¿El personal técnico? Creía que eso era lo tuyo. ¿Tirarte a un piloto para poder jubilarte pronto?" Se rió con su propio chiste.

"Solo mira, Mia"

Mia giró la cabeza con reticencia hacia adelante, donde la nueva capitán se demoraba en las escaleras que la llevaban a la cabina de mando mirando su teléfono. La atención de Mia se disparó cuando vio por un segundo la cara de la mujer cuando levantó la cara para saludar a algunos miembros de la tripulación. Mia pensó que estaba nerviosa. O quizá solo se lo imaginaba. Mia había conocido a alguna capitán mujer antes pero no había muchas. Incluso desde lejos veía que esta mujer era más que deslumbrante. Era alta, supuso que un poco más alta que ella y tenía una figura delgada. El pelo bajo la gorra era negro azabache recogido en una cola larga y tenía una sonrisa mona. Mia intentó hacer contacto visual para poder saludarla pero la capitán no se dio cuenta. En vez de eso, subió las cortas escaleras, abrió la puerta a la plataforma de vuelo y desapareció.

Lynn se giró a Mia. "Hostias, es despampanante" le susurró. "¿No crees?".

Mia no contestó y volvió a la tableta, fingiendo memorizar el nombre de sus pasajeros.

"Venga Mia. Tienes que servirle hoy. Rara vez tenemos capitanes mujeres" le dijo Lynn con una sonrisa pícara. "Y aunque está muy buena, me temo que no es para mí".

"Bueno" Mia entornó los ojos. "Solo porque tú seas una

pervertida, no quiere decir que yo lo sea. Y, además, es estúpido que asumas que todas las pilotos mujeres son gay, ¿no crees?". Se dirigió al bar para comprobar que todos los compartimentos estaban llenos y puso botellas de champán en las cubiteras. "Y también es ofensivo que insinúes que estoy tan desesperada que me lanzaría a cualquier lesbiana que se me cruce".

Lynn ignoró la mueca de su amiga y se comió una trufa de chocolate de uno de los frigoríficos. "Lo que tú digas" continuó con la boca llena. "Aún así, creo que deberías atender al personal de vuelo hoy. Voy a ver si los otros miembros de la tripulación están listos para el embarque."

4

LONDRES, REINO UNIDO

"Tripulación, a sus puestos". La voz de la capitán era suave pero segura.

Mia, Lynn y su colega Farik se pusieron en fila en la entrada de primera clase para dar la bienvenida a sus pasajeros. Después del despegue Farik atendería el bar mientras Mia y Lynn servían la cena. Farik era experto en dar conversación y hacer cócteles. Después de años de experiencia en hoteles de cinco estrellas y restaurantes Michelin, sabía exactamente lo que los pasajeros de primera clase esperaban. Mia agradecía no tener que relacionarse con los "bebedores sociales" que había hoy. La gente siempre se emborrachaba demasiado en los vuelos.

"Todo listo". Lynn comprobó su maquillaje en su espejo de mano y alisó la corbata de Farik antes de abrir la cortina. El primer pasajero venía acompañado por el puente del avión que conectaba directamente la sala de espera con la nave.

"Bienvenida señora Huntington, es estupendo tenerla de nuevo". Mia sonrió a la señora mayor que ya había volado con ella muchas veces.

"Encantada de verte también Mia". El acompañante de la señora Huntington le dio a Mia su equipaje de mano para ponerlo en el compartimento de su asiento antes de sentarse en la espaciosa cabina privada, que incluía una mesa pequeña con papel y sobres, un mini bar lleno, una pantalla táctil y un neceser con artículos de baño, productos para el pelo y un espejo extraíble. Bajo petición, el asiento se desplegaría después del despegue, con un colchón de goma espuma, dos almohadas suaves, un edredón y un pijama, mientras el pasajero se duchaba o tomaba algo en el bar. Mia encendió la pantalla para su pasajera y sacó la mesa de la pared frontal de la cabina.

"¿Le sirvo una mimosa? ¿O prefiere otra cosa hoy?".

"Una mimosa sería maravilloso, gracias".

Mia ajustó la almohada detrás de la espalda de la señora Huntington y la anciana suspiró mientras se hundía en su silla.

"Gracias Mia. Estoy muy cómoda".

Mia asintió y sonrió otra vez. La constante sonrisa era un desafío algunas veces, pero nunca con la señora Huntington. Le había contado a Mia en uno de sus vuelos anteriores que era jefa de operaciones del negocio familiar, con oficinas en Londres, Nueva York, Hong Kong y Dubái. Siempre estaba de buen humor y era un placer tenerla en el vuelo.

El vuelo de hoy solo duraba siete horas, lo que quería decir que sus pasajeros estarían menos inquietos y serían menos exigentes que en uno de larga distancia. También habría menos que querrían que le hicieran la cama, lo que ahorraría a la tripulación mucho tiempo. Mia preparó la mimosa y se la sirvió en una bandeja con servilleta de lino y una selección para picar. Después se dirigió al pasajero que suponía su mayor reto – Lord McIver – a quien, generalmente, no le gustaba nada del servicio pero que continuaba volando con su aerolínea una y otra vez.

"Buenos días Lord McIver. ¿En qué puedo ayudarle hoy?". Mia decidió no sugerirle ninguna bebida esta vez porque siempre encontraba la manera de reírse de ellos aunque hubiera pedido exactamente lo mismo antes. Asintió brevemente y la miró con ojillos brillantes.

"Hola Mia. Otra vez tú. Gracias a Dios, empezaba a preocuparme tener que lidiar con la vaga de detrás." No se molestó en bajar la voz cuando Lynn pasaba por su cabina. Mia ignoró la mueca dirigida a su amiga y, en vez de eso, desplegó una sonrisa deslumbrante en su boca.

"¿Le pongo algo de beber? ¿Y quiere que le haga la cama después del despegue?". Lord McIver soltó una sonrisa sarcástica y negó con la cabeza.

"¿Hacer mi cama? ¿Crees que he llegado tan lejos durmiendo todo el día?".

"No creo," le contestó Mia educadamente "pero todo el mundo necesita dormir de vez en cuando". Le dio una carpeta de piel con la selección de bebidas. Aunque solo eran las ocho de la mañana, estaba segura de una cosa: Lord McIver siempre estaba de humor para beber. "Tenemos un nuevo escocés, una barrica doble de doce años".

Cogió la carpeta y echó un vistazo a la lista. "Muy bien, voy a probar ese. Lo tomaré doble".

Mia le puso un doble, más otro trago generoso del escocés, se dirigió al panel de control y ajustó la temperatura de su asiento lo justo para que se sintiera cómodo y con sueño después de beber. Siempre funcionaba. En siete horas se despertaría con el portátil abierto delante de él y preguntándole por qué no le había hecho la cama pero, por lo menos, no la molestaría con sus ridículas exigencias todo el día.

. . .

"Voy a llevarle a Jack su almuerzo" le dijo Mia a Lynn después de haber servido a todos. "Y comprobaré si quieren algo más".

"¡Ja!. Sabía que no podrías resistirlo. Entonces, ¿estás interesada?" Lynn estaba encima de ella, como siempre. Mia no soportaba que pareciera saber exactamente lo que estaba pensando y que nunca se contenía al verbalizar sus pensamientos.

"Para nada" le replicó Mia sin sonar muy convincente. "Pensé que podría relevarte de una de tus obligaciones por una vez. Deberías estar agradecida".

Sin pensarlo, fue hasta el aseo de la tripulación a mirarse el pelo y el maquillaje. Todavía estaba presentable aunque nunca le gustaba ver una línea de ojos excesiva y pintalabios en el espejo. Le hacía sentir como un payaso de vez en cuando pero la aerolínea tenía políticas estrictas y ya se había acostumbrado a ellas. Llevaba su pelo largo y castaño oscuro recogido en un moño trenzado, cubierto con una goma elástica azul marino y dorado que hacía juego con su ajustada falda azul, camisa blanca y chaqueta azul. Afortunadamente, no tenía que llevar tacones altos ni el gorro durante el servicio pero, después del aterrizaje, tendría que volver a ponerse los dolorosos tacones en sus pies cansados antes de agradecer a los pasajeros su viaje a la salida. Mia miró fijamente esos ojos marrones en medio de su cara en forma de corazón y se sonrió a sí misma. Solo tenía treinta y tres años pero el maquillaje le hacía parecer mayor y eso era bueno. Los pasajeros solían confiar más en los auxiliares de vuelo que aparentaban mayor edad, especialmente en primera clase. Se lavó las manos, sintiéndose algo nerviosa antes de dirigirse a la cabina de mando.

5

LONDRES, REINO UNIDO, A
DUBÁI, EAU

"Soy Mia. Traigo tu comida, Jack". Mia habló alto y claro por el intercomunicador. Se echó a un lado para que la cámara registrara que no había nadie detrás de ella e introdujo el código para abrir la puerta a la cabina cuando se encendió la luz verde. La capitán fue la primera en girarse cuando entró.

"Hola capitán. Encantada de conocerla". Mia le dio la bandeja a Jack y alargó la mano para saludarla formalmente.

La capitán miró su credencial y movió la cabeza. "Mia, claro. Eres la sobrecargo. Es un placer conocerte. Soy Ava Alfarsi. Por favor, llámame Ava."

Mia se dio cuenta de que la capitán parecía relajada, ahora que estaba segura en su cabina de mando. Sintió un cosquilleo inusual en el estómago cuando sus ojos se encontraron.

"Bueno, Ava. En una hora vuelvo con la comida de Frank y en dos horas con la tuya. ¿Está bien?". La comida de la tripulación técnica nunca se servía al mismo tiempo para evitar una intoxicación alimenticia así que los pilotos tenían un horario estricto al que ceñirse en el servicio de vuelo.

Ava le mantuvo la mirada antes de retirar la mano. Era una mano elegante, como la de una pianista, o una artista, con dedos largos, uñas cortas pintadas y muñeca delgada.

"Estupendo, gracias" dijo. "¿Podrías traerme una botella de agua extra también, por favor? Con gas si es posible".

"Claro" Mia sonrió mientras miraba los ojos verdes de Ava. Eran tan claros que parecían casi sobrenaturales. Por un momento se le olvidó por qué estaba allí. El pelo de Ava brillaba bajo la luz que tenía sobre ella y parecía mucho más accesible ahora, sin la gorra del uniforme tan formal que llevaba antes. Su piel era inusualmente pálida, comparándolo con el pelo tan negro, y con un pequeño color natural en sus mejillas. Parecía descendiente de Oriente Medio, pensó Mia. *Guau. Es despampanante de verdad.*

"Disculpa". Mia movió la cabeza y se giró a los oficiales seniors. "¿Frank, quieres algo más? ¿Y tú, Jack?".

"Agua para mí también". Frank levantó la mano. "Agua con gas, con limón, una gota de licor de flor de saúco y dos cubitos de hielo".

Ava se giró hacia él, arqueó una ceja y soltó una risa sarcástica. "Deja el jodido limón y el licor, Frank. Estoy segura de que Mia tiene mejores cosas que hacer que preparar bebidas de chicas". Lamentó sus palabras en cuanto las dijo – la medio broma no le acercaría a Frank pero no le gustaba el tono con el que hablaba a Mia. La miró de nuevo, los ojos fijos en ella, como si intentara leerle la mente. Mia estaba pegada al suelo, incapaz de desviar la mirada. Había algo en la mirada de la capitán que la asustaba e intrigaba al mismo tiempo.

"Por supuesto. Perdón. Solo agua" dijo Frank con cara de pocos amigos, interrumpiendo el momento.

"No te disculpes". Mia se alejó de ellos y se dirigió a la puerta de la cabina. "No hay problema. Vuelvo en una hora."

"¡Y otro café solo para mí!" dijo Jack intentando llamar su atención. Pero Mia ya se había ido y olvidado que ni siquiera estuviera ahí.

M ia se escabulló al aseo y se apoyó en la pared, dando un profundo suspiro. *Joder. ¿Qué ha sido eso?* Abrió el grifo y se echó agua fría en la cara, recordando demasiado tarde que estaba cubierta de maquillaje. *Vale Mia, componte. Puede que sea la mujer más sexy que hayas visto jamás pero eso no quiere decir que sea gay o que esté remotamente interesada en ti.* "Cálmate" le dijo a su reflejo en el espejo mientras se secaba la cara. "Cálmate y haz tu trabajo. Hoy estás al mando".

"B ueno, ¿cómo es la nueva capitán?" le preguntó Lynn mientras pasaba junto a Mia con un carrito lleno de café árabe, dátiles rellenos y baklava fresco.

Mia bajó la mirada a las manos que le temblaban mientras echaba agua con gas en un vaso con licor de flor de saúco, limón y hielo. "Está bien. Agradable".

Lynn se paró, retrocedió dos pasos y escudriñó su cara. "Solo bien, ¿eh?". Le soltó una sonrisa burlona antes de dirigirse a servir a una pareja de la última fila.

6

LONDRES, REINO UNIDO, A DUBÁI, EAU

A va se acomodó de nuevo en su asiento, relajándose un poco después de dos horas en modo crucero.

"¿Es este tu primer viaje a Dubái?" le preguntó Jack. Su despegue había sido perfecto y estaba de muy buen humor. Incluso empezaba a gustarle un poco a Ava. Frank todavía estaba un poco cascarrabias pero tampoco demasiado mal. Finalmente, y por aburrimiento, había empezado a hablar.

"No, lo he hecho un par de veces pero no a menudo. Pero es la primera vez con esta aerolínea" Sonrió. "Pero no os preocupéis chicos, creo que recuerdo dónde está".

Los dos rieron.

"Más te vale". Jack señaló la puerta con la cabeza. "¿Conoces a algún miembro de la tripulación de cabina ya?" le preguntó. "Unos cuantos vamos a quedar en Nueva York la semana que viene. He visto que también estás en el horario, deberías venir" Le guiñó un ojo. "No volamos en cuarenta y ocho horas, ya sabes lo que quiere decir."

"Gracias por la invitación." Ava sonrió mientras comprobaba su navegación y actualizaba sus notas. "Me encantaría pero creo que estaré ocupada."

"¡Ah!" Jack meneó las cejas. "¿Tienes una cita? ¿Alguien en Tinders?" Cuando Frank le dio un codazo, de pronto, se dio cuenta de que estaba siendo demasiado cotilla y, aunque Ava no parecía ofendida lo más mínimo, era a su capitán a quien estaba hablando. "Lo siento" le dijo "¿Estás casada? ¿O estás saliendo con alguien?" Sacudió la cabeza. "Lo siento, no pretendía..."

"No, está bien" le interrumpió Ava. "Estoy soltera y no estoy en ninguna aplicación de citas, solo voy a quedar con una amiga, quizá". Mantuvo el tono lo más cordial posible, sin dar demasiada información. No era asunto suyo pero no le culpaba por preguntar. Iban a pasar mucho tiempo juntos e iba a ser muy aburrido no charlar. El intercomunicador vibró cuando la sobrecargo se dejó ver y entró otra vez a la cabina de mando. Ava se giró para echarle otro vistazo a la atractiva mujer de pelo oscuro y grandes ojos marrones. Esa era una de las ventajas del trabajo, tenía que admitirlo. Un placer para los ojos. No es que hubiera muchos gays en la tripulación y, aunque lo fueran, no salía con nadie en el trabajo. Joder, no salía con nadie en general. Sonrió y cogió la bandeja con la cena que Mia le daba, mirándola a la cara. *¿Está bien?* Los ojos de Mia estaban abiertos de par en par, mirándola como si acabara de ver un fantasma. Era el tipo de mirada que ya había visto antes pero siempre le sorprendía. Ava no se consideraba guapa aunque se lo decían bastante. No dedicaba mucho tiempo a su apariencia, al contrario que la tripulación de cabina, y tampoco se miraba al espejo muy a menudo. Después de todo, era piloto y estaba fuera de escena y de vista.

"Aquí tiene la cena, capitán. Digo, Ava."

Ava cogió la bandeja y la puso en la mesa plegable del reposabrazos. Ver a Mia le produjo un vuelco en el corazón por tercera vez ese día. Parecía un poco nerviosa cuando venía a cabina y se le habían olvidado sus pedidos varias veces, y había traído a Frank, que era vegetariano, un filete de solomillo hacía una hora. Hubo un momento en que Ava estaba segura de que se habían comunicado de manera diferente, intentando ver la una a la otra con una mirada fugaz. Sonrió. *Esto es raro.* Ava continuó mirando fijamente a Mia y preguntándose por qué no podía dejar de mirarla. Mia era un poco más baja que ella y tenía una figura fantástica. Su piel estaba bronceada y tenía un agradable color en sus mejillas. *¿O quizás se estaba ruborizando?* Sus ojos eran de color miel oscuro, casi escondidos por sus pupilas dilatadas y tenía una cicatriz pequeña bajo el nacimiento del pelo en el lado derecho de la frente, casi imperceptible bajo el maquillaje. Ava tragó saliva y se recompuso.

"Gracias Mia. Esto tiene una pinta fantástica. Supongo que te veré en Dubái."

7

DUBÁI, EAU

Ava vio cómo Mia caminaba delante de ella de camino al minibús que las llevaría al hotel, un trayecto corto desde el aeropuerto. Normalmente los pilotos y la tripulación de cabina se quedaban en hoteles diferentes pero Dubái era la excepción, ya que el hotel donde se hospedaban era de la compañía madre de la línea aérea. *Dios mío, es sexy. Espero poder hablar con ella.* Ava notó el leve contoneo en sus caderas mientras llevaba la maleta pequeña a su lado. La reacción de Mia cuando se conocieron en cabina no había pasado desapercibida y lo más extraño era que Ava no podía evitar sentirse agitada ella misma. Era poco usual sentir una atracción instantánea pero claramente había un extraño tirón entre ellas y Ava no podía dejar de mirar el trasero de Mia. Era difícil calibrar la sexualidad de Mia. Iba de uniforme y parecía como el resto de las azafatas de la aerolínea. Pero algo en la mirada de Mia le decía que el interés era mutuo. Ava sacudió la cabeza y puso los ojos en blanco, maldiciéndose por desear a un miembro de la tripulación, después de solo tres semanas en este trabajo. *Jesús, ¿de dónde viene esto?* Era como si solo mirar a Mia despertara en ella una avalancha de excitación y se moría por saber más de la sobrecargo de pelo oscuro. La veía reírse mientras se montaba en el autobús con sus colegas. Era una risa fuerte y sincera, compartiendo la diversión con la auxiliar de vuelo pelirroja.

Ava se quitó la gorra un momento, se pasó la mano por el pelo y se lo volvió a poner. Después de registrarse, por fin se había podido quitar el uniforme, demasiado caluroso para el calor del emirato. Esa era una de las reglas estrictas de la aerolínea; llevar el uniforme era obligatorio hasta que llegaras al hotel. No se les permitía quitarse la chaqueta, la gorra o incluso la identificación hasta que estuvieran en la privacidad de sus habitaciones. Ava estaba deseando nadar, acostarse pronto y, quizá, un par de horas de visita turística mañana para celebrar su primer vuelo a Dubái en su nuevo trabajo.

"¿Capitán?"

Ava levantó la vista y se dio cuenta que estaba plantada delante del minibús, perdida en sus pensamientos. El conductor intentaba llamar su atención, con la mano estirada para cogerle la maleta.

"Disculpe" le dijo, sonriéndole agradecida mientras le daba su equipaje. "Creo que estoy cansada."

"Está bien." El conductor puso la maleta encima de las otras en el portaequipajes y se giró a la tripulación. "¿Todo el mundo a bordo? Estoy fuera de servicio en media hora así que el que esté todavía en los aseos, tendrá que hacer dedo." Hubo un murmullo entre la tripulación y el conductor se reía de su propio chiste mientras se dirigían desde el aeropuerto de Dubái hasta el hotel.

"¿Quién se apunta a una actuación de la danza del vientre esta noche?" gritó Lynn a todo el autobús. "El

Palacio de Omar sirve cenas tarde y una actuación los jueves."

La tripulación no parecía demasiado animada, la mayoría de ellos demasiado cansados para hablar.

"Yo me apunto" gritó Farik. "Me encanta hacer la danza del vientre." Se levantó y contoneó sus caderas. "Tomé algunas clases en mi adolescencia. ¿Hay alguna competición?"

"Ninguna competición" Lynn entornó los ojos. "Se supone que vas a mirar, no a robar el foco de atención. Además, no creo que les guste ver a hombres bailando esa danza aquí."

"No seas tan dramática, Nancy negativa" Farik la miró con desdén. "Los nativos son bastante menos homófobos de lo que crees. Créeme, lo sé."

"¿Se puede sentar, por favor, señor?" le pidió el conductor por el micrófono."Y póngase el cinturón de seguridad, gracias. No está en el club todavía, con el debido respeto."

Farik suspiró, se volvió a sentar y se puso el cinturón.

"Yo también voy" dijo Mia girándose a Lynn. Estaba cansada pero sabía que no podría dormirse enseguida. Además, las noches en Dubái nunca eran locas. Los únicos lugares que vendían alcohol eran los hoteles pijos, clubs y bares de Jumeirah y una noche allí iba acompañada de un precio que la mayoría de la tripulación no se podía permitir. El Palacio de Omar sonaba seguro.

"Nosotras nos apuntamos también," Sammy, la nueva miembro de la tripulación, gritó desde detrás del autobús, refiriéndose a ella y a la colega sentada a su lado.

"Estupendo." Lynn le dio a Sammy su teléfono. "Te envío los detalles más tarde si me das tu número." Se apoyó en el asiento de delante y dio una palmada en el hombro de

Jack. "¿Queréis venir vosotros, chicos? ¿Frank? ¿Jack? ¿Capitán?".

"Claro," se oyó decir Ava. "¿Por qué no?" Aunque socializar era lo último que le apetecía en este momento, se dijo que necesitaba conocer a la tripulación un poco mejor. El hecho de que la guapa morena también fuera era un plus, claro.

"Yo voy," la siguió Jack.

"Yo también," dijo Frank. No era una sorpresa para Mia. Frank normalmente seguía a Jack a todos lados, y Jack, a su vez, seguía a todo capitán que se lo permitiera.

"Fantástico," sonrió Lynn. "Te mando un mensaje Jack. ¿Puedes pasarlo cuando se haya confirmado la reserva, por favor?".

De pronto parecía que había más interés en la iniciativa, como si la gente temiera perderse una cena con la nueva capitán. Se levantaron manos y hubo murmullos entre los miembros de la tripulación.

"Vale" Lynn se rió, después de comprobar dos veces la lista con los nombres justo antes de llegar al hotel. "Somos dieciséis para cenar. Es más de lo que hemos tenido nunca en una sala después de las horas de servicio, así que intentaré lo mejor que pueda coger una mesa. Si no, nos vemos a las nueve en recepción e intentamos otra cosa." Se sentó de nuevo, puso la lista en el bolso y se giró a Mia, bajando la voz. "Parece que vas a pasar un rato con la capitán esta noche."

8

DUBÁI, EAU

Mia se quitó la gorra, tiró la maleta al suelo y cayó en la cama. Estaba exhausta pero no podía evitar preguntarse si la piscina estaría abierta todavía. Miró el reloj. Eran casi las ocho y un chapuzón fresquito era justo lo que necesitaba ahora para espabilarse antes de la cena. Se levantó, abrió las cortinas y salió al balcón, que daba a la piscina. Había silencio pero las cancelas estaban abiertas todavía. Y justo cuando iba a darse la vuelta para ponerse el bañador, vio un destello de alguien metiéndose en la piscina. *¿Esa es...?*. Se apoyó en la barandilla para ver mejor a la mujer que nadaba justo debajo de ella. *Dios mío, es ella. Es la capitán.* El sencillo bañador negro que llevaba puesto tenía una espalda sorprendentemente sexy, abierto por completo y sostenido solamente por dos finos tirantes que le cruzaban bajo los hombros.

Ava nadaba rápido, con brazadas largas y una técnica excelente. Como su hermana, que era una nadadora ávida. Mia había estado en el equipo de natación del colegio pero nunca sería capaz de igualarse a ésta. Ava hizo un giro bajo el agua y se impulsó en la pared de la piscina, manteniendo el cuerpo perfectamente recto mientras nadaba en dirección opuesta. Mia se sentó en una de las sillas del balcón y la miraba mientras nadaba, disfrutando de las impresionantes brazadas de Ava y en su más que impresionante cuerpo. *¿Debería unirme a ella en la piscina? Va a creer que la estoy acosando después del día tan extraño que hemos tenido hoy.* Mia se maldijo una vez más por parecer una novata nerviosa. Había vuelto a la cabina dos veces, olvidándose del café de Frank en ambas ocasiones, y la había liado con los pedidos, incluso le había llevado un filete, a él, que era vegetariano. Al final, estaba tan avergonzada que había tenido que mandar a Lynn con la comida de Frank.

¿Por qué me importa lo que piense de mí? Daba igual, suponía que Ava tenía una guapa esposa esperando en casa. O un marido. Por supuesto, era una posibilidad. Pero Mia tenía la sensación de que Ava estaba en su equipo. Quizá era por la mirada que le había dirigido cuando se presentó. No había sido flirteo pero tampoco era la forma en que las mujeres heterosexuales la miraban.

Por lo visto, parecía que Ava había decidido que ya había tenido suficiente. Nadó hacia las escaleras y se salió con un movimiento fluido, dirigiendo su mirada hacia los balcones que daban a la piscina. Mia bajó la cabeza y se escondió bajo la barandilla, recordando demasiado tarde que la pared del balcón era toda de cristal.

"¡Joder!" susurró, bajando la cabeza hacia el suelo. Gateó hacia atrás a la seguridad de la habitación, intentando evitar enseñar la cara. No es que hubiera ninguna duda sobre quién era. Todavía tenía puesta la chaqueta de sobrecargo y la única otra mujer que podía llevarla era Lynn, que tenía un pelo rojo fogoso. Mia se tumbó en la cama y se tapó la cara. *A lo mejor no me ha visto. Quizá me he salvado.* ¿Por qué no la había saludado como hubiera hecho cualquier persona normal? ¿Por qué se había arrastrado hacia la habitación como una...? ¿Cómo una qué? Ni siquiera otras especies hacían eso. No es que fuera una rara social o tuviera nada que esconder. Con cautela, se acercó al balcón otra vez, asegurándose de taparse con la cortina esta vez y vio a Ava echada en una tumbona, recuperando el aliento.

Sintiéndose enfadada consigo misma, se levantó y se dirigió al cuarto de baño para darse una ducha. De ninguna manera iba a bajar ahora.

9

DUBÁI, EAU

"Hola chicos" gritó Jack sobre la música y sentándose al lado de Sammy, la chica nueva.

Mia dio un respingo al oírlo, mirando sobre su hombro para ver si había venido con Ava. Dio un saludo rápido a Jack y miró con curiosidad por el restaurante. No reconoció a Ava de inmediato, aunque sobresalía entre la multitud. A pesar de su vestimenta informal, que consistía en vaqueros y camisa blanca, Ava era, de lejos, la mujer más deslumbrante del lugar. Mia se maldijo por no haberse esforzado más pero había estado demasiado mortificada para pensar. Después del papelón del balcón, se había dado una ducha rápida evitando mojarse el pelo porque, usar el secador, tomaría demasiado tiempo. Se le había olvidado quitarse el rodete y se dio cuenta que todavía llevaba el maquillaje, que le daba apariencia de ir demasiado vestida yendo con un simple vestido negro.

"Hola" Mia intentó sonar casual cuando la saludó, no se lo creía ni ella. ¿Se le había olvidado usar la voz?

"Hola, tú" Ava se sentó apretujada al lado de Mia en un

banco detrás de la mesa del grupo. "¿Te lo estás pasando bien? ¿Cómo está la comida?".

"Es divertido," dijo Mia, sorprendida de que Ava se empeñara en sentarse a su lado. "La comida es mediocre, creo que estamos en la trampa turista, pero la atmósfera es estupenda." Mia le ofreció un plato de falafel en una cama de humus y ensalada. "La actuación no ha empezado todavía, así que llegas justo a tiempo. Traerán más comida en un momento."

"Genial. Me gusta la danza del vientre. Si son buenas," añadió Ava, mientras ponía falafel en uno de los platos que sobraban.

"Parece que sabes de danza del vientre," dijo Mia, intentando evitar la mirada de Ava. La ponía nerviosa mirar esos ojos verdes y no quería parecer un cachorrillo demasiado excitado, porque eso era lo que iba a pasar si los miraba mucho.

"Hago mis pinitos." Ava se rió. "Es broma. No lo bailo pero solía verlo mucho cuando era pequeña y puedo diferenciar entre uno bueno y otro malo." Miró el reloj. "Siento haber llegado tarde. Tuvimos problemas para coger un taxi. Debe haber alguna conferencia en la ciudad porque hay mucho tráfico." Sonrió, haciendo que a Mia se le debilitara todo. "Me alegro que nos invitarais a salir esta noche. No sé si habría soportado estar sola con Jack y Frank. Con lo educados que son, esos dos son bastante básicos en sus habilidades de conversación, ya sabes lo que quiero decir." Levantó una mano. "Sin ofender a ninguno, por supuesto, quiero decir, son chicos estupendos y..."

"No hace falta que te expliques," la interrumpió Mia. "Sé cómo son. Todo lo que puedo decir es que no te envidio, tener que lidiar con esos dos y los que son como ellos veinticuatro horas, todos los días de la semana. No creo que nadie aquí esté muy interesado en ellos, aparte de quizá..." Ladeó la cabeza e intentó evaluar cómo avanzaba Jack en su intento de camelarse a Sammy. Lo estaba dando todo, apoyándose en los codos frente a ella, enseñándole su Rolex Submariner heredado. Flexionaba los músculos mientras fingía escuchar y lanzaba una risa de "eres graciosísima". Sammy parecía aburrida. Mia miró de Jack a Ava y de nuevo a Jack, asegurándose de que Ava se había dado cuenta del fallido intento también. "En realidad, creo que hasta Sammy está ya harta de él. Guau." Se echó hacia atrás en el asiento, procesando la escena. "Tengo que decir que no lo había visto venir. Normalmente, Jack se sale con la suya con las mujeres."

Ava se rió. "Eres divertida Mia." Sus ojos se dirigieron al escenario, donde una bailarina acababa de aparecer, meneándose a ritmo staccato bajo una cálida luz. Se movió hacia adelante con los brazos abiertos, moviendo los hombros mientras se acercaba al borde del escenario. El público aplaudió y animó a la bailarina, que iba ligera de ropa con una falda roja y dorada y un top lleno de cuentas. "Es buena."

"¿Cómo lo sabes?" le preguntó Mia mientras miraba a la bella mujer con un pelo que le llegaba a los muslos. La bailarina bajó los brazos y cogió uno de los velos de la falda antes de girarse, en el momento exacto en que panderetas y flautas empezaron a sonar. "Quiero decir, creo que es estupenda pero es que yo creo que todas son estupendas. La forma en que se mueven, es precioso verlo."

"Mírale las caderas." Ava se acercó un poco más para que pudiera escucharla sobre la música alta. "¿Ves que nada se mueve, excepto sus caderas?" La bailarina se contoneaba otra vez, dando la espalda al público. "Es muy difícil aislar tus movimientos así."

Mia se meneó en su asiento para comprobar la teoría y se rió. "No importa. Será mejor que lo intente después en mi habitación del hotel. Pero, sí..." estudió los movimientos elegantes de la bailarina, ahora balanceando las caderas, formando la figura de un ocho mientras los brazos y dedos se movían independientemente. "Ya veo lo que dices pero, en realidad, parece muy técnico."

"Es bastante duro y una de las formas de arte más antigua." Ava rodeó la espalda de Mia con su brazo y puso las dos manos en su cintura. "Es una forma fantástica de entrenar tu zona media, especialmente estos músculos de aquí." Un calor cálido se extendió por entre los muslos de Mia cuando Ava apretó sus abdominales. Se tensó y giró la cabeza para mirar a Ava. Sus caras estaban muy cerca, cuando bajó la vista hacia la boca de Ava por un segundo. *Joder*. Mia se dio cuenta de que quería besarla.

"Bueno," murmuró mientras cogía la taza de té. Estaba vacía y esperaba que Ava no se hubiera dado cuenta. "Quizá debería apuntarme a alguna clase entonces."

Ava se acomodó en su asiento y miraba el espectáculo como si nada hubiera pasado. "No parece que necesites ejercicio Mia. Pero me da la sensación de que serías buena haciéndolo. Tienes un contoneo natural en las caderas cuando caminas."

Mia arqueó las cejas, más perpleja ahora. "¿Ah, sí?" *Jesús, si eso no era flirtear...* Aunque estaba fuera de forma, estaba bastante segura de que sí lo era.

"Sí." Ava sonrió. "Es mono."

El corazón de Mia latía fuerte cuando sentía que el calor le subía del cuello a la cara. Oía a Jack y Frank aplaudiendo y animando con el resto de la tripulación. A pesar de la ausencia de alcohol en el lugar, la multitud se estaba alborotando ahora, cuando dos bailarinas más, vestidas de rojo, aparecieron en el escenario. Mia pensó en una respuesta ocurrente, cualquier cosa para mantener la conversación.

"¿De dónde eres? le preguntó, molesta consigo misma por no pensar en algo mejor. La presencia de Ava había convertido su cerebro en papilla y, ahora mismo, era lo único que podía pensar.

"De Cambridge," dijo Ava, mirando el espectáculo. "Pero vivo en Londres."

"Quiero decir tu ascendencia." Mia intentó relajarse pero estaba tan cohibida, sentada al lado de la capitán sexy, que acababa de tocarla íntimamente y había flirteado con ella, que su voz sonó temblorosa cuando habló. "No pareces inglesa."

"Mis padres son de Jordania." Ava la miró un momento antes de girarse al escenario de nuevo. "Pero viven en el Reino Unido."

"¿Hablas árabe?" Mia miraba a las tres bailarinas de rojo que giraban y se movían al mismo tiempo.

"Sí. No con fluidez pero lo hablo. Mis padres me hicieron dar clases para que no perdiera mis destrezas de conversación mientras crecía porque solo salía con niños ingleses. Ahora me alegro. Es útil, especialmente en mi trabajo, con todo lo que se viaja. No sé escribir en lengua árabe pero sé leer un poco." Ava se acercó a ella un poco, y Mia hizo lo mismo, casi derritiéndose en el asiento cuando sus brazos se tocaron. Ninguna de las dos se retiró.

"Me toca preguntar ahora," dijo Ava con una risita descarada, aplaudiendo cuando la primera actuación terminó. "¿Vives en Londres?"

"Sí." Mia no se atrevía a mirarla ahora. No ahora que estaban sentadas tan juntas. Tenía miedo de perder la habi-lidad para hablar si sus ojos se encontraban otra vez con los de Ava. Esos maravillosos ojos verdes que la engullían y cautivaban. "Pero crecí en un pueblecito a las afueras..."

"¡Eh, capitán!" Jack las interrumpió desde el otro lado de la mesa. "Digo, Ava," se corrigió. "¿Conoces a Sammy?" Le hizo un gesto a Ava para que se acercara. "Su hermano también es piloto, de Bizz Air. Creo que quizá hayas volado con él, hace un par de años."

Ava dio un leve suspiro, demasiado sutil para que nadie se diera cuenta, excepto Mia.

"Tengo que ir y relacionarme. Lo siento." Puso una mano sobre el brazo de Mia. "Pero seguro que hablamos luego. Me gustaría saber más de ti."

"Claro." Mia consiguió esconder su decepción y sonrió cuando Lynn cambió de sitio con Ava. "Luego hablamos."

El resto de la noche pasó en una niebla. Mia intentó centrarse en las bailarinas y en la charla de Lynn a su lado, pero sus ojos seguían volviendo a Ava, que estaba sentada al final de la mesa, hablando con Jack, Sammy y otros miembros de la tripulación. De vez en cuando, Ava le buscaba la mirada, como si esperara una oportunidad para volver a su asiento.

"Creo que me vuelvo al hotel," le dijo por fin a Lynn. "Casi no puedo mantener los ojos abiertos. ¿Vuelves con los otros o quieres compartir un taxi?"

Lynn bostezó cuando Mia lo hizo. "Me voy contigo. También estoy exhausta." Miró por las mesas. Todos empezaban a parecer cansados. "Venga, vámonos antes de que me hagan organizar taxis para todo el mundo."

10

DUBÁI, EAU

Hacía calor y estaba soleado en Dubái, pero eso no era nada nuevo. Mia se ajustó la gorra sobre la frente cuando caminaba por el muelle de Bur Dubái, la parte antigua de la ciudad. La camisa blanca de manga larga y los pantalones de lino blanco era lo que se ponía para salir cada vez que venía aquí. Cubrían suficiente piel como para considerarse decente y la tela la mantenía tan fresca como era posible en el calor del desierto. Por su pelo largo y oscuro la gente siempre asumía que era de allí y de esa manera se las ingeniaba para evitar las propuestas de los vendedores ruidosos una vez más cuando pasaba por el zoco. Encontró su camino entre las laberínticas calles de Al Bastakiya, el vecindario residencial más antiguo de Dubái, sin ningún problema. Las casas estaban construidas unas junto a otras en calles en zigzag, asegurando sombra en los calurosos meses de verano. Mia paseaba entre los callejones blanqueados, pasó por las casas de barro cocido coronadas por torres de viento, y jardines privados y tranquilos con fuentes, hasta que llegó a su casa de té local favorita. Estaba situada fuera, en una esquina, cuyo techo cubierto por buganvilla morada daba sombra. Los sofás bajos eran cómodos, el té y los dulces, para morirse, y el personal era amistoso y educado. A Mia le encantaba venir aquí. Sonrió al saludar al camarero, que la reconoció de sus visitas anteriores.

Lynn ya estaba esperando en un sofá en la esquina y la saludó cuando la vio. "Llevas el pelo bonito". Lynn se levantó, le quitó la gorra a Mia y le pasó la mano sobre el nuevo estilo de pelo. "Guau, buen corte. Parece que trabajan bien aquí". Parecía arrepentida al tiempo que se tiraba de sus bucles rojos. "Quizá debería haber ido yo también después de todo".

Mia rió y se volvió a poner la gorra. "Como si algo, aparte de la comida y los cócteles, te pudieran hacer dejar la cama."

"Tienes razón, "respondió Lynn con una risita. "He tenido diez horas maravillosas de sueño reparador de belleza. Son las camas del hotel, son tan esponjosas que parece que estés durmiendo en una nube." Cogió el menú y se mordió el labio en concentración, intentando descifrar qué era qué. "Bueno, anoche fue divertido, ¿verdad?"

"Sí. Fue genial." Mia miraba el menú también. "Creo que todo el mundo se lo pasó bien."

"Ya. No me puedo creer que consiguiera reunir a casi todos." Lynn pasó la hoja del menú y señaló el té de menta con miel al camarero. "¿Té?" le preguntó a Mia, girándose hacia ella.

"Sí. Para mí también, por favor. Y baklava si tienen."

"Oh, y kunafa, por favor," añadió Lynn, girándose al camarero.

El camarero asintió mientras escribía los pedidos. "Fantástica elección, señora." Colocó una bandeja de plata pequeña en la mesa baja que tenían delante con cucharillas de té, un tarro de miel líquida y un cuenco con dátiles.

"Bueno, y sobre la capitán... ¿Eva Alfarsi?" Lynn la miró burlona mientras arqueaba una ceja. "Hablaste con ella anoche, ¿no? ¿Por qué no contaste nada de la conversación cuando volvíamos?"

"Ibas dormida," le respondió secamente Mia.

Lynn levantó una mano. "Vale, está bien." Hizo una pausa, entrecerrando los ojos. "¿Y? ¿Cómo es? ¿Es simpática? ¿Tenía yo razón? ¿Es gay?"

Mia se rió. "Sí, hablé con ella y sí, es simpática. Y solo simpática, no hay nada más," mintió. Y se llama Ava. Ava Alfarsi."

"Ya lo sé, solo te estaba tomando el pelo." Lynn cogió el generoso vaso de té de menta del camarero y le añadió miel. "Sexy nombre. Suena misterioso, ¿no crees?" Una sonrisa se le pegó a los lados de la boca.

"Deja de burlarte de mí, Lynn." Mia cogió su té, dándole las gracias al camarero en árabe. "Solo hablé con ella unos cinco minutos."

"¿Y?"

Mia miró al cielo desesperada cuando se dio cuenta de que Lynn no tenía intención de dejar la interrogación. "Vale, está buena. ¿Eso es lo que quieres que diga? Bueno, pues lo digo. Ava está buenísima. Tenías razón, es muy de mi tipo. Pero, venga Lynn. No crees de verdad que sea gay, soltera y esté interesada en mí, todo al mismo tiempo, ¿verdad? Eso sería demasiado bueno para ser verdad y yo no tengo tanta suerte. Además, los romances de sobrecargos y pilotos nunca terminan bien, las dos hemos visto unos cuantos de esos."

"Nunca me ha impedido seguir intentándolo," dijo Lynn

con una risita. "Eh, solo digo que es difícil conocer gente fuera de nuestro círculo, cuando siempre estamos de viaje. La capitán Alfarsi está en el viaje de vuelta y ahora que hemos establecido que te gusta..." Señaló con un dedo a Mia. "Sugiero que vuelvas a tomar la tarea de servir a los pilotos otra vez e intentar hablar con ella más." Lynn dio un suspiro cuando Mia no contestó. "Por favor, Mia. ¿Y si es gay? Me da la sensación de que lo es. ¿Y si le gustas? Está claro que a ti *te* más que gusta. Te pones toda nerviosa cuando hablamos de ella."

Mia dejó inmediatamente de doblar la servilleta una y otra vez y le dirigió a Lynn una mirada de advertencia. "Vale, Lynn, entendido. Intentaré hacer un esfuerzo con ella. Y ahora, ¿podemos hablar de otra cosa, por favor? ¿El tiempo? ¿Tu última obsesión con el capitán como-se-llame esta vez? Cualquier cosa que no sea mi vida amorosa, ¿vale?"

"Hola tú."

Mia reconoció de inmediato la cálida voz detrás de ella y si giró. Ava llevaba pantalones cortos y una camiseta gris. El sudor que le cubría todo el frente de la camiseta indicaba que había estado corriendo un rato. Una sacudida de alegría le recorrió la zona media cuando sus ojos se encontraron.

"Ava. No te esperaba aquí."

Ava se rió. "¿Quieres decir aquí, por el hotel, donde la mitad de la tripulación sale a correr? Tenía cierta esperanza de encontrarme contigo." Ladeó la cabeza, observando a Mia. "Pareces diferente hoy."

"Si lo dices porque estoy sudorosa y manchada de haber corrido, entonces, sí, supongo que parezco diferente." Mia rió entre dientes.

"No, pareces diferente pero en el buen sentido." Ava sacudió la cabeza. "Disculpa, no quería insinuar que ayer no estabas guapa, es solo que tu cara... es tan bonita sin maquillaje."

"Ah, eso." Mia se sonrojó. "Gracias, supongo." Le sonrió nerviosa y se dobló hacia adelante para estirar, evitando los ojos de Ava, que la miraba de arriba abajo. De repente se arrepintió de no llevar puesto más que un top cortado y unas mallas de correr tres-cuartos, especialmente ahora, que estaba junto a Ava. "¿Has terminado ya de correr?" le preguntó, tratando de sonar casual.

"Sí." Ava estiró junto a ella. "Pero doy otra vuelta si corres conmigo."

Mia estaba todavía intentando recuperar el aliento, después de haber corrido más de lo normal. No estaba segura de poder correr un minuto más porque las piernas parecía que iban a desplomarse bajo ella.

"Claro," se oyó decir. "Si crees que puedes mantenerme el ritmo."

Eso trajo una sonrisa a la cara de Ava. "Vale, vamos."

Mia tenía que admitir que Ava parecía mucho más atlética que ella pero ni loca se iba a rendir. Esprintó delante de ella y se rió cuando Ava aceleró de inmediato también, adelantándola al saltar sobre un banco bajo.

"Necesito sentarme." Mia respiraba con dificultad cuando se derrumbó en el césped. "Has ganado," jadeó. "Debería haberlo sabido."

Ava se tumbó a su lado, también sin aliento. "Eso ha sido seguramente mi récord personal," dijo riéndose. "Créeme, normalmente, no corro tanto. Solo trataba de impre..." Sacudió la cabeza, tragándose sus palabras. "Quiero decir que me gusta un poco de competición sana."

Mia se apoyó en los codos y miró a su despampanante colega. *¿Iba a decir que estaba tratando de impresionarme?*

"Me he dado cuenta." Soltó una risita. "Y parece que no

te gusta perder." Mia dirigió una mirada al pecho de Ava, que subía y bajaba. Se veía su sujetador deportivo a través de la fina tela de la camiseta y no pudo evitar preguntarse cómo estaría sin él.

"Tienes razón." Sonrió de oreja a oreja. "Pero estoy tan cansada ahora que podría dormirme aquí mismo y ahora." Abrió un ojo mientras se cubría la cara del sol. "¿Corres todos los días?"

"No, solo cuando me apetece, pero he comido demasiados dulces con el té antes y quería quemar esas calorías. Eso y que empezaba a quedarme dormida, así que pensé que ayudaría." Mia estiró los brazos sobre la cabeza. "Pero tú pareces la típica persona deportiva. Correr, nadar, ..." Se dio cuenta de que se había delatado en cuanto la palabra salió de su boca. "Quiero decir, te vi nadar anoche. Eres buena," añadió rápidamente.

"Sabía que me estabas mirando mientras nadaba. Yo también te vi." Ava le sonrió con burla. Se paró un momento y dijo: "Bueno, ¿tienes planes para el resto de la tarde? No vuelas hasta más tarde, ¿no?"

El corazón de Mia se sobresaltó. *¿Está intentando pedirme una cita? Dios mío, me está pidiendo una cita.* Se paró a pensar antes de contestar. "Depende de cuáles son tus planes," dijo con algo de duda en su voz.

"Ah, no quería decir..." Ava se enderezó, cruzó las piernas y le sonrió como disculpándose, moviendo la mano. "Quiero decir, me encantaría, por supuesto, pero vuelo a las seis. Ya no estamos en el mismo vuelo." Suspiró, molesta consigo misma por lo torpe que sonaba. "Me han llamado para otro vuelo, así que salgo en una hora. Uno de los capitanes tenía una emergencia familiar."

"Oh, lo siento, yo..." Las mejillas de Mia se pusieron rojas brillantes. "Esto es muy embarazoso. Creí que estabas dando a entender de hacer algo juntas. Por favor, olvida lo que he dicho." Se avergonzó, deseando deshacer lo dicho. Quería enterrarse y desaparecer.

"No, está bien." Ava se acercó un poco y puso su mano sobre la de Mia. "Solo estaba de cháchara, pero me encantaría salir a cenar o hacer algo la próxima vez que volemos juntas. Solo que hoy no puedo."

"¿Dónde vuelas?" le preguntó Mia, en su intento por alejar el tema de su propia estupidez.

"Vuelo a Kuala Lumpur, con una escala de cuarenta y ocho horas antes de volver al Reino Unido."

Mia consiguió sonreír, no sintiéndose menos avergonzada. "Qué bien. Me encanta ir allí, pero, por alguna razón, rara vez me ponen en vuelos a Malasia."

"Tengo suerte entonces." Ava se levantó. "O quizás no. ¿Quién sabe? Puede que me pierda algo." Sonrió y caminó de vuelta al hotel, dejando a Mia sentada en el césped, mirándola fijamente.

"¡Todos a bordo, píos! ¡Salimos de la terminal uno en cinco minutos!" El conductor del autobús saludó desde la entrada. "Y, recordad, tened cuidado y no olvidéis llamarme cuando lleguéis a casa."

Mia deambulaba por el mostrador de recepción vestida con un vestido largo de verano, esperando a Lynn, cuando Ava se unió a la tripulación del vuelo a Kuala Lumpur. Mia la observó mientras daba su equipaje al conductor. Llevaba uniforme y estaba buenísima con su chaqueta de corte elegante y su gorra de piloto.

"¿Y tú, Mia?" El conductor la miró de arriba abajo. "¿Dónde está tu uniforme? ¿Y dónde está el moño? No ha volado, ¿no?"

"No Henry." Mia soltó una risita a uno de sus chistes tan malos. "Voy en un vuelo más tarde esta noche. Recogida a medianoche. ¿Es tuya también o estarás en casa?"

Henry negó con la cabeza. "Medianoche es hora de irse a la cama para mí. No hago turnos de noche, nunca lo he hecho. Me da estreñimiento." Se palmeó el estómago.

Mia se rió, esta vez de verdad. No sabía qué responder a eso.

"Debéis estar muy unidos si te está hablando de sus movimientos intestinales," le susurró Ava cuando pasaba por su lado.

Mia intentó mantenerse seria mientras miraba a Ava, que estaba a su lado dando la llave tarjeta al recepcionista.

"Bueno, he hecho Dubái más veces de las que puedo contar y Henry ha estado ahí desde el primer día, así que nos conocemos mucho," dijo, sorprendida de que Ava no hubiera perdido interés en ella después del embarazoso malentendido. "Pero no es habitual hablar de su herramienta."

"Eso es tranquilizador," dijo Ava con mirada perpleja, apartando sus ojos de Mia para firmar la factura del hotel. Se giró a ella, apoyándose en el mostrador. "Oye, sobre antes... No quiero que sea incómodo entre las dos después del pequeño malentendido."

Mia sintió cómo se ponía colorada. "Sí, siento lo de antes."

"No," dijo Ava. "Yo lo siento." Dudó, echando una mirada a sus colegas, que se estaban montando en el autobús. "¿Quieres ir a tomar un café la próxima vez?"

Hubo un silencio en el que Mia asintió, un poco demasiado ansiosa para su gusto. "Claro. Cuando quieras. Solo pídemelo en el minibús la próxima vez que estemos en el mismo vuelo." *Mierda. ¿He dicho eso? ¿Pídemelo? ¿En serio?*

"Fantástico. Te lo pediré." Ava se rió de la expresión mortificada de Mia. "Pero podrían ser un par de semanas antes de que volvamos a volar juntas, así que hasta la próxima vez..." Cogió su bolso y le guiñó un ojo. "Cuídate y no olvides llamarme cuando llegues a casa."

12

CAMBRIDGE, REINO UNIDO

"Ava, cariño. Pareces exhausta." La mujer alta y elegante que le abrió la puerta acogió a Ava en un tierno abrazo.

Ava le devolvió el abrazo a su madre en la puerta abierta.

"Hola mamá. Qué bien verte." Su madre estaba impecable, como siempre. Con las cejas perfectamente depiladas, el corte elegante de su melena corta negra y la blusa de seda blanca, con los pantalones negros, parecía más la editora de una revista de moda que catedrática de universidad. "Estás muy bien." Ava pasó la mano por el pelo de la madre y le plantó un beso en la mejilla antes de entrar en la casa, pequeña pero encantadora, en el centro de Cambridge. Habían sido un par de semanas frenéticas y no se había dado cuenta de lo cansada que estaba hasta que se desplomó sobre el sofá de sus padres, en el salón. La novedad del trabajo, combinado con el loco horario que le provocaba constantes jet-lags, le había absorbido la energía. Y luego estaba también el repentino cambio de ruta de Dubái, que la había secado aún más. A Ava le gustaba estar preparada para la siguiente semana siempre y le gustaba saber exactamente lo que iba a pasar. Los cambios de horario no eran frecuentes pero, cuando los había, se sentía incómoda e incapaz de dormir.

Pero ahora, la vida era más predecible otra vez y estaba deseando pasar momentos agradables y relajados con su familia y, especialmente, la comida casera de su madre. Dio un suspiro profundo y cerró los ojos.

"Mmm..." Ava olfateó el aire. "¿Estás haciendo galayet bandora?" preguntó, refiriéndose a su plato favorito de cordero y tomate.

"Por supuesto, cariño. Ya sé cuánto te gusta. Y también he hecho mujadara y muchos otros platos deliciosos y saludables." Caminó por la sala, ahuecando los muchos cojines que había en el sofá y en las otras sillas. "Tenía la tarde libre y no es habitual que esté toda la familia junta."

Después de treinta años en el Reino Unido, a su madre solo le quedaba un ligero acento al hablar y tampoco le quedaba mucho de su ascendencia en su apariencia. Sin embargo, al entrar en la casa, no había duda de la herencia jordana. El olor de la comida, los tapices llenos de color y la abundancia de cojines, la mesa de importación del salón con bancos cubiertos de tela, las estanterías fijas, las farolas y los detalles rojos oscuros que daban calidez a la habitación. Siempre le fascinaba cómo una casa típica inglesa podía ser tan diferente en el interior. Algunas veces parecía como entrar en otro mundo, pero era su mundo y a Ava le encantaba volver a casa.

"Tu padre está recogiendo a tu hermano y Natasha en la estación de tren, llegarán en cualquier momento."

Ava sonrió mientras cogía la taza de té que le daba la madre. "Habría venido antes para ayudarte si hubiera sabido que ibas a armar tanto lío."

"¡Anda ya! Por lo que parece, necesitabas dormir. ¿Cómo es el trabajo nuevo hasta ahora?"

"Está bien." Ava tomó un sorbo del té y echó más miel. "Frenético pero bien. Mejorará en cuanto me acostumbre a las nuevas políticas y a los aeropuertos. Ahora tengo que pensar cada cosa que hago. Y también, ser la líder, me está estresando un poco aunque las reuniones cada vez son mejores." Movió la cabeza y rió. "No me puedo creer que mis padres sean académicos y mi hermano orador motivacional y yo no puedo estar al mando de más de una persona sin ponerme nerviosa."

"Ya mejorará." La madre puso una bandeja con dulces de Oriente Medio. "¿Y tus nuevos compañeros? ¿Son agradables? ¿Y tus copilotos?"

"Solo he conocido cinco oficiales superiores," dijo Ava con la boca llena. "Pero sí. Hasta ahora, todo el mundo ha sido servicial y agradable. También he conocido a algunos de la tripulación de cabina cuando salimos a cenar la semana pasada. Creo que nos llevaremos bien."

"Bien. Eso está bien." La sonrisa de la madre era sincera. "Y me alegro de que puedas comer algunas de tus comidas favoritas, ahora que estás volando tanto a los emiratos, y así no me tengo que preocupar de tus hábitos tan poco saludables."

Se abrió la puerta de entrada y Ava oyó el ruido de paraguas, abrigos y bolsos en el pasillo.

"Esta mierda de tiempo, siempre igual." Suspiró el padre. Los ojos se le iluminaron cuando vio a Ava y abrió los brazos mientras se acercaba a ella. "¡Ava, estás en casa! Me preguntaba cuándo te veríamos otra vez por fin." Abrazó a su hija, estrujando sus hombros un poco demasiado fuerte, como siempre. Se giró a la otra invitada. "Esta es Natasha, la novia de Zaid."

"Hola Ava, he oído mucho de ti."

"Igualmente. Me alegro de conocerte por fin." Ava estrechó la mano de la guapa y rubia chica y le sonrió antes de girarse a su hermano y abrazarlo. "Zaid. Cada vez que te veo, estás más guapo." Miró a Natasha y de nuevo a Zaid. "Y ya veo la suerte que has tenido de conocer a esta belleza de mujer. Bien por ti."

A Ava le alegraba que Natasha ya los hubiera visitado la semana anterior, mientras ella estaba trabajando. Eso hacía que la extraña situación de la primera vez que se veían fuera más fácil, ahora que el resto de la familia ya la conocía. Ava no se sentía cómoda con gente nueva, nunca se había sentido cómoda. Quizá tímida no era la palabra que usaría para describirse, pero tampoco sería ella la que empezara una conversación. Y, por eso, es por lo que no podía dejar de preguntarse por cómo había sido tan fácil cuando había estado con Mia. Había corrido hacia ella sin pensarlo. Se había acercado a ella dos veces en un día, había hablado con ella e, incluso, había flirteado un poco. Era extraño, pero se sentía bien, y parecía que no podía dejar de pensar en la atractiva morena. No había visto a Mia en diez días, desde que había salido del hotel en Dubái, y el hecho de que estuviera contando esos días, no era normal en ella.

"¿Ava?" la voz de Zaid sonaba muy lejos.

"¿Qué? Perdona, estaba..."

"Te he preguntado si estabas saliendo con alguien." Zaid ladeó la cabeza. "Le estaba diciendo a Natasha que eres una lesbiana muy grande y ella tiene una amiga que también..."

Ava le dio un empujón juguetón, haciéndole callar. "No estoy saliendo con nadie," le contestó muy seca. "Y tampoco tengo tiempo para ello, así que resérvate la energía." Sonrió a Natasha. "Lo siento, sin ofender a tu amiga, pero no tengo interés en que me organicen una cita."

"Vale, tomo nota." Se rió Natasha. "Pero eso es lo que yo dije cuando mi amiga intentó organizarme una con tu hermano y, mírame ahora, cenando con su familia." Siguió a Zaid a la mesa del salón, donde se sentaron uno al lado del otro, cogiéndole la mano bajo la mesa. Ava sonrió ante la demostración tan cursi pero era conmovedor ver a su hermano enamorado. Intentó recordar la última vez que había estado enamorada pero no podía recordarlo. ¿Fue Lisbeth en el instituto? Quizá. El recuerdo era demasiado vago como para estar segura. ¿Fue Annabel, que la había dejado por otra cuando tenía veintiocho años, dejándola enfadada y bebiendo sin fin durante días? No lo creía. Eso solo había herido su ego. Buceó más profundamente pero no había nadie más ahí, excepto Danielle, la mujer del futbolista con la que había tenido una pequeña aventura, hacía tres años. Pero eso tampoco era amor. Eso era deseo y, además, Ava era la que lo había terminado, cuando se cansó de la indecisión de Danielle. Ava nunca luchó por ella. Algunas veces Danielle estaba disponible y otras, no sabía nada de ella durante semanas. Danielle siempre había estado dividida entre su cómoda vida, con una cuenta corriente aún más cómoda, y su sexualidad, lo que era absurdo porque era más gay que un unicornio con arco iris. Eso es lo que había llevado a Ava hacia ella, el día que se conocieron en un evento de polo, al que las dos habían sido invitadas. La mirada de puro deseo en los ojos de Danielle cuando las presentaron. Había reconocido a Ava por lo que era: una señora muy soltera a la que le encantaban las mujeres. El hecho de que la necesitara para alimentar su deseo sexual había sido un calentón pero también una maldición. Ava había malgastado tantas noches, escuchando sus quejas sobre su vida y su triste y heterosexual matrimonio del que no sacaba nada, aparte de fama y dinero, sabiendo demasiado bien que nunca abandonaría a su marido. No. El amor no era algo familiar para Ava. No del tipo inocente y dulce que su hermano y Natasha parecían compartir. Se sentó frente a Zaid y sonrió cuando su madre llenó la mesa con todos sus platos favoritos. Su padre se sentó también, charlando con Natasha. Ava estaba agradecida por los padres que tenía, por dejarla ser quien era. Si su familia de Jordania supiera que una de sus hijos era gay y el otro salía con una modelo rusa... Soltó una risita de solo pensarlo.

"¡Come!" exclamó la madre. "Estás demasiado delgada Ava. Debe ser por toda la comida basura que comes en los aeropuertos." Puso una jarra de agua helada en la mesa y se sentó al frente de la mesa, frente al padre de Ava.

Ava se rió. "La última vez que lo comprobé, mamá, la comida basura te hace engordar. En realidad, estoy bastante sana, solo es que corro mucho. Necesito el ejercicio porque estoy sentada durante horas y necesito soltar energía un par de veces a la semana."

"Correr es malo para las rodillas. Lo leí en un estudio la semana pesada." Su madre levantó un dedo. "Parece ser que el yoga es la mejor manera de mantenerse activo. Lo intenté por primera vez la semana pasada en el gimnasio." Se quejó de dolor al mover los hombros. "Todavía duele, pero sienta bien, como si hubiera una nueva vida en mi cuerpo."

"Bien por ti, Noor," dijo el padre de Ava con una amplia sonrisa. "Dos clases a la semana la quita de encima de mí un poco, así que la animo." Se giró a Ava y le guiñó un ojo. "La frena de seguir hablando sobre volver a Jordania cuando se retire."

"¿De verdad estás pensando en volver a Jordania?" Ava estaba sorprendida porque nunca lo habían mencionado, nunca. Asumía que sus padres eran felices en el Reino Unido y querían pasar el resto de sus días allí.

"Claro que lo he pensado," su madre se encogió de hombros. "Cada vez me atrae más la idea, con mi retiro a la vuelta de la esquina. Mi hermana y vuestra abuela todavía están allí." Se giró a Ava y Zaid. "Ya no son jóvenes y nosotros tampoco. Me gustaría pasar tiempo con ellas, ahora que todavía puedo y dos semanas de vacaciones al año no es lo mismo. Me gustaría ir para estar dos años, quizá tres. No para siempre. Quiero decir, no podría dejar a mis bebés atrás más tiempo que eso. Por supuesto, os compraríamos billetes para que vinierais de visita." Hizo una pausa. "Así que sí, he estado pensando en ello mucho. Pero vuestro padre no quiere ni oír hablar de ello. Está demasiado apegado a su pub y a su banda de vientos ahora.

"¿Por qué no pruebas un par de meses primero?" Dijo Zaid. "Y ves cómo va."

"Quiere vender la casa," dijo el padre con un suspiro. "Y tiene razón, podríamos comprar un lugar pequeño en Jordania y un apartamento en las afueras de Cambridge con el dinero que obtuviéramos de ella. Compramos esta casa hace veinticinco años por nada, y el mercado aquí ahora está subiendo. Pero... me gusta Cambridge. Es todo lo que digo. No quiero irme."

"Yo tampoco quiero que os vayáis," dijo Zaid. "¿Quién va a cocinar para nosotros cuando no estés, mamá? ¿Y quién me va a lavar las cosas del fútbol después de jugar los sábados? No va a ser Natasha, eso seguro," bromeó.

"Tienes toda la razón," dijo Natasha, dándole un golpe en las costillas.

"Creo que eres lo suficientemente mayor como para lavarte la ropa, Zaid." Su madre no iba a permitir ningún chantaje emocional. "Si eres lo suficientemente mayor para sacarte un doctorado en Psicología, escribir un bestseller y dar discursos motivacionales a un montón de gente, estoy segura que te las ingeniarás para lavar ropa."

"Lo que sea," gruñó Zaid. "Solo piénsatelo, ¿vale? Y piensa en papá. Mira al pobre. No quiere dejar a sus amigos y a su club de trombón o lo que haga los domingos por la tarde en ese club para la gente mayor."

"Banda de vientos," le corrigió su padre. "Es una banda de vientos y deja de hacerlo sonar como que voy a un club social para mayores. Si alguno de vosotros se molestara en venir y vernos actuar, veríais que somos buenos de verdad."

"Vale, papá, lo siento. No faltas de respeto a tus habilidades con la pandereta," bromeó Zaid.

"Trompeta, Zaid. Toco la trompeta. No hay panderetas, nunca."

Ava notó que su padre se estaba enfadando y dio una patada a Zaid por debajo de la mesa.

Él asintió. "Lo siento, papá, solo me estoy metiendo contigo. Oye, tengo una idea. ¿Qué tal si hacemos una pequeña sesión de grupo? ¿Un poco de terapia familiar? Podríamos hablar sobre esta loca idea de mamá, expresar cómo nos sentimos. Yo mediaré."

"No," dijo Ava. "Qué asco, por favor, no. Ya he tenido bastante con tu teatro de terapia. Y si intentas lanzarme otro eslogan de motivación o repartir consejos sobre cómo encontrar el amor a través de la positividad..." Señaló el trozo de cordero que estaba en un plato. "Dejarás la mesa con un trozo de ese cordero metido en el trasero." Se rió mientras levantaba una mano. "¿A mi favor?" Sin dudarlo, Natasha fue la primera en levantar su mano, seguida por su madre y, por último, su padre, que se encogió de hombros a modo de disculpa.

"Lo siento, Zaid. Te quedas solo."

13

ISLAMABAD, PAQUISTÁN

"Hola mamá. ¡Felicidades!" Mia intentó mucho sonar alegre cuando llamó a sus padres desde la habitación del hotel en Islamabad. Estaba exhausta, dando cabezadas tras la mesa mientras miraba los correos electrónicos, pero había recordado justo a tiempo que era el cumpleaños de su madre.

"Gracias, cariño." La madre sonaba chisposa. "Es una pena que no estés aquí. Lo estamos celebrando esta noche con queso y vino. Está tu hermana, que tiene unos días libres en la universidad, y los vecinos y algunos amigos del bingo. Ah, y una pareja que conocimos en Benidorm en las vacaciones del año pasado. Vienen desde Brighton y se van a quedar en un hotel en la ciudad. ¿No es bonito?"

"Parece que va a ser una noche fantástica," dijo Mia. "Te compré un regalo en Dubái la semana pasada, te lo llevo la próxima vez que vaya."

"No tenías que hacerlo, cariño. Lo único que queremos es verte. Tu padre y yo no te hemos visto en meses, y Ami... bueno, debe hacer como un año que las dos estuvisteis aquí." Se paró a pensar. "¿O ha sido más tiempo? Espero que vosotras mantengáis el contacto de vez en cuando."

Mia sintió dolor al oír el nombre de su hermana. "Sí," mintió. "No muy a menudo pero hablo con ella."

"Bien." Su madre era fácil de tranquilizar. "Entonces debe haberte dicho que está lista para ser seleccionada en el equipo nacional de natación."

"No, eso no lo sabía." Mia estaba pasmada. "Sabía que era buena nadadora, pero ¿la selección nacional? Guau, eso es la bomba, mamá."

"Sí, es emocionante, ¿verdad? Considerando todo lo que ha pasado, es..." Su madre dejó la frase sin terminar, recordando, de repente, la lista de las cosas de las que no podía hablar. "Bueno, estamos muy orgullosos de ella. A punto de convertirse en fisioterapeuta y ¿ahora esto?"

"Me alegra saber que Ami lo está haciendo tan bien, mamá."

"También estamos muy orgullosos de ti, por supuesto," añadió su madre. "Volando por el mundo, trabajando en primera clase y saliendo con celebridades."

"No salgo con celebridades." Mia no podía evitar reírse a pesar de la culpa que sentía cada vez que el nombre de Ami salía. "Les sirvo comida y bebidas de vez en cuando, eso es todo. Pero, por favor, felicita a Ami de mi parte, son unas noticias fantásticas. Sé cuánto le gusta nadar y espero que lo consiga. Imagínate, una atleta en la familia."

"Sí, imagínate." Dio un suspiro. "¿Y dónde estás ahora?"

"Paquistán." Mia se apretó el teléfono entre la oreja y el hombro mientras llenaba la tetera con agua de botella para hacerse una taza de té antes de irse a la cama. "Pero no por mucho tiempo. Mañana vuelvo."

"¿No es peligroso ahí? Espero que tengas cuidado."

"No te preocupes. Estoy en el hotel del aeropuerto y

demasiado cansada para salir a la aventura." Mia encontró una taza en un cajón y buscó una bolsita de té en su equipaje. "Bueno, me voy a dormir, que tengo un vuelo temprano. Que tengas un fantástico cumpleaños, mamá. Da un beso a todos de mi parte, ¿vale?"

"Muy bien Mia, lo haré. Ten cuidado ahí."

Mia tomó un sorbo del té, cambiando los canales en la monstruosidad de televisor que casi podía considerarse retro ahora. Estaba completamente despierta después de la conversación con su madre. La mayoría de los canales ponían telenovelas dramáticas en las que había bodas o traiciones familiares. A pesar de la barrera del idioma, no era difícil saber de qué iba. Las caras tan exageradas lo decían todo, igual que las casi peleas a puñetazos entre hermanos o primos cada diez minutos o así. Había intentado ver una película en el portátil pero, como siempre, las páginas de internet que usaba para verlas en streaming estaban bloqueadas por el cortafuegos paquistaní. Cambió a otro canal y sonrió divertida con un video musical, que mostraba a un hombre conduciendo su convertible rojo luminoso al estilo típico de Bollywood. La camisa blanca se movía con el viento mientras el zoom de la cámara se fijaba en su reloj de oro. Había otro plano corto de una mujer, a la que se le iban los ojos detrás de él unos extraños minutos mientras movía las caderas con la música alta que salía de los altavoces cuando se paró en un semáforo. El conductor lanzó una mirada de flirteo a la mujer y le cantó algo que Mia no entendió. Era demasiado cursi. Mia se rió y subió el volumen. *Por lo menos es entretenido.* El semáforo se puso verde y el hombre aceleró el coche, en busca de más mujeres guapas a las que impresionar con su forma de conducir, y moviendo la cabeza al ritmo de la música. Conducía cada vez más rápido, en dirección al siguiente semáforo que acababa de cambiar de verde a naranja y se pasó una mano por el pelo mientras aceleraba para intentar pasar la luz roja. Mia se dobló de dolor cuando apareció otro coche de repente por la derecha y se estrelló contra él. La escena cambió a cámara lenta y Mia apartó la mirada al escuchar el sonido del choque de metal y cristal hecho añicos. Por un momento sintió que el corazón se le paraba. Los recuerdos le vinieron en cascada y no se podía mover, no podía respirar. *Su hermana pequeña Ami. Un llanto espantoso. Pánico. Un árbol.* Y, después, todo se volvió negro. Mia se agarró el pecho y se sentó en el suelo, respirando con dificultad. El corazón le latía tan rápido que lo sentía en el cuello. Se acurrucó y dobló las rodillas, agarrándose a ellas, como hacía siempre que tenía un ataque de ansiedad, echando el aire por la boca, haciendo un ruido de pito. Respiró otra vez por la nariz, contando hasta cuatro, mantuvo el aire hasta contar tres y lo expulsó otra vez. *Respira. Despacio. Ami está bien ahora. Tú estás bien.*

14

LONDRES, REINO UNIDO, A NUEVA YORK, EE.UU

"Mia. Es un placer volar contigo de nuevo." A Ava parecía que le faltaba el aliento.

Mia se sorprendió de que Ava la hubiera alcanzado, dejando a sus compañeros de tripulación atrás, y, en cuanto sonrió, a Mia se le doblaron las rodillas.

"Ava. Encantada de verte también." Tragó fuerte, no preparada para el efecto que Ava tenía en ella, una vez más. Había estado anticipando este momento y practicando charlas con ella en su cabeza pero, ahora que estaba cara a cara con ella, no tenía ni idea de qué decir. "¿Nueva York?" consiguió decir, por fin, con una naturalidad forzada, como si no hubiera estado comprobando sus horarios durante días.

"Sí." Ava le guiñó un ojo. "Como tú y todos los que están aquí."

Mia puso los ojos en blanco. "Por supuesto." Algo se revolvió por debajo cuando sus ojos se encontraron por un breve momento. Los intensos ojos verdes de Ava parecía que la elevaban del suelo. Había curiosidad en ellos, como si estuviera tratando de medir a Mia.

Ava dio un suspiró cuando oyó que Jack la llamaba. "Tengo que irme. ¿Te veo luego?"

"Claro. Te llevaré el almuerzo." El corazón de Mia todavía estaba acelerado de su encuentro cuando Lynn y Farik se agarraron a un brazo cada uno.

"Prácticamente te ha pedido el número de teléfono," le susurró Lynn.

Mia movió la cabeza, liberándose de su apretón. "Dejadlo ya, chicos. Solo estaba siendo educada. No es nada."

"Conozco a un nada en cuanto lo veo," dijo Farik. "Y eso no era un nada. Eso era más que un..." hizo una pausa y bajó la voz, para dar un efecto dramático. "Un algo."

Mia decidió ignorarlo mientras pasaba la tarjeta, abriendo la puerta de los trabajadores del área de seguridad de la aerolínea. Una vez pasada la puerta, un cochecito del aeropuerto les estaba esperando para llevarlos a su puerta, ya que le habían cambiado el número en el último minuto.

"Me encanta el aeropuerto de Heathrow, sobre todo cuando no tengo que andar." Farik se metió el último trozo de bocadillo de salmón en la boca y siguió hablando con la boca llena. "Comida estupenda y revistas gratis." Cogió una de las revistas del aeropuerto de una estantería mientras pasaban por su lado, recibiendo una mirada irritada de su conductor.

"Mantenga las manos dentro del vehículo," le advirtió. "Se lo dije ya la última vez."

"Perdón, no volverá a ocurrir," le gritó Farik, sabiendo todos que lo volvería a hacer la próxima vez, y la siguiente, hasta que, finalmente, lo echaran del cochecito antes de llegar a su puerta.

Mia movió la cabeza y se rió. Farik era un pieza. Era como un camaleón; amanerado, hablaba muy alto y sin cortarse cuando no trabajaba, pero en el momento en que embarcaba, era educado, equilibrado y hablaba en voz baja y suavemente, cambiando su acento de Birmingham por un muy convincente inglés de la reina. Sus pasajeros le adoraban. Mia lo vio quitarse la sonrisita de la cara y enderezar la espalda cuando se acercaban a la puerta, mientras ella se ponía su propia sonrisa, saludando a los que llegaban temprano en clase turista y que ya esperaban para embarcar.

"Mia. ¿Pilotos?" Lynn le dio un codazo con una amplia sonrisa, señalando la cabina de mando. "Han pedido café antes del despegue. Por lo visto, la máquina de café de la sala de reuniones estaba rota." Cogió su carrito y le dio a Mia una bandeja con tres tazas para llevar.

"Mm, claro. Yo lo hago." Ni se molestó en protestar, ya no podía engañar más a Lynn. Mia recorrió el pasillo estrecho que llevaba a la cabina y siguió el protocolo de seguridad antes de entrar.

"Hola chicos. Traigo vuestros café." Mia miró de Ava a Jack y su colega Raf, y de nuevo a Ava, fijando su mirada en ella.

"Aquí está el tuyo," dijo a Ava. "Negro y fuerte. Doble." Le dio el suyo a Raf, el oficial de segunda a bordo hoy. "Y aquí tienes el tuyo. Con leche, dos terrones de azúcar."

Jack cogió el suyo de la bandeja. "Y uno blanco para mí."

"¿Alguna bebida en especial para el almuerzo luego?" Mia intentaba ir al grano lo más posible. A los pilotos no les gustaba que les molestaran, especialmente no justo antes del despegue, y necesitaba que Ava supiera que, normalmente, no era tan torpe ni se le olvidaban las cosas tanto como la última vez que les había servido.

"Otra botella de agua con gas sería estupendo." Ava le dio su botella vacía, sosteniéndola un poco más del tiempo necesario cuando sus dedos se tocaron.

"Un chocolate caliente para mí, por favor," le pidió Raf.

Jack la miró. "Yo tomaré una cerveza." Sonrió de oreja a oreja. "Es broma. Estoy bien."

"De acuerdo." Mia se puso la bandeja bajo el brazo, luchando por ignorar las mariposas en el estómago. "¿Algo más para mantener vuestra energía en funcionamiento?"

Ava abrió la boca para hablar pero se lo pensó mejor. "No, gracias. Eres la mejor, Mia." Sonrió antes de volverse al panel de control para los últimos preparativos.

L ynn se rió cuando vio a Mia volver a primera clase. "Parece que necesitas aire fresco mujer." Le palmeó las mejillas sonrojadas. "¿Hace calor ahí dentro o es solo que la capitán te ha hecho subir de temperatura?"

Mia rió también. "Cállate Lynn. Solo hago mi trabajo." Se giró al armario de las bebidas, permitiéndose sonreír con libertad por fin. No estaba segura de cómo Ava había conseguido llevarla al séptimo cielo con solo una sonrisa coqueta pero, desde luego que hacía que su trabajo fuera mucho más interesante.

M ia servía bebidas y algo de picoteo después del despegue, asegurándose de que todo el mundo estuviera cómodo hasta que se sirviera la cena, cuando la cálida voz de Ava sonó por los altavoces, haciendo que unos escalofríos bajaran por su columna.

"Damas y caballeros, bienvenidos a bordo del vuelo CN6555 con destino al aeropuerto John F. Kennedy, Nueva York. Habla la capitán. Antes que nada, quiero darles la bienvenida a bordo. Ahora estamos volando a una altura de 30.000 pies y a una velocidad de 390 millas por hora. Son las 4.04 p.m. y, con viento de cola, esperamos aterrizar en Nueva York a las 7 p.m., quince minutos antes del tiempo estimado. Hace sol y la temperatura esperada es alrededor de los veintiocho grados. Me mantendré en contacto hasta que lleguemos a nuestro destino pero, por ahora, por favor, acomódense, relájense y dejen que nuestra maravillosa tripulación cuide de ustedes mientras disfrutan de su vuelo."

Dios, me encanta su voz. Mia movió la cabeza cuando se dio cuenta de que estaba extasiada con el anuncio de Ava. Lynn se dio cuenta y le dirigió una sonrisa burlona.

"Apuesto a que te preguntas cómo suena en la cama," le susurró. "¡Oh, Mia! Hazlo otra vez." Bajó aún más la voz, asegurándose de que los pasajeros no la oían. "Oh Mia, sí…"

Mia le dio un codazo al pasar por su lado, ignorando la sonrisa de sabihonda de Lynn. Intentaba desesperadamente centrarse en cualquier cosa que no fuera el hecho de que Ava estaba ahí, justo detrás de esa puerta. *Componte mujer. Tienes gente a la que cuidar.*

"Buenas tardes, señora Marigold. ¿Cómo se encuentra hoy?" Mia se agachó ante su pasajera favorita. Aunque la señora Marigold estaba hoy en la galería de popa y en las útiles manos de Lynn, a Mia le gustaba siempre saludar a sus viajeros más frecuentes. La señora Marigold estaba desplomada en su asiento, más delgada y frágil que nunca, y sus manos huesudas temblaban cuando tomaba un sorbo de champán. La encantadora señora mayor era habitual en el vuelo, volando en primera clase de ida y vuelta de Londres a Nueva York al menos una vez a la semana. Mia había visto deteriorarse su salud en los últimos meses pero nunca le había preguntado. Puso una manta extra sobre las piernas de la señora, justo como a ella le gustaba, y ajustó el ángulo de su pantalla. A la señora Marigold le gustaba ver comedias, sonriendo durante todo el vuelo. Nunca dormía. "¿Algo más que pueda hacer por usted?"

"No, gracias querida. Estoy muy bien. Aunque hoy tengo dolores, no me puedo quejar. Tengo casi ochenta y nueve años, ¿sabes?"

"¿Ochenta y nueve?" Mia la miró sorprendida. "Bueno, no los aparenta, señora Marigold." Le guiñó un ojo. "Debe ser por todas esas comedias que ve."

La señora Marigold la cogió por la muñeca. "Reírse nunca hace daño, querida." Acercó a Mia hacia sí. "Te contaré un secreto si me lo permites. Esta vez no es nada de negocios. Voy de camino para ver a mi amor."

"¿De verdad? Eso es encantador," le dijo Mia. "¿Se conocen de hace mucho?"

La señora Marigold negó con la cabeza. "No. Nos hemos conocido hace poco, hace medio año o así, justo antes de retirarme como presidente de mi compañía. ¿Sabes?, nunca he tenido tiempo para relaciones y siempre he estado muy ocupada con el trabajo, pero ahora me voy a gastar todo mi dinero bien ganado en vuelos cómodos y hoteles buenos y él igual." Sus ojos brillaban de pura alegría.

"Y este fascinante nuevo amor, ¿tiene nombre?" le preguntó Mia.

"Alfred." Los ojos de la señora Marigold se iluminaban con solo decir su nombre. "Es solo cinco años más joven que yo, en caso de que te estés preguntando si estoy con un yogurín." Se rió. "Es un perfecto caballero y mañana me va a llevar a comer a Bamontes."

"Oh, me gusta." Mia dejó pasar a Lynn por detrás. Normalmente no pasaba tanto tiempo hablando con los pasajeros, pero era de mala educación cortar a la señora Marigold, ahora que se estaba abriendo a ella, y, además, le interesaba de verdad la historia de la anciana señora. La señora Marigold iba siempre vestida impecablemente, con ropa de diseño exclusivo y joyas discretas, y siempre era educada y amistosa. "Siempre he querido ir ahí. Quizá un día tenga suerte y alguien me lleve."

"¿No estás casada?" La señora Marigold la miró con sorpresa. "Pero eres una jovencita tan guapa y amable, en lo mejor de la vida. Seguro que los hombres harían fila para salir contigo."

"No es tan simple," le dijo Mia con una sincera sonrisa. "Y, especialmente, no con este trabajo. Estoy fuera mucho tiempo y es difícil para mí hacer tiempo para ver gente." Sacudió la cabeza. "Pero, está bien. Soy feliz estando sola, aunque supongo que usted también lo era cuando el trabajo era su primer amor en la vida. Me encanta viajar. Esa es mi pasión y quizá el amor será lo primero algún día, pero, por ahora, soy feliz."

"Desde luego que sí." La señora Marigold terminó el champán y le dio a Mia la copa antes de volverse a echar sobre el asiento. "Fui una feminista pionera, nunca necesité a un hombre y estoy segura que no serás la última. Pero, por fin, sé lo bonito que es tener a alguien especial en tu vida y ojalá hubiera conocido a Alfred hace cincuenta años." Señaló con un dedo a Mia. "Así que no dejes que te pase lo mismo, querida, porque la vida pasa y antes de que te des cuenta, serás vieja y tendrás dolores." Se rió y se puso los auriculares, que parecían demasiado grandes para su frágil cabeza. Mia le dio una palmada en el hombro y empezó a alejarse. "Agradezco el consejo. Lo recordaré."

L os ojos de Lynn desprendían pánico cuando agarró a Mia por el hombro y la echó a un lado. Iban volando por el Atlántico Norte, cuatro horas de vuelo.

"Espera, Lynn," Mia le dirigió una mirada irritada. "Llevo bebidas, cuidado."

"No, no puede esperar." Lynn bajó la voz. "¿Sabes la señora mayor con la que estabas hablando antes? ¿La señora Marigold?"

Mia asintió. "Sí. ¿Qué pasa con ella?"

"Bueno..." Lynn continuó. "Acabo de tocarle la mano para ver si quería algo y pensé que era extraño que estuviera durmiendo porque ella nunca duerme en los vuelos..." Dudó al continuar. "No se ha despertado, y parecía... diferente." Los ojos se le agrandaban mientras tragaba fuerte. "Estaba más fría de lo que debería, y su cara parecía... bueno, parecía como si estuviera caída hacia un lado. Entonces, le he tomado el pulso y nada. Te lo juro, Mia, lo he comprobado tres veces."

"Joder," siseó Mia, alejando a Lynn hacia el rincón cerca de la cabina de pilotos. Iba a pedir consejo a alguien cuando se dio cuenta de que era ella la que estaba a cargo de la cabina. "Vale," dijo, intentando mantener la calma. El corazón le iba muy deprisa. "¿Se ha dado cuenta algún pasajero?"

"No, creo que no."

Mia asintió. "Vale, está bien. Déjame pensar un segundo. No hay ningún doctor en la lista de pasajeros, ¿verdad?"

"No." Lynn sacudió la cabeza y frunció el ceño. "Pero creo que tenemos un veterinario a bordo." Cogió la lista de

pasajeros y miró la información de la gente que había relle-
nado su profesión. La gente con profesión médica siempre
rellenaba esa casilla por si había una emergencia. Entrecerró los ojos mientras se centraba en un pasajero en turista
plus. "Hay un veterinario arriba. Asiento 8d. Voy a por él."

"No," la paró Mia. "Es mi responsabilidad." Paró de
hablar un momento, intentando que la noticia no la preocu-
para. "Pobre señora Marigold." Miró a Lynn, componiéndose a su vez. "¿Puedes informar a la tripulación de cabina,
por favor? En las dos plantas. Iré a hablar con la capitán
después de que el veterinario la haya visto." Mia dio un
largo suspiro y se dirigió primero a la señora Marigold, para
volver a comprobar su pulso.

E l veterinario asintió después de ponerse de pie. Por
entonces, algunos de los pasajeros habían empezado
a darse cuenta de que pasaba algo. "Lleva muerta, al menos,
una media hora," dijo, bajando la voz. "Parece que está
durmiendo, yo incluso lo pensé un momento. Creo que
puede haber sido un derrame cerebral, pero el forense
tendrá que confirmarlo." Puso una mano en el brazo de Mia.
"Oiga, haga lo que haga, no se culpe. No hay nada que
pudiera haber hecho."

"¿Está muerta?" Susurró una mujer sentada en la fila de
al lado.

Mia intentó mantener la respiración bajo control mientras pulsaba el botón para elevar el panel de privacidad de la
cabina. Gracias a Dios, la señora Marigold no estaba en
turista. Tendrían que mover el cuerpo y cubrirla en la litera
de la tripulación, ya que la cubierta de turista iba llena y no
había otro sitio donde esconderla.

"Me temo que sí," dijo, girándose a la señora. "Le agradecería que lo mantuviéramos entre nosotras, para prevenir que se desate el pánico."

"Por supuesto." Dijo la mujer asintiendo. Mia podía ver cómo su cerebro trabajaba extra, intentando encontrar una forma educada de chantajearla. Era una de esas personas que se estaba quejando siempre, con la esperanza de conseguir una mejora de vuelo. Lo había conseguido hoy y no había duda de que usaría la muerte de una pobre anciana como poder para las tres próximas mejoras por lo menos. Mia quería darle un puñetazo en la cara, pero, en vez de eso, se agachó a su lado, intentando recordar su nombre.

"Entiendo que esto pueda resultarle incómodo, señora Priestly. Quizá podríamos charlar más tarde y ver cómo podemos recompensarla en su próximo vuelo con nosotros."

La mujer tenía la palabra victoria escrita en su cara, aunque intentaba esconderlo lo mejor que podía. Una mejora de vuelo no sería suficiente, Mia estaba segura. "Tengo que ocuparme del protocolo ahora," continuó Mia, "pero volveré pronto." Llevó al veterinario con su esposa a la cubierta superior y les ofreció los dos últimos asientos en primera clase.

"¿Puedo pasar?" preguntó Mia por el intercomunicador.

"¿Estás sola?" le preguntó Raf, encendiendo la cámara para ver qué estaba pasando fuera de la cabina.

"Sí, solo estoy yo." Mia se echó a un lado y los saludó. Introdujo el código con mano temblorosa.

"¿Qué pasa, Mia?" le preguntó Jack. Ava y Raf se giraron también, curiosos por saber por qué Mia entraba en este momento del vuelo. No era habitual, a menos que fuera una emergencia.

Mia cerró la puerta detrás de ella. "Uno de mis pasajeros acaba de ser declarado muerto," dijo, haciendo una breve pausa. "La señora Marigold, fila 3ª, ochenta y ocho años. Un veterinario de clase turista lo ha comprobado. Cree que puede haber sido un derrame cerebral."

Ava dio un profundo suspiro, asimilando la información. "Gracias, Mia." Se frotó la sien, siguiendo el protocolo en su cabeza. "¿La habéis cubierto?"

Mia asintió. "Ya tenía una manta por encima y he levantado el panel de la cabina. De momento, no hay signos de pánico y la única mujer que ha visto el cuerpo fallecido de la señora Marigold está dispuesta a mantener silencio." Se encogió de hombros. "Supongo que querrá algo como compensación, pero ahora me pongo a ello. Lynn ha informado al resto de la tripulación."

"Bien." La cara de Ava estaba pálida. No parecía estar en pánico pero Mia podía sentir que estaba muy incómoda. "Hiciste bien. No tiene sentido moverla a la litera de la tripulación, solo atraería más atención a su muerte. Voy a comprobar con la compañía y con control de tierra, para ver si nos tenemos que desviar, pero, como ya estamos a más de la mitad de camino, espero que quieran que continuemos hasta Nueva York. Te lo digo en cinco minutos si puedes volver."

Ava tomó firmes respiraciones mientras esperaba la respuesta a su mensaje a la compañía. Había hablado de rutas alternativas con Jack y Raf, anticipando el caso poco probable de tener que volverse a Londres. Los dos oficiales estaban ocupados, apuntando coordenadas mientras comprobaban el tiempo meteorológico. No podía dejar que supieran que estaba temblando por la noticia que Mia acababa de darles, pero era difícil mantener sus manos tranquilas. Por primera vez en su carrera, alguien había muerto en su vuelo, y, aunque no era culpa suya, se sentía responsable del bienestar de sus pasajeros. Aparte de eso, era la incertidumbre lo que la ponía nerviosa también. Había trabajado esta situación actual en su formación y estaba al tanto de los procedimientos, pero no se sentía cómoda con un cambio repentino potencial en su plan de vuelo. No saber si tendrían que volverse o no, no estar preparada para las condiciones que no habían trabajado en su reunión antes de despegar, era algo que temía. Las decisiones estaban fuera de su alcance, y el control que tenía en cada momento, no podían ayudarla ahora. Era duro pensar con claridad con la ansiedad que seguía clavándosele, amenazando con sobrepasarle. Se aflojó la corbata y se desabrochó el primer botón de la camisa, en un intento de conseguir más aire.

Mantente tranquila, Ava. Todo va a salir bien.

"¿Estás bien, capitán?" Raf se dio cuenta que se estaba tirando del cuello de la camisa.

"Estoy bien, Raf. Solo que hace un poco de calor aquí, eso es todo."

15

NUEVA YORK, EE.UU

"Estoy impresionada de lo tranquila que estabas," dijo Ava mientras ella y Mia esperaban a que el personal médico de tierra retirara el cuerpo. Habían dejado salir primero a los pasajeros, la tripulación se había ido y ahora solo estaban ellas, además del personal médico del JFK, examinando a la señora Marigold antes de ponerla con cuidado en una bolsa y sacarla del avión.

Mia luchó por tragarse las lágrimas. "Estaba simplemente sobrellevándolo," dijo. "Es tan triste. Tan triste. La señora Marigold era una de nuestras habituales. Iba de camino a ver al amor de su vida. Iba a llevarla a comer mañana al Bamontes." Movió la cabeza y resopló. "Lo siento, estoy intentando no llorar, de verdad. Normalmente no soy tan emocional. Supongo que estoy un poco afectada."

"Oye. Está bien llorar, no te disculpes." Ava le acarició el hombro. "Ha sido duro con lo que acabas de lidiar, Mia. Tomar la decisión, un cadáver, que quizá no hayas visto nunca. Está permitido estar preocupada por eso."

Mia asintió, mirando a sus zapatos. "¿Ha muerto alguien, alguna vez, en uno de tus vuelos?"

"Nunca," dijo Ava. "No te voy a mentir, ha sido un shock para mí también. Pero sé que no había nada que pudieras haber hecho, y tienes que recordar que no había nada que *tú* pudieras haber hecho. Estas cosas pasan, aunque muy rara vez, y tú tuviste la mala suerte de estar al mando esta vez."

"Eso es fácil de decir, pero sí que me di cuenta de que parecía estar mala, aunque estaba bien de espíritu. Debería haberle echado un ojo."

"No podías haberlo hecho." Ava la cogió por los dos hombros, haciendo ahora que Mia la mirara. "Sé lo ocupados que estáis todos, es poco probable que la pudieras haber salvado."

"Necesito decírselo a su pareja," dijo Mia. "Estará esperándola en llegadas."

Ava negó con la cabeza. "No es tu responsabilidad. La compañía se hará cargo de ello."

"Pero, ¿y si no lo hacen? ¿Y si la familia de la señora Marigold no sabía siquiera que estaba saliendo con él? Entonces él no se enteraría hasta después del funeral y..."

"Oye. Todo va a salir bien. Él preguntará a la compañía cuando vea que no está allí. Necesitas ir al hotel y descansar algo. Yo voy a hacer lo mismo, ha sido un día largo. El autobús de la tripulación debe haberse ido ya, así que podemos compartir un taxi. Te dejo en tu hotel, no está lejos del mío."

"Tienes razón." Mia dio un profundo suspiro y se recompuso. El roce de las manos de Ava la habían calmado, pero también le hacía sentir cosas que se suponía no debía sentir en este momento. No tan poco tiempo después de una muerte en su vuelo. Apartó la mirada de la hermosa mujer delante de ella y se dirigió a coger su equipaje de la taquilla de la tripulación.

· · ·

"Seguro que tu hotel es más agradable que el mío, ¿eh?" dijo Mia, mirando su número de referencia de la reserva. Se sentía un poco mejor después del café que se habían tomado en el aeropuerto antes de coger el taxi. No habían hablado mucho pero ahora, sentadas en la parte trasera del taxi, estaba rezando para que hubiera atasco, para tener más tiempo de conocerse un poco mejor.

Ava sintió vergüenza. "Sí, supongo que sí." Cogió su propia hoja de reserva de su bolsa y se la tendió a Mia. "Es extraño, ¿no? Cómo ha cambiado el reglamento en los últimos diez años. Ya sé que existe riesgo de intoxicación alimenticia pero, aún así, no puedo evitar preguntarme si eso es una excusa de unos cuantos pilotos engreídos que buscan obtener lo mejor. Quiero decir, no podríamos volar si no tuviéramos tripulación de cabina, ¿no? Cogió el papel de Mia y miró la dirección. "Pero, por lo menos, la localización es estupenda. Agradable y céntrico."

"Oh, o sea, ¿Qué conoces bien Nueva York?" La miró sorprendida de que hubiera reconocido la dirección.

"Pues, de hecho, sí que la conozco." Sonrió Ava. "Viví aquí tres años. Me encanta la ciudad, sobre todo en verano, cuando hace calor y hay humedad en todos los sitios y..." Se paró ahí.

El corazón de Mia se aceleró cuando sus miradas se encontraron. Una pequeña sonrisa asomó en la boca de Ava, como si sintiera el nerviosismo de Mia. *Dios, está tan en control, es ridículo.* Mia intentó mantenerse calmada cuando Ava se le acercó, posando el brazo sobre el borde del asiento trasero. La mano le tocó ligeramente la nuca por un breve momento, haciendo que se derritiera en el asiento y antes de que se separara de ella.

"Bueno, podría enseñarte la ciudad si quieres." Ava continuó como si nada hubiera pasado. "Aunque seguro que ya la conoces bastante bien."

"No." Mia movió la cabeza. "Digo, sí, sí que la conozco." Tartamudeó. "Pero me encantaría el punto de vista de un local. ¿Si no te importa?" Consiguió sonreír. "¿Estás libre esta noche?"

"Me temo que esta noche no puedo." Dijo Ava cuando pararon delante del hotel donde se quedaba la tripulación de cabina. "Pero mañana estoy libre. Podríamos quedar en tu hotel después de desayunar y salir desde allí. Podríamos hablar de lo que ha pasado hoy. Quizá te haga sentir mejor."

"Eso estaría bien." Mia se dio cuenta de que todavía estaba sentada en el taxi, en vez de salir y coger su equipaje.

El taxista abrió el maletero pero Mia lo cerró de nuevo por accidente. Se maldijo, luchando con la cerradura. *¿Por qué parezco idiota cada vez que ella está cerca?* Se dirigió al taxista. "Disculpe, ¿podría abrirlo de nuevo, por favor?"

Ava salió del taxi y se dirigió a la puerta de atrás para sacar la maleta de Mia. "Lo siento. Casi olvido mis buenos modales, mis disculpas." Sonrió y le dio la maleta a Mia. "Parece que me distraes. Menos mal que no eres mi oficial de primera." Mia vio cómo Ava volvía al taxi. Bajó la ventanilla y sacó la cabeza. "Hasta mañana a las diez, Mia."

16

NUEVA YORK, EE.UU

Mia recorrió la vista por su poco inspiradora habitación de Manhattan, preguntándose qué hacer. Todavía se sentía conmovida pero sabía que no podría dormir. Las tiendas ya estarían cerradas, así que no podría salir de compras y no quería ir a ningún bar lleno de gente con sus compañeros. Estaban planeando una gran salida por la noche y, para alguien que no bebía, no era divertido estar rodeada de gente que casi no podía andar, y mucho menos hablar, al final de la noche. Encendió la televisión, se aburrió cambiando canales y decidió darse una ducha. Mia pensó en Ava mientras el agua caliente le recorría el cuerpo. Cerró los ojos intentando imaginarse su cara. En la superficie, Ava no era muy diferente a la mayoría de los pilotos que había conocido en su carrera. Era encantadora, confiada y ligona. Pero también era agradable y cariñosa. Ningún capitán con los que había trabajado había cuidado de ella como lo había hecho Ava hoy. *Seguramente tiene una cita esta noche.* Mia se imaginó a Ava con mujeres bellísimas a la espera en cada ciudad del mundo, esperando que las visitara. Porque, definitivamente, le gustaban las

mujeres, de eso estaba segura ahora. Las miradas que le
había echado, los pequeños roces, el no tan sutil flirteo y el
comentario de que era una distracción para ella... *Tampoco
es que eso me haga especial.* Ava era claramente una ligona y,
probablemente, trataba a todas las mujeres así. Pero un poco
de diversión no haría daño, ¿no? Mia no había intimado con
nadie desde que había roto con su ex hacía ocho meses y si
Ava se le insinuaba, de ninguna manera iba a decirle no a
una piloto tan sexy, con esos ojos felinos de color verde claro
y una sonrisa que quitaba la respiración. Se sentía nerviosa
con la posibilidad de pasar tiempo con Ava, incluso si era
solamente un café y un paseo por la mañana. Le haría dejar
de pensar en la señora Marigold y en la forma de morir tan
triste que había tenido, justo antes de la cita que tanto había
deseado.

Duchada y con la ropa cambiada, vistiendo vaqueros y
una sudadera gris, Mia abrió el minibar, buscando una
botella de agua. Siempre tenía una con ella, para evitar los
minibares, pero se le había olvidado en el avión, después del
caos que había producido la muerte de la señora Marigold.
Sus ojos se posaron en el whisky por un segundo. Cerró los
ojos y casi podía sentir el cálido líquido quemándole la
garganta, calmándola después del turno tan estresante que
había tenido. El sabor agridulce, la confusión deliciosa
adormeciendo sus sentidos, el reconfortante placer de tener
seguridad y ser divertida... Si hubiera un día, hoy podría ser
el que se diera una excusa para beber. Se lo merecía hoy. Sus
dedos recorrieron el cuello de la botella. Un sorbito no haría
daño, ¿no? *No lo hagas. Mia, en serio. No lo hagas.* Y, entonces,
otros pensamientos, otros recuerdos, vinieron a la mente. Se
arrodilló en el suelo y dio un par de respiraciones profundas
antes de coger el agua y cerrar con un portazo. Se quedó
sentada en el suelo un par de minutos, intentando idear un

plan de distracción, mientras se ponía la botella fría en la frente. *Necesito salir de aquí.* Su iPad se estaba cargando a su lado. Lo cogió y buscó en google el único lugar que podía ayudarla ahora.

"Eh, ¿dónde crees que vas?" Lynn llamó a Mia desde el bar del hotel mientras intentaba salir sin que la vieran.

"Sí, vuelve aquí," gritó otro miembro de la tripulación y cuyo nombre no recordaba.

Mia dio un suspiro y se volvió al bar, donde fue recibida con mucho entusiasmo por toda la gente a la que había visto solo hacía un par de horas. Lynn se le acercó, ya un poco chisposa, en su tercer cóctel ya, supuso Mia.

"Venga, tómate una copa con nosotros. Solo una. No es delito. Estará fuera de nuestro sistema mucho antes de que volvamos, y sabes que lo necesitas, después de lo que has tenido que pasar hoy. Joder, yo lo necesito." Lynn le dirigió una mirada de súplica. "Por favor, Mia. No seas tan buena chica todo el tiempo, me hace parecer mala." Levantó su Manhattan y se lo puso delante de la cara de Mia. "Toma, da un trago, está muy rico."

Mia dio un paso atrás. "Lynn, ya te he dicho que no bebo. No me llevo bien con el alcohol así que deja de presionarme." Suspiró e, instintivamente, se pasó la mano por la cicatriz de la frente. De alguna manera, era como una bendición, un recordatorio de por qué ya no bebía. "Oye, mira, siento ser tan aburrida pero he quedado con alguien en la ciudad para una cena tarde."

"Ah, ¿sí? ¿Con quién has quedado? ¿La capitán sexy? Porque ella tampoco está aquí, aunque el resto de los pilotos sí." Todos los que estaban en el bar se rieron.

Mia estaba empezando a perder la calma, pero consiguió reírse de ello. "No, es solo alguien con quien solía ir al colegio. No la conoces."

Lynn la miró de arriba abajo. "No estoy segura de creerte, pero dejaré que te vayas de rositas." Se acercó y bajó la voz. "Le he echado el ojo a Stewart, el sobrecargo nuevo de clase turista, así que no me esperes para salir de compras contigo mañana."

"No te preocupes. No interrumpiré tu pequeño encuentro." Mia se forzó a darle un abrazo y un beso en la mejilla a su amiga antes de salir a la calurosa noche de verano de Nueva York. Dios, algunas veces podría darle un puñetazo. Una bebida era lo único que necesitaba para decir cualquier cosa antes de pensarlo. Esa era la razón, a pesar de quererla mucho, de por qué no podía confiarle sus secretos. *¿Capitán sexy? ¿En serio? ¿Cómo se atreve a decir eso delante de todo el mundo?*

"Brooklyn, por favor," le dijo Mia al taxista, enseñándole la dirección en el teléfono. Nunca antes había estado en Cobble Hill, pero, por lo menos, no se encontraría con nadie conocido allí.

17

NUEVA YORK, EE.UU

Ava usó su móvil para andar por las oscuras calles de Nueva York después de haber estado caminando unos veinte minutos desde el puente de Brooklyn. Aunque conocía la ciudad, e incluso el área bastante bien, la dirección a la que se dirigía no le resultaba familiar. Lo había hecho cientos de veces antes en, al menos, veinte ciudades diferentes. Escondiéndose y ligeramente con el alma en vilo, imaginando voces de gente que conocía detrás de ella. Ella era eso y siempre lo sería. Después de recorrerse la calle de arriba a abajo dos veces, por fin encontró la entrada al centro de la comunidad local en un callejón oscuro. Estaba viejo, justo como esperaba; la pintura estaba descascarillándose de la puerta y un par de ventanas estaban rotas y habían sido cubiertas con cartón y madera reciclada. El buen olor viejo de filtro de café la reconfortaba y entró en el centro, donde el familiar semicírculo de sillas plegables de plástico baratas estaban dispuestas junto a la puerta. Llegaba tarde pero la perdonarían, quienes fuera que estuvieran. Mejor tarde que nunca, solían decir. Hoy, la mayoría de los miembros del grupo eran hombres en los cincuenta y muchos o sesenta años, algunos de los cuales parecían estar muy lejos de recuperarse. Ava siempre podía distinguirlos. Había abogados, médicos y otros respetables miembros de la sociedad, cuyos amigos no sabían que estaban aquí. Como ella, sus trabajos comportaban demasiada responsabilidad como para que nadie supiera que no eran tan estables como querían aparentar. Luego estaban los obreros bebedores, quienes, a menudo, se gastaban sus salarios en beber y jugar, y los maltratadores de esposas, quienes, a veces, se sentaban al lado de mujeres víctimas de ese tipo de hombres. Ya fueran cristianos, musulmanes, judíos, hindúes o ateos, heterosexuales o gays, hombre o mujer, era el único lugar donde la mayoría se sentía segura para hablar. Fuera de la sala, venían de mundos diferentes, fuera de la sala no hubieran intercambiado ni una mirada. Pero aquí, todos tenían algo en común y no se juzgaba a nadie. La reunión ya había empezado cuando Ava cogió un café y levantó la mano rápido a todos como forma de saludo.

Una extraña sensación de reconocimiento la golpeó cuando se sentó, acababa de ver a alguien conocido. Observó al grupo otra vez, para asegurarse de que solo estaba siendo paranoica. Se le paró el corazón cuando vio a la mujer, al final a la izquierda, frente a ella, en la mitad del círculo. *No puede ser...* Le costó reconocerla en vaqueros y con sudadera, el pelo todavía mojado de una ducha reciente, pero estaba incluso más guapa ahora.

"Hola," dijo la mujer. "Me llamo Mia y..." Mia miró alrededor del círculo antes de posar sus ojos en Ava. Cerró los ojos un segundo pero continuó con la voz lo suficientemente alta como para que todos la oyeran. "Y soy alcohólica. Llevo sobria ocho meses y diecinueve días." Aunque Mia parecía igualmente sorprendida por la presencia de Ava, la miró a los ojos mientras decía esas palabras.

El grupo murmuró su bienvenida.

"Gracias por venir, Mia," dijo el presidente asignado. "¿Hay algo que querrías compartir con nosotros antes de continuar? Mia dudó mientras se mordía la mejilla, todavía mirando fijamente a Ava. El grupo estaba esperando a que hablara pero, cuando se mantuvo callada, Ava se aclaró la garganta y se presentó.

"Hola a todos. Soy Ava y soy alcohólica. Llevo sobria seis años y siete meses." Hubo algunos murmullos más y Ava sonrió levemente a Mia cuando sus ojos se encontraron otra vez. Mia parecía en guardia, pillada incluso, cuando le dirigió un corto movimiento de la cabeza. Mia era la última persona que esperaba encontrarse aquí. La mujer en vaqueros, zapatillas y sudadera no se parecía en nada a la sobrecargo con la que había hablado solo dos horas antes. El pelo le colgaba por la espalda y estaba desparratada en la silla, las piernas estiradas y cruzadas delante de ella. *Guau.* De repente, la reunión había tomado otro giro y Ava casi olvidó por qué estaba allí. Hubo un momento maravilloso en el que se dio cuenta de que tenía más en común con su hermosa colega de lo que podía esperar. Sin embargo, no tardó mucho en sentir pánico. Mia trabajaba con ella. *¿Y si se lo dice a alguien? ¿Y si mis colegas se enteran?* Empezó a sentir un sudor frío y miró a la puerta. Las manos empezaron a temblarle. *Demasiado tarde. ¿Por qué irse ahora?*

"¿Ava?"

Ava se giró y miró al presidente, un hombre regordete de pelo rubio rojizo, unos treinta y pocos años. "Lo siento. ¿Qué has dicho?"

"Te he preguntado si hay algo que te gustaría compartir hoy."

"No." Negó con la cabeza. "Estoy bien."

"De acuerdo," dijo el presidente. "En ese caso, ¿serías tan amable de leer en alto los doce pasos?"

Ava cogió el libro que le daba el hombre y dirigió una última mirada a Mia antes de empezar a leer.

"Admitimos que no teníamos poder sobre el alcohol, que nuestras vidas se habían convertido en incontrolables. Llegamos a pensar que un Poder mayor que nosotros podría hacernos recuperar la cordura..."

"Mia, espera." Ava intentó captar la atención de Mia una hora después, después de haber recogido la sala. Se apresuró hacia ella, justo cuando Mia intentaba escabullirse. Cerró la puerta tras ella, dejándolas solas en el callejón oscuro. "Lo siento, veo que no estás de humor para hablar, pero es una sorpresa verte aquí." Mia disminuyó el paso dudosa, se giró y se apoyó sobre la pared.

"Igualmente." Bajó la mirada a sus pies, mordiéndose el labio. "Oye, Ava. Nadie sabe esto. No se lo puedes decir a nadie. Prométeme que no lo harás." Era verdad. Nadie lo sabía, ni siquiera sus padres. "Podría arruinar mi carrera si la aerolínea lo descubre."

"¿*Tu* carrera?" dijo Ava resoplando. "¿Y mi carrera? Yo soy la que pilota el jodido avión." Hizo una pausa. "E incluso sin ni siquiera soñar con volar bajo la influencia – cosa que no he hecho nunca, por cierto -, mi equipo podría empezar a hablar si lo supieran. Un capitán con un problema de bebida no es exactamente alguien que nuestra aerolínea querría tener empleada, ¿no crees?" Hubo una pausa. "Necesito saber que también puedo confiar en ti. Por eso tenemos que hablar, para no volverme paranoica cada vez que vayamos a trabajar después de esta noche."

Mia estudió a Ava. Su primer impulso fue alejarse,

pretender que esta noche no se habían visto, que nunca había estado allí. Estaba tan acostumbrada a guardárselo todo que, solo pensar que alguien supiera de sus problemas con la bebida, era casi insoportable. Pero las dos estaban aquí, y vio en los ojos de Ava el mismo pánico que ella había sentido desde que la vio entrar.

"Puedes confiar en mí," dijo por fin. "Tienes razón, las dos tenemos mucho que perder. ¿Puedo confiar en ti?"

Ava asintió. Todavía estaba aprensiva pero había un cierto alivio en sus ojos. "Sí, puedes confiar en mí. No tienes de qué preocuparte. Vamos, sabes que es la primera regla aquí. ¿Confidencialidad?" Levantó la barbilla de Mia para que la mirara, dibujando una suave sonrisa en sus labios. "Y, ahora, ¿no sería un poco raro que nos fuéramos en distintas direcciones, después de habernos visto aquí?"

"Supongo que sí." Mia se miró las zapatillas. "Sería extraño si no nos fuéramos juntas, pero también si nos fuéramos." Se mordió el interior de la mejilla otra vez, intentando decidir qué decir. "Siento como si hubiera hecho algo malo y me hubieran pillado."

"Yo también," dijo Ava. "Por tu reacción, asumo que esto te lo quedas para ti." Mia no contestó, así que continuó. "Nadie fuera del programa sabe esto de mí tampoco, y digo nadie, aparte de ti ahora. Estamos en el mismo barco."

"Vale." Mia asintió, sopesando con cuidado sus opciones. Ava podía ver que estaba tan en vilo como ella, quizás más. "Necesito que sepas que nunca he bebido antes o durante un turno de trabajo," soltó de la nada, sintiendo una repentina necesidad de defenderse.

"No lo dudo." Ava puso una mano sobre su hombro. "No te estoy juzgando, Mia. Las dos estamos aquí por la misma razón." Se encogió de hombros. "Oye, ¿quieres dar un paseo o algo? No tenemos que hablar de nada de esto. Solo un paseo sería fantástico."

Mia dio un suspiro, relajando sus hombros un poco. "De acuerdo. Un paseo sería estupendo." Señaló en dirección al puente de Brooklyn. "¿Qué tal por ahí?"

"Claro." Ava caminaba a su lado, en silencio al principio, intentando pensar qué decir. El nerviosismo de Mia le hacía olvidarse del suyo, pero estaba decidida a hacer todo lo que estuviera en su mano para relajar un poco el ambiente. "Vaya día, ¿eh? ¿Te encuentras un poco mejor?"

"Un poco." Mia consiguió sonreír. "Son las situaciones estresantes las que traen de vuelta las ansias," dijo. "Y, algunas veces, eso lo hace más difícil, porque, entonces, tengo dos cosas de las que preocuparme. El incidente *y* las ansias."

"Sí. Conozco ese sentimiento." Ava enterró las manos en los bolsillos traseros del pantalón y dio un suspiro profundo, diseccionando los familiares olores de Nueva York; algunos buenos y otros malos. El olor a roscas de pan recién hechas, los perritos calientes y la basura parecían mucho más dulces esta noche, mezclado con el perfume que llevaba Mia.

Caminaron por las calles tranquilas de Cobble Hill, junto a los tranquilos edificios de piedra. "Me encanta este barrio," dijo Ava. "Me encantaba la sensación de ciudad pequeña cuando vine por primera vez hace nueve años, por mi segundo trabajo. Estuve mirando para alquilar por aquí y, al final, acabé compartiendo apartamento con otro copiloto, porque los precios ya eran ridículos entonces. No puedo ni imaginar lo que costaría ahora."

"Una gran elección del sitio." Mia miró las librerías conservadas y las cafeterías a la moda, esparcidas entre boutiques, tiendas de ultramarinos locales y panaderías que estaban cerradas a esta hora de la noche. "Me gusta esto también. Tiene la sensación de calidez." Dudó. "¿Erais pareja? ¿Tú y el otro piloto?"

"No." Rió Ava. "No, Pedro era un hombre y los hombres no son en realidad mi tipo." Hizo una pausa, para asegurarse de que lo había entendido. Vio cómo Mia dibujaba una sonrisa. "Nuestra aerolínea ofrecía la oportunidad de trabajar aquí durante un par de años y los dos lo solicitamos. Sentí la necesidad de empezar de nuevo en aquel entonces. Había tenido una recaída, después de haber estado sobria durante tres años, y, aunque me recuperé en cuestión de días, la cultura del beber en la primera compañía aérea en la que trabajaba, no era el ambiente más saludable para mí. Cuando me mudé a Nueva York, le dije a todo el mundo, incluyendo a Pedro, porque era con quien vivía, que no bebía por mi religión y así era más fácil. No tuve que explicarme ni dar excusas. Todo el mundo respetaba que no bebiera. Así que, en aquel momento, empezar de nuevo era lo mejor que podía hacer para volver a ponerme en pie." Miró a Mia. "Llámalo huir, llámalo hacer trampas. No me importa. Funcionó. Estoy segura que sabes de lo que hablo."

"Sí. Yo solía moverme mucho. Solo en Londres, pero, aún así... me daba algo que hacer, algo en lo que centrarme cuando estaba en casa. Y cada vez era como comenzar de nuevo, como que se hacía más fácil, ¿sabes?" Mia se sentía más tranquila. Había entrado en pánico en el momento que vio a Ava en la reunión. Su mayor miedo, alguien descubriendo su secreto, se había hecho realidad. Por eso se sorprendía de sentirse más cómoda ahora, paseando por Nueva York con Ava. "¿Tienes mentor?" le preguntó.

"Solía tenerlo, cuando vivía aquí. Pero no he hablado con ella en años, así que supongo que ya no es mi mentora."

Ava frunció el ceño. "Es gracioso. No he pensado en ella en mucho tiempo, hasta ahora que has preguntado. De alguna manera, la echo de menos." Se volvió a Mia. "¿Tú tienes mentor?"

"No." Negó Mia con la cabeza. "Nunca he tenido uno. Supongo que me gusta hacer las cosas por mí misma. Rara vez voy a reuniones en Londres, por miedo a encontrarme con alguien conocido, como esta noche, y no estoy unida a nadie que haya conocido en las reuniones tampoco. Ni siquiera en Chatham, donde intento ir una vez a la semana. Conozco por nombre a la mayoría de los miembros del programa y son gente agradable, pero no socializo con ellos fuera de AA."

"¿Chatham? ¿Por qué allí?"

"Por ninguna razón. Simplemente, un día me subí al tren porque daba la casualidad de que había una reunión allí y realmente sentía que necesitaba ir. Era en una iglesia antigua. No soy religiosa pero, de alguna forma, era el lugar adecuado para encontrar la fuerza, en contraposición a un centro comunitario desgastado o la habitación estéril de un hospital. Volví la semana siguiente y, ahora, es mi grupo de origen."

"Eso está bien." Ava paró en la entrada del metro y arrastró los pies en el sitio. Ahora que habían empezado a hablar, se sentía mejor y más segura y quería pasar más tiempo con Mia. "Yo solo voy a reuniones unas dos veces al mes actualmente, pero hoy ha sido un día duro."

"Sí que lo ha sido." Mia movió la cabeza. "Todavía no me puedo creer que se haya ido. Bajo mi cuidado."

"Eh, no eres enfermera, Mia."

"Ya lo sé" Mia se vio abriéndose a Ava. Se sentía bien hablar con alguien, como si un peso se le estuviera quitando lentamente de los hombros. "No quiero volver al hotel todavía," se oyó decir. "La tripulación puede que esté todavía en el bar y Lynn siempre está tratando de engancharme para que me una a ellos. ¿Te apetece comer algo? Conozco un restaurante mexicano estupendo, si tienes hambre, y no sirven alcohol, en caso de que estés intentando evitar esos sitios..." Miró a Ava. "No tienen licencia, cosa rara en los restaurantes mexicanos."

"Un mexicano suena bien," dijo Ava. "Así que ¿ahora eres tú la que me va a enseñar la ciudad? Me gusta."

"No esperes demasiado. Es mi lugar para ir cuando estoy en Nueva York pero, aparte de eso, no tengo ninguna información local."

"No estoy muy segura de eso." Ava ladeó la cabeza. "¿Estás hablando de *Bonito*?"

Mia abrió los ojos de par en par. "Sí. *Bonito y Barato*. Delicioso y barato. ¿Has estado ahí?"

"Sí. Da la casualidad de que también es uno de mis lugares favoritos." Ava sonrió de oreja a oreja. "Parece que, al final, esta noche no va a ser tan mala."

"No." Rió Mia. "Supongo que tienes razón." Dudó mientras caminaban. "Bueno...antes de que te viera en AA, asumí que esta noche tenías una cita."

"¿Una cita?" Ava negó con la cabeza divertida. "No he tenido una en siglos. Espera... ¿De verdad crees que saldría con otra mujer esta noche y contigo mañana por la mañana? ¿Así es como me ves?"

"¿Así que mañana iba a ser una cita? ¿Eso es lo que están diciendo?" preguntó Mia, intentando reprimir una sonrisita.

Ava se quedó de piedra ante la repentina sinceridad. "Mm... Lo siento. Quizá estaba sacando las conclusiones equivocadas. Tenía la sensación de que estabas buscando una cita cuando hablamos en Dubái. Pero, en realidad, no sé si tú..."

"No, tenías razón," la interrumpió Mia. "También lo estaba haciendo yo de una forma torpe. Y soy gay." Miró a Ava. "Lo he sido durante mucho tiempo, en caso de que te lo estuvieras preguntando. Muchas mujeres me toman por una chica hetero desesperada por experimentar." Se rió. "Algunas veces se hace extraño. Creo que es la mirada de la azafata de vuelo. No me hace ningún favor."

"Estoy de acuerdo con que el uniforme puede confundir." Ava rió también. "Me alegro de que las dos estemos aquí, incluso aunque haya sido por circunstancias de lo más extrañas. Por lo menos, hemos hurgado directamente en la etapa de "conocer-los-secretos-más-oscuros-de-cada-una", bromeó. Ava no quería preguntarle por su historia con la bebida. No era asunto suyo, a menos que Mia decidiera compartirlo, y tampoco ella quería hablar de sus propios problemas, así que lo dejó estar. Esta noche necesitaba una conversación desenfadada y una buena comida. Sintió cómo le sonaba el estómago.

"Bueno, Mia, ¿cuánto te gusta ser sobrecargo?" Ava entornó los ojos con esa pregunta tan sosa que, por lo que parecía, era lo único que se le venía a la cabeza. *Venga Ava. Puedes hacerlo mejor.*

"Me gusta." Mia se puso la sonrisa falsa de auxiliar de vuelo más encantadora y bateando las pestañas. "No, dejando los chistes aparte, me encanta. Puedo viajar, tengo tiempo para mí y me encanta la gente con la que trabajo. Mi carrera va bastante bien. Es divertido ser sobrecargo pero, algunas veces, solo quiero estar alejada de la gente, ¿sabes? Algunas veces me gustaría estar en cabina contigo, protegida por esa puerta sagrada que nadie puede traspasar." Se encogió de hombros. "Pero, con todo, me gusta mi trabajo. Bueno, y ¿cuánto te gusta ser la capitán? Pareces bastante joven para serlo, si no te importa que te lo diga."

La cara de Ava se iluminó cuando Mia mencionó la palabra. "Oh, Dios, ¡me encanta! Obtener mi licencia de piloto comercial es la mejor decisión que he tomado jamás. Mis padres, al principio, no querían oír hablar de eso, pero seguí incordiándoles hasta que, al final, desistieron. Ahora son ellos los que siempre están rogándome descuentos en los billetes y presumiendo con los vecinos de mi carrera." Rió. "Y sí, soy una de los diez capitanes más jóvenes que nuestra aerolínea ha empleado nunca. Tengo treinta y siete ahora, pero he trabajado duro para ello. Sé que soy competente y he hecho mis buenas horas en el aire, así que no hay razón por la que no debería ser capitán en este momento de mi vida."

"Tus padres deben estar orgullosos." Mia le lanzó una mirada. "Es algo grande ser responsable de la seguridad de cientos de personas mientras estás en el aire."

"Sí que lo es. Por eso voy todavía a AA. Incluso después de seis años. No me puedo permitir un desliz o cometer errores." Miró a Mia. "Y tú tampoco."

"Lo sé." Suspiró Mia. "Hasta ahora, lo estoy llevando bien."

18

NUEVA YORK, EE.UU

"¿Limón o lima?" Mia levantó los dos para estrujarlos sobre el ceviche de Ava. El extravagante pequeño restaurante estaba lleno esta noche pero habían podido conseguir una mesa pequeña para dos al lado de la ventana. Sonaba música de mariachi de fondo, en el salón lleno de cactus, atrezos mexicanos y otras decoraciones cursis, bañados en la luz roja que procedía de guirnaldas de lucecitas del techo. Arreglos de falsas flores rojas llenaban todo el poyete de la ventana que estaba a su lado y que hacía juego con el mantel rojo con lunares blancos.

"Para mí siempre limón."

"¿Limón?" Mia dirigió una mirada divertida a Ava. "Es una elección interesante. ¿Te importa si te pregunto por qué?"

"¿Me estás pidiendo que justifique mi preferencia en cítricos?" le preguntó Ava, igualmente juguetona.

"Sí." Mia puso las porciones de limón al lado del plato de Ava y se echó lima sobre el suyo. "La lima tiene más intensidad. A mis ojos, es un delito poner limón en cualquier tipo de pescado crudo de buena calidad, aparte del salmón."

"Vale, relájate, intolerable al limón." Ava rió. "Me explicaré en profundidad. Los limones son más dulces y jugosos, y no tienen el sabor amargo que deja la lima. El color de la piel, en contraste con el color de las hojas, es una de las combinaciones de color más brillantes que se encuentra en la naturaleza, y no tienen manchas marrones como las limas. El sabor me recuerda a mi niñez. No soy buena cocinera pero, viniendo de Jordania, mi madre le pone limón a casi todos los platos que cocina, dulce o salado. Son antibacterianos, fantásticos para la piel y ayudan a curar el acné. De donde vengo, lo usamos incluso para blanquear los tobillos y rodillas. O puedes mezclar el jugo con bicarbonato y tienes blanqueador de dientes." Cogió un trozo de limón y lo estrujó sobre su pescado. "¿Ves? Sabroso, bonito y versátil."

"Guau. Sí que eres una apasionada de tus limones." Rió Mia. "¿Por eso tus dientes son tan fantásticos?" Sonrió nerviosa al darse cuenta de que estaba flirteando.

Ava ladeó la cabeza y sonrió. "¿Te gustan mis dientes?"

"Ajá." Mia no podía mirarla más por temor a ponerse roja, así que se concentró en su comida. "Me dijiste que tus padres son de Jordania," dijo, intentando cambiar de tema. "¿Creciste allí?"

Ava negó con la cabeza. "No, nos mudamos a Inglaterra cuando yo tenía seis años. Mis padres, mi hermano pequeño y yo. Crecí en Cambridge. Mi padre era profesor académico en historia moderna de Oriente Medio en la universidad de allí y mi madre es profesora de arqueología, también en Cambridge. Ella todavía trabaja, mi padre está jubilado."

"Impresionante." Mia levantó la mirada, encontrándose,

por fin, con los ojos de Ava. "Una familia académica. ¿Estáis muy unidos?"

Ava pensó un momento antes de asentir. "Sí, diría que sí. Hemos tenido nuestras diferencias, por supuesto. Son bastante liberales pero, aún así, fue mucho para ellos procesar cuando salí del closet. Aparte de eso, siempre quisieron que me dedicara a la enseñanza, me decían que era demasiado inteligente para pasar mi vida llevando a gente de un lado a otro, aunque estoy segura que no es lo que hago. Yo no podría hacer nunca lo que hacen ellos." Se rió. "Pero ahora estamos bien. Ceno con ellos una vez a la semana, a menos que esté fuera."

"Eso está bien." Mia daba vueltas a la ensalada con el tenedor. "Aunque no estoy de acuerdo con ellos. Creo que tu trabajo es admirable y poderoso. Debe ser increíble ser capaz de pilotar ese avión tan grande al otro lado del mundo. Pensé en ser piloto cuando era más joven. Supongo que ser sobrecargo es lo siguiente mejor, así que es lo suficientemente bueno para mí."

"¿Has pensado alguna vez en la escuela de pilotos?" Le preguntó Ava.

"No puedo. Tengo un problema de audición en la parte izquierda. Una herida traumática hace trece años. No es nada con lo que no pueda vivir, pero los exámenes físicos son muy estrictos. No aprobaría nunca."

"Lo siento."

"No lo sientas. Fue mi culpa y he aprendido a vivir con ello. Siempre me aseguro de girar la cabeza a la derecha cuando la gente me habla y leo los labios cuando los motores del avión están rugiendo. De momento todo ha ido bien."

"¿Así es como te hiciste esa cicatriz?" le preguntó Ava señalándole la frente.

Mia se pasó un dedo sobre ella, bajando la mirada al plato. "Sí"

Ava decidió no indagar más. Tenía la sensación de que era un tema sensible. "¿Estás unida a tu familia?"

Mia dudó, no muy segura de cómo contestar a esa pregunta. "Sí. Estamos bien, supongo. No fantásticamente, pero bien. No los veo mucho. Tengo una hermana quince años más pequeña que yo. Estudia fisioterapia y es una nadadora con talento, ha ganado algunos campeonatos regionales y ahora está para ser seleccionable para el equipo nacional. Mi madre es enfermera y mi padre cartero. Una familia inglesa bastante clásica, diría." Mia rió. "Muy clásica en realidad. Ya sabes, dos hijas, un gato y un coche, asado para cenar los domingos, noches de bingo, ferias en los pueblos, aficionados del equipo de fútbol local, amistosos con los vecinos, vacaciones en España, con todo incluido, por supuesto..."

Los ojos de Ava se abrieron de par en par cuando rió. "Guau. Acabas de resumir todo lo que yo soñaba cuando era niña. Bueno, aparte del coche, nosotros teníamos dos."

"Puedo decir lo mismo de ti." Mia le dio su plato vacío al camarero y le dio las gracias. "Siempre deseé cosas más exóticas, siempre sentí la necesidad de escapar, de explorar. Créeme, cuando tienes dieciséis años y vives en un pueblo donde todos los días son iguales, saltas en todo lo que es diferente."

"Y por eso te decidiste a embarcarte en la aviación," concluyó Ava.

"Sí." Mia se echó para atrás para que el camarero pusiera los condimentos para los platos principales. Los trabajadores, más que andar, corrían aquí y las reglas de salubridad y seguridad no parecía que existieran cuando entraban y salían de la cocina con, algunas veces, seis platos balanceándose en sus manos y brazos.

"Bueno, cuéntame de tu hermana." Le dijo Ava.

"Ami." Rió Mia. "Se llama Ami, con i latina. Es un anagrama de Mia, como seguramente te habrás dado cuenta. Mi madre, por alguna razón, pensó que era muy inteligente pero yo nunca le vi la gracia. Lo único que conseguimos fue mucha confusión en quién llamaba a qué de cualquier miembro de la familia de más de setenta años. Nuestros abuelos, cuando vivían, siempre lo decían mal. Estoy segura de que mis padres, si tuvieran otro hijo, la o le llamarían Aim o Mai.

Ava se rió. "O Iam."

"Sí, o eso." Mia se rió también. "Bueno, no hay mucho que decir de Ami con i latina. No estamos muy unidas y rara vez la veo. ¿Y tu hermano?" preguntó, cambiando de tema. "¿Estáis unidos?"

"Sí," dijo Ava. "Se llama Zaid. Aparentemente, es muy inteligente pero yo nunca lo he visto de primera mano."

"¿A qué se dedica?" Le preguntó Mia.

Ava ladeó la cabeza. "¿Te suena el nombre Zaid Alfarsi?"

"Por supuesto." Los ojos de Mia se abrieron como platos cuando, de repente, cayó en la cuenta. "¿No es ese tipo motivador? ¿No mires atrás, no vas en esa dirección? ¿Ese?"

Ava se rió. "Sí. Ese es mi hermano pequeño. Digo pequeño, pero solo es tres años menor."

"No me lo puedo creer." Mia se quedó pasmada al descubrir que el psicólogo de masas con más éxito del Reino Unido era hermano de Ava. Lo había visto en televisión un par de veces, haciendo que la gente se pusiera histérica en escena. Aparentemente, era bastante talentoso, contratado por empresarios de alto nivel y celebridades cuando salía de tour. "¿Te hace esas cosas a ti también?" le preguntó. "La cosa motivacional, quiero decir."

"Mejor que no lo haga," bromeó Ava. "Lo intenta, pero siempre estoy sobre él. No quiero tener nada que ver con esa mierda, pero lo respeto por hacerlo tan bien por él mismo. Es un tío fantástico cuando no intenta hacerme la vida horrible con sus chistes prácticos. Y tiene muchos, créeme."

"¿Ah, sí? ¿Cómo qué?"

Ava puso los ojos en blanco. "Solo cosas de críos. Cuando está en casa parece como si nunca hubiera crecido. La semana pasada, cuando estábamos cenando en casa de nuestros padres, puso mis llaves de casa en la gelatina que se estaba enfriando en el frigorífico y, antes de irme, me pasé veinte minutos separando mis zapatillas. Había liado los lazos con los nudos más complicados que he visto jamás y, por supuesto, -lo tendría que haber sabido- había el mismo tipo de gelatina en mis zapatillas cuando me las puse. No es ni gracioso."

"Para mí suena entretenido." Mia levantó la mano. "Lo siento." Miró al plato humeante que le pusieron delante. "Guau, estos tacos tienen una pinta estupenda."

Ava gimió con el primer bocado. "Dios mío. Y sabe fantástico también." Cerró los ojos y lo saboreó. "¿No crees que la comida sabe mucho mejor sin alcohol?"

Mia se rió con su entusiasmo. "Sí, supongo que tienes razón. Nunca lo había pensado así."

"Quiero decir, no toda la comida, claro," continuó Ava. "Un filete nunca será lo mismo sin vino rojo, así que dejé de comer eso. Pero, cualquier otra cosa... mmm." Levantó su vaso de agua con limón y brindó con el vaso de Mia. "¿Y sabes qué? No es lo único que es mejor sin alcohol."

"Ah, ¿sí? ¿Qué más?" Mia analizó los ojos de Ava. Tenían un aire de travesura que no había visto hasta ahora.

"Besar." Se hizo el silencio.

Mia se rió nerviosa pero Ava no parecía arrepentirse de su provocadora declaración.

"¿En serio?"

"Sí. ¿No estás de acuerdo? Es mucho más intenso cuando estás sobria. No tienes nada que esconder, no hay excusas. Solo puro y franco deseo. El recuerdo es también más vivo, así que puedes revivirlo una y otra vez." Ava sonrió y le dirigió una intensa mirada con sus ojos verdes claros de gato. "Es sincero."

Mia se podía oír tragando. Una descarga de calor le llegó al corazón y contuvo el aliento durante lo que parecía una eternidad, para pensar una respuesta.

"Ya," fue todo lo que pudo decir. "Supongo que cuando lo pones así..." Se permitió darse el gusto de mirar los ojos de Ava un momento. "No he sentido esa chispa en algún tiempo. No he conocido a nadie a quien haya querido besar lo suficiente como para que..." Movió la cabeza. "Tengo citas algunas veces pero es difícil cuando no bebes. Besar a alguien que acaba de tomarse un margarita, puede ser molesto y pedir agua en una cita, tampoco es que diga "aquí hay una persona excitante, exótica, salvaje y divertida." Soltó una risita. "Normalmente es una bandera roja. La gente te toma por alguien sosa, remilgada y aburrida."

"Lo entiendo." Ava todavía tenía una sonrisa de satisfacción en su cara, pasándoselo bien. Puso una cucharada de guacamole en otro taco y lo aderezó, antes de comérselo con las manos, chupándose los dedos. "He tenido el mismo problema un par de veces. Y el tema de la sobriedad tampoco es un tema para sacar en una primera cita. De alguna manera, es extraño, como que estás contando demasiado pero también está mal si no lo haces porque tu cita se merece saber en qué se está metiendo, ¿verdad?"

Mia asintió. "Oh Dios, está tan bien poder hablar por fin con alguien que lo entiende. He pensado en salir con alguien de AA, solo para hacerme la vida más fácil, pero tampoco hay mucho donde elegir, si quitas a los hombres, las mujeres heteros, la gente con problemas de gestión de la ira, daño cerebral permanente por beber, o alguien de más de cuarenta y cinco o cincuenta."

Ava se rió. "Bien dicho. Estoy de acuerdo en eso contigo. Así que ¿no estás saliendo con nadie ahora?"

"No. Y asumo que tú tampoco, por lo que has dicho antes."

"No." Ava le guiñó un ojo. "Aparte de estar aquí sentada contigo ahora." Le pidió a un camarero que pasaba por su lado que encendiera las dos velas que había entre ellas. La luz que se reflejaba por los agujeros de los candelabros en forma de calavera de color brillante, daba una luz acogedora a la mesa. "Parece como si fuera una cita, ¿verdad?"

Mia soltó una risita de nervios. "Sí que lo parece." Puso una cucharada de salsa en un taco y lo cubrió con guacamole y queso. "Habría sido una gran cita si lo fuera. Me lo estoy pasando bien."

"¿Quiere eso decir que te vas a quedar para el postre?"

Mia tenía la sensación de que Ava no se refería a la comida, pero, cogió el menú que tenía a su lado y lo estudió mientras se comía el taco.

"Quizás. Si hay algo aquí que me guste," dijo después de tragar. Sonrió cuando sintió los ojos de Ava en ella. "Deja de mirarme así. Me estás poniendo nerviosa."

"Lo siento." Se rió Ava. "Parece que no lo puedo evitar esta noche. Te diría que, normalmente, no soy tan intensa y hablar con gente nueva no me resulta fácil, pero, seguramente, no me creerías. Aún así... déjame decirte que creo que eres absolutamente impresionante." Sus ojos se encontraron con los de Mia. "Me encanta ese pelo largo oscuro y los ojos oscuros... Son como exóticos."

"Bueno, voy a tener que decepcionarte," dijo Mia, ruborizada por el cumplido. "Soy toda inglesa. Hasta lo que yo sé, por lo menos." Sintió cómo sus mejillas se enrojecían. "Que conste que yo creo que eres una de las mujeres más atractivas que he conocido también. Tus ojos... son como ojos de gato y el color es extraordinario. ¿Todas las mujeres de Jordania son tan deslumbrantes? Porque, si lo son, podría pensarme en mudarme allí." Para gran satisfacción de Mia, ahora era el turno de Ava de ruborizarse.

"Los ojos claros no son raros." Ava rellenó sus vasos con agua con limón. "Pero no te recomendaría mudarte allí si estás buscando marcar un gol. La homosexualidad no es ilegal en Jordania, pero no es celebrado, ni incluso tolerado, por la mayoría de la gente." Dejó el taco y se reclinó en la silla. "Pero, aparte de eso, el país es precioso. He vuelto un par de veces en estos años y Petra, mi ciudad natal, nunca deja de sorprenderme. Es tan rica en historia y tesoros naturales. La llaman la ciudad roja porque las estructuras de la ciudad están talladas de rocas rojas de las montañas. Parece de otro mundo por la noche, cuando está iluminada."

"¿Tienes familia allí todavía?" le preguntó Mia.

"Sí. Mi tía y mi tío, que son con los que me quedo cuando voy, viven en un pueblo a las afueras de Petra, donde llevan su propio negocio textil. Mi abuela vive al doblar la esquina. Hay un olor que siempre me recuerda mi niñez." Ava hizo una pausa para buscar las palabras. "Huele a polvo o arena, supongo." Se rió. "Pero en el buen sentido. Mezclado con el olor a tabaco, a pipa oriental y con todo demasiado caliente, y siempre hay un leve aroma a comida también, vayas donde vayas." Ava volvió a reírse. "Seguramente no lo estoy vendiendo pero, definitivamente, merece la pena hacer un viaje, aunque solo sea por la comida."

"Tendría suerte si pudiera hacerlo algún día, si la compañía aérea expande sus destinos a Jordania." Mia sintió escalofríos por la tensión que había entre ellas. Era tan obvio, tan fuerte. Lo había sentido en el momento que se conocieron, pero ahora sabía que Ava lo sentía también, la noche empezaba a ponerse excitante. Dirigió su mirada a la boca de Ava por un momento e, inconscientemente, se lamió los labios. El estómago le estaba haciendo cosas raras, así que dejó el taco medio comido, incapaz de terminarlo. Todo lo que quería era los labios de Ava en ella.

Ava se dio cuenta de su mirada. "¿Estás bien?" Su voz era baja y ronca.

"Hmm, sí." Mia murmuró, luchando por dejar de mirar la boca de Ava. "Ya no tengo tanta hambre."

"¿Te gustaría compartir un postre?"

Mia cogió el menú otra vez. "¿Tarta de lima? Me temo que no tienen tarta de limón." Sonrió detrás de la carpeta de piel.

"Tomaré la de lima, solo por esta noche." Dijo Ava con una sonrisa. "Si eso te hace feliz, Mia."

19

NUEVA YORK, EE.UU

A va salió del taxi delante del hotel de Mia y le dio al
taxista una propina generosa. "Gracias. No se preocupe por la otra parada, creo que me quedo aquí."

"¿Entras?" Le preguntó Mia. "No puedo dejar que vayas
sola todo el camino de vuelta."

"Solo son cinco manzanas. Me gusta caminar." Sonrió
de oreja a oreja. "Pero, primero, quiero asegurarme de que
llegas a tu habitación sana y salva."

Mia sintió cosquillas en el interior. "Probablemente es
una buena idea. ¿Quién sabe lo que podría pasar por los
pasillos luminosos y seguros de un hotel de cuatro
estrellas?"

"Desde luego." Ava la siguió al entrar. "¿Quién sabe lo
que podría pasar?"

E staban de pie en la puerta de la habitación de Mia,
frente a frente, mientras estaban a punto de despedirse. Mia fue la primera en hablar.

"¿Quieres entrar? ¿Solo para asegurarte de que entro segura?" bromeó.

"No, tengo que volver. Yo..." Ava dudó, mirando la boca de Mia.

"No pasa nada." La interrumpió Mia cuando se dio cuenta de que Ava estaba buscando una excusa. "Gracias por esta noche. Me lo he pasado muy bien."

"Yo también." Ava pasó un dedo por el dorso de la mano de Mia. Fue un roce de lo más leve pero se sentía cargado. Los pelos del brazo de Mia se erizaron cuando Ava la miró a los ojos.

"¿Besas en la primera cita?"

Mia sonrió. "Algunas veces. ¿Y tú?"

"Sí." Ava bajó la voz. "Si me gusta alguien." Avanzó un paso, cerrando la distancia entre ellas y la cogió de la cintura con una mano mientras pasaba la otra mano por el pelo, esperando permiso.

Mierda. El cuerpo de Mia ardía y el corazón empezaba a latirle en el cuello. Si alguna vez había estado tan caliente, no lo recordaba. Cuando ella no se opuso, Ava la empujó contra la puerta y se inclinó. Mia la miró, abriendo los labios. El hambre en los ojos de Ava era obvio y la reacción que sentía en el interior, con la mano en su cintura, era alarmantemente intensa. Los dedos de Ava jugaban con el bajo de la sudadera. Metió un dedo debajo y acarició la piel de Mia. Posó sus labios suavemente sobre los de Mia, tomándose su tiempo. Mia solo se dio cuenta de que estaba conteniendo el aliento cuando soltó el aire profundamente, temblando con esa sensación. Puso la mano en la nuca de Ava y la acercó mientras la besaba, hundiéndose en la calidez de su boca. Fue como una explosión. Gimió suavemente, ahogándose en la sensación de la lengua de Ava jugando con la suya mientras se apretaba más a ella. Mia permitió que sus manos rasgaran la parte superior de su talle y las movió debajo de su camiseta, trazando su columna. La piel de Ava era cálida y suave y la sesión de besos apasionados la hicieron estar húmeda en segundos, ansiando más.

Las dos dieron un salto y se separaron cuando el sonido de un timbre indicó que la puerta del ascensor estaba a punto de abrirse. Un Farik muy borracho iba dando trompicones por el pasillo con un jovencito en su brazo y riéndose de uno de sus chistes, como siempre. Ni siquiera las vio, demasiado ocupado por llevarse al otro hombre a su habitación lo más rápido posible.

Ava suspiró cuando desaparecieron de su vista. "Será mejor que vuelva a mi hotel," dijo, sonrojada todavía por el beso. Volvió a mirar la boca de Mia, dudando, luego sus ojos y negó con la cabeza, sonriendo. "Antes de que pierda el control."

"Yo también." Mia le cogió la mano, no lista para decir adiós. Estaba emocionada, todavía en todo lo alto por el agarrón de Ava y el beso húmedo que acababan de compartir. Quería a Ava en su cama pero estaba claro que esta noche no iba a pasar. "¿Te veo mañana entonces?"

"Sí. Nos vemos por la mañana." Ava retiró la mano y le tiró un beso antes de girarse en dirección al ascensor.

20

NUEVA YORK, EE.UU

Mia estaba en la cama, despierta, mirando al techo. *Guau. Solo guau.* Ava besaba excepcionalmente y estaba tan caliente que no sabía qué hacer. *¿Hace calor aquí?* Se levantó de la cama y puso el aire acondicionado, una manera desesperada de refrescarse.

Ver a Ava en la reunión de AA había sido un shock. No esperaba encontrarse nunca con alguien conocido en una reunión, simplemente porque nunca le había pasado en todos los años que llevaba yendo. Se había convertido en una experta en la mentira y en evitar reuniones en lugares donde su familia o amigos pudieran estar. Ver a alguien de la tripulación técnica era lo último que esperaba ver, especialmente la capitán. El hecho de que Ava supiera de su problema con la bebida ya no le molestaba tanto. Ava nunca diría una palabra, ella también tenía mucho que perder. E incluso, aunque no fuera el caso, Mia tenía la sensación de que podía confiar en ella, a pesar de que la conocía muy poco. Sintió que la tranquilidad silenciosa de alivio relajaba su cuerpo y su mente. Durante años, había mantenido su secreto para ella, llevando la carga consigo. Era una experiencia totalmente nueva poder compartirlo con alguien que lo entendía. Sus padres no lo sabían, su hermana no lo sabía y sus amigos no lo sabían. Nadie, excepto Ava, lo sabía. Durante años, había estado esquivando preguntas, planificando sus visitas ocasionales a sus padres en días entre semana porque ellos solo bebían sábados y domingos. No quería que supieran que todavía tenía problemas. Que no había aprendido la lección, incluso después de lo que había pasado hacía muchos, muchos años. No quería que supieran que su problema iba más allá del accidente, que sus ansias siempre serían parte de ella, sin importar cuántos años hubieran pasado. Ya había hecho suficiente daño a su familia y no haría ningún bien que supieran que se estaba recuperando de su adicción al alcohol, por ninguna otra razón que no fuera que necesitaba beber para sentirse bien. Mia no había tenido una infancia traumática. De eso estaba segura. Sus padres la habían ayudado y aceptado durante su difícil adolescencia y no hicieron un drama cuando les confesó que estaba enamorada de su primera novia. Nada en su educación había sido traumático y no había excusas donde esconderse. Nunca, en todos esos años de búsqueda interior, había encontrado un simple desencadenante para su comportamiento y, finalmente, había aceptado que solo estaba ahí. No era un trauma, ni genético y, desde luego, no era un comportamiento aprendido. Mia no tenía muchos amigos, aparte de Lynn. Ocasionalmente se tomaba un café con su prima, que vivía unos cuantos bloques más lejos, y salía con sus colegas cuando tenían una escala, pero nunca había dejado acercarse a nadie lo suficiente como para contarle su secreto. Incluso Lynn, a quien conocía de muchos años, estaba ajena a sus problemas con la bebida. Pero las cosas habían cambiado esta noche, cuando vio a Ava. El pánico de haber sido descubierta se convirtió en una extraña sensación de comodidad. Estar sobria siempre sería una lucha, pero esta noche no se había sentido completamente sola.

Ava. Dios, era sexy. Tenía esa misteriosa belleza del Oriente Medio, por la que tanta gente mataría. *Esos ojos...* Mia se metió de nuevo en la enorme cama del hotel, cerró los ojos e intentó imaginársela, deslizando su mano bajo las bragas. *Y esos labios...* Empezó a respirar con dificultad cuando se tocó, recordando su beso una y otra vez. Ojalá estuviera aquí ahora. La deseaba. ¿Cuál era su problema? ¿Por qué no podían tener una noche de sexo increíble, saltándose todas las formalidades y ponerse-a-conocerse-la-una-a-la-otra mejor? Podrían hacer todo eso más tarde pero, ahora, Mia necesitaba el peso de Ava sobre ella. Tenía que tenerla. Cada vez que pensaba en el momento que habían tenido en el pasillo del hotel, su cuerpo se debilitaba y el vibrante latido entre sus piernas se hacía demasiado fuerte como para ignorarlo. Se frotó el clítoris con los dedos, desplomándose sobre el colchón mientras se estimulaba para liberarse. Antes de lo que esperaba, el conocido placer de un orgasmo que se acercaba crecía dentro de ella, extendiéndose desde el centro hasta los pies y hacia su cabeza, nublando su mente con un placer maravilloso. Gimió mientras se corría, cerrando los ojos de placer. *Ava.*

21

NUEVA YORK, EE.UU

Ava cerró la puerta tras ella y, dejando escapar un suspiro, se apoyó en ella. Si le quedaba alguna fuerza de voluntad, se le habría derretido con diez segundos más con Mia. Y ahora estaba sola en una habitación, a solo cinco manzanas de distancia. Se había ido justo a tiempo. ¿O había cometido el mayor error de su vida? Porque, desde luego que se arrepentía de haberse ido. *¿Por qué no he aceptado su invitación a entrar? ¿Por qué he huido?* Ava no tenía ni idea. Ahora podría estar echada sobre Mia, dándose un banquete con su cuerpo, dándole placer durante horas, hasta que las dos estuvieran tan exhaustas como para moverse. Pero, en vez de eso, se había ido. ¿Estaba siendo cortés o solo estúpida? No recordaba nada de su paseo de vuelta al hotel. Caminar por Manhattan de noche era algo que le encantaba hacer, pero todo le había pasado como en una niebla, como si estuviera mirando a través de una gasa. *¿Por qué tenía miedo? Quizá lo tenía.* Aparte de su familia, Ava no dejaba que nadie se acercara y hablar de cosas personales no era algo que solía hacer. Incluso sus ex novias se quejaban de que no las dejaba entrar en ella, y tenían razón, por supuesto. Ava nunca les había hablado de sus problemas con la bebida. Ni siquiera a Pedro, que había sido su mejor amigo durante años. Ava se preguntaba a menudo si, con el tiempo, se lo habría dicho, si hubieran seguido siendo amigos. Intentó sacudirse la pérdida de esa maravillosa y simple amistad. A pesar del día tan estresante, la noche había sido fantástica y no iba a dejar que el pasado la arruinara. Había hablado con Mia durante toda la noche y ahora se sentía diferente, esperanzada, como si estuviera escribiendo un nuevo capítulo de su vida y cualquier cosa fuera posible.

Ava se separó de la puerta, fue al cuarto de baño y abrió la ducha antes de desnudarse ante el espejo. Su cuerpo se veía bien desde que había empezado a correr más, y el hecho de estar acercándose a los cuarenta no le preocupaba lo más mínimo. Ava estaba orgullosa de la definición de los músculos de los hombros, que había conseguido al nadar regularmente, y sus abdominales y piernas parecían fantásticas también, después de retarse a sí misma a hacer, por lo menos, una medio maratón al año. Sus pechos eran pequeños pero tenían una buena forma y la gravedad no había ganado la batalla todavía. Era maravilloso tener el control de su cuerpo otra vez. Definitivamente, estaba en mejor forma que cuando tenía veintipocos años. La bebida se habría cobrado el peaje de su cuerpo tiempo atrás, dejándola sin energía para hacer ejercicio por las mañanas. Ahora estaba a tono, se sentía fuerte y disfrutaba de verdad una buena comida. La cena de esta noche había sido fabulosa, aunque estaba bastante segura que no habían sido los famosos tacos de Bonito los que le habían hecho sentir así.

Ava se metió en la bañera y cerró los ojos cuando el agua caliente le resbalaba por la cara. *Mia*. Le intrigaba como nunca lo había hecho nadie. Mia había estado a la defensiva al principio, pero, según avanzaba la noche, se había soltado y había sido una gran compañía. *Me pregunto cuál es su historia.* Ava se alegraba de no haber preguntado porque era demasiado pronto. Además, Mia no había dado muestras de que quería hablar sobre sus problemas fuera de AA y, aunque ahora compartían algo increíblemente privado, eso no quería decir que empezarían a compartirlo todo. Sin embargo, quería saber más de ella. La sonrisa de Mia hacía sonreír a Ava también y su risa era fuerte y honesta. Sus ojos oscuros se la tragaban entera y su beso... bueno, ese beso era algo de lo que no se olvidaría fácilmente. Ava no se había sentido así con nadie en años. Daba miedo lo mucho que tenían en común, lo mucho más fácil que resultaba hablarle a alguien que había batallado los mismos demonios. Pero incluso sin todo eso, incluso sin la inesperada reunión en AA, había habido atracción instantánea hacia Mia en la cabina cuando se encontraron por primera vez. Ese momento electrizante, cuando Mia le dio la mano, todavía estaba vivo en su recuerdo. Nunca había creído en la química instantánea pero no podía negar que la había sentido con Mia. Ava puso la mano bajo el dispensador de jabón y se puso una generosa cantidad en la palma, antes de frotar la sustancia espumosa sobre el cuerpo, prestando especial atención a su estómago y sus pechos. Se sentía sensual esta noche.

22

NUEVA YORK, EE.UU

"Buenos días." Ava cogió el café y se unió a los pocos miembros de la tripulación que había en la mesa del desayuno. "¿Cómo está todo el mundo hoy?" Cuatro pares de ojos vidriosos la miraron fijamente.

"¿Qué hace aquí, capitán?" Le preguntó uno de ellos.

"Por favor, llámame Ava," sonrió. "Bueno, he oído que el café aquí es mejor, así que pensé en venir y verlo por mí misma."

Lynn la miró con sospecha, tomando un sorbo del café. "De verdad que no es tan bueno Ava. De hecho, creo que la máquina podría necesitar una limpieza en profundidad."

"Aj, qué asco." Ava hizo una mueca al probar la infusión oscura. "Tienes razón. Esto es atroz." Soltó una risita. "Vale, no estoy aquí por el café. Vengo a recoger a Mia. Pensé que podría ser bueno hablar de lo que pasó ayer." En realidad, no era mentira y no era inaudito que una capitán y una sobrecargo pasaran tiempo juntas.

"Sí, fue horrible. Nunca he visto, por no hablar de tocar, a una persona muerta." Lynn negó con la cabeza. "También sé que a Mia le gustaba esa mujer."

"Bueno, por si sirve de algo, hicisteis un buen trabajo." Ava se dirigió a Farik. "Pareces la muerte entrando en calor," y rompió a reír.

"Sí, no estoy bien, para ser sincero," Farik gimió. "Solo me he arrastrado fuera de la cama porque necesitaba algo sólido en el estómago. Me vuelvo a mi habitación en cuanto engulla estos huevos."

"Yo también," dijo Sammy. "He estado vomitando toda la noche. Vaya comienzo tan bueno en mi primera semana, ¿eh?"

"¿Así que lo pasasteis bien anoche? Supongo que los demás están durmiendo," les preguntó.

Sammy asintió, tomando un bocado de su bacon. "Supongo que sí," murmuró entre bocados. "O eso o que no volvieron, ¿quién sabe?"

"Fuimos a bailar," dijo Farik con voz temblorosa. "Y tomamos chupitos. Muchos chupitos. Hay un tío en mi cama y ni siquiera recuerdo su nombre. Todavía está durmiendo." Miró el trozo de tortilla en su tenedor y tuvo arcadas antes de dejar la mesa con una mano en la boca.

Ava lo vio desaparecer por la esquina hacia los aseos.

"Bueno. Creo que ya he oído suficiente." Se puso leche en el café para intentar hacerlo más bebible.

"Hola"

Ava levantó la vista hacia Mia, que estaba de pie al final de la mesa. El corazón se le sobresaltó al ver esas piernas bronceadas bajo la camisola blanca marcada. También llevaba zapatillas de tenis blancas, como si hubiera visto las fantasías de Ava.

"Oh, hola. Buenos días." Ava se cambió a la silla de Farik, haciendo espacio para Mia. "No creo que Farik vuelva," dijo, apartando el plato.

Mia miró por la mesa, intentando no reírse de las

míseras caras. Puso el té sobre la mesa y un gran cuenco de yogurt y fruta.

"¿Cómo estás? Llegas temprano. ¿Has dormido bien?" Preguntó, girándose a Ava. "No te esperaba aquí, en el desayuno."

"Sí, dormí... al final," dijo Ava en tono de broma. No le preocupaba que sus colegas se dieran cuenta de nada en ese estado de zombis en que estaban. "¿Y tú?"

Mia rió. "Igual. Tardé un rato." No era extraño, ver a Ava, pero tampoco estaba totalmente tranquila. ¿Cómo se comportaba la gente cuando se habían enrollado la noche antes? ¿Y por qué estaba aquí sentada, con sus colegas? Era un reto, como mínimo, tener que actuar de forma casual con Ava, cuando tenía ese aspecto. Llevaba mallas de correr que mostraban sus muslos muy definidos y un suéter informal con cuello en uve. Tenía el aspecto de tener la cara fresca y libre de maquillaje, con la cola pasada por la parte de atrás de la gorra de beisbol mientras sonreía a Mia, sorbiendo su café.

"¿Quieres todavía ir a dar un paseo?" le preguntó.

Mia sonrió y asintió. "Desde luego" le dirigió una mirada a sus colegas, preguntándose si debería invitarlos a ir con ellas. No quería, pero tampoco quería que sospecharan algo. Afortunadamente, Ava se le adelantó.

"Os preguntaría que vinierais también," le dijo a la tripulación, "pero tenéis el aspecto de que tendríais problemas en llegar incluso a la entrada."

"¡Puaj! Gracias por la invitación pero prefiero pasar el día en el suelo de mi cuarto de baño a tener que enfrentarme al mundo hoy," dijo Lynn. "Pasadlo bien." Los demás murmuraron estar de acuerdo antes de volver a mirar al vacío.

"Bueno, entonces," Ava se giró a Mia. "Supongo que solo

somos tú y yo." Le guiñó un ojo y Mia sintió cosquillas en su interior. Casi no se notó, pero guiñó de verdad. Era sexy como el demonio. El flirteo al comienzo del día era buena señal, pensó Mia. Las dos estaban todavía muy en la misma onda.

"Ya sé que no es tan misterioso ni aventurero como podías esperar, pero si nunca has estado en Central Park, eso es una obligación hoy." Dijo Ava mientras se adentraban en el caos de Manhattan. "Además de eso, el sol está brillando y eso lo hace incluso más un deber."

"Fantástica idea." Mia señaló una cafetería. "Pero un buen café por la mañana también es una obligación y no puedo beber eso que llaman café en el hotel, así que vamos a coger uno para llevar primero." Ladeó la cabeza. "Déjame adivinar... ¿expreso doble? ¿O tienes otras preferencias fuera de cabina?"

Ava se rió. "Me conoces tan bien ya. Yo voy a por ellos. Déjame adivinar a mí ahora. ¿Tú vas a tomar un late largo, sin azúcar?"

"No," Mia negó con la cabeza. "Yo pido mi café según el día, y hoy, ahora, me siento dulce. Tomaré un capuchino, un azúcar y virutas de chocolate encima."

Ava la miró con una sonrisa coqueta mientras le abría la puerta de la cafetería. "No hay duda de que eres dulce, Mia."

Bebiendo sus cafés, pasaron rascacielos, hoteles, puestos de comida y delicatesen y restaurantes mientras hacían su camino a través de olas de trabajadores y turistas madrugadores en Times Square. Ava se mantenía cerca de Mia, y, aunque quería, no se atrevía a cogerle de la mano. La química entre ellas todavía estaba ahí, si no más fuerte ahora. Cada vez que Mia la miraba, veía el mismo deseo de la noche anterior y cada vez que se tocaban, Ava sentía un hormigueo en el estómago.

"Espero que no te importara que llegara pronto," dijo, una vez que ganaron un poco de espacio personal. "Puede sonar cursi pero voy a decirlo. No podía esperar para verte otra vez."

Mia soltó una sonrisita, sorprendida por la sinceridad de Ava. "Para nada. Yo también estaba deseando verte." Se acercó ligeramente a ella para que así sus brazos se tocaran mientras caminaban. "¿Has salido a correr esta mañana?"

"No," Ava se encogió de hombros. "En vez de eso, fui a nadar. Hay una piscina en la azotea de mi hotel. El único inconveniente ha sido que Jack estaba allí también." Se rió. "Con alguna chica que se llevó anoche, así que era un poco incómodo."

Mia gimió. "Oh Dios, no me digas que estaban uno encima del otro en la piscina mientras tú estabas allí. Eso no está bien. Eres su jefa."

"Lo sé," Ava soltó una risita. "Creo que todavía estaba borracho. O eso, o estaba intentando impresionarla. Al estilo primate. Era ruidoso y ofensivo e intentaba retarme."

"Jesús," Mia entornó los ojos. "¿Y lo hiciste?"

Ava se quitó el suéter y se lo anudó a la cintura. "Sí. Gané yo."

"Por supuesto." Mia le lanzó una mirada a la camiseta sin mangas que Ava llevaba debajo. Le ceñía la cintura y los pechos y no dejaba mucho a la imaginación. "Me alegro que le dieras una lección. Jack está encantado de conocerse."

"No es tan malo," dijo Ava. "He trabajado con peores. Por lo menos no está resentido conmigo, como otros."

"¿En serio? ¿Quién te está dando problemas?" le preguntó Mia.

"Nadie me está causando problemas," le contestó, bajándose más la gorra para proteger sus ojos del sol. "Pero tengo la sensación de que algunos oficiales hombres no les gusta tener que dar cuentas a una mujer quien, da la casualidad, también es mucho más joven. Hay un par de ellos pero no voy a dar nombres."

"No me sorprende," Mia resopló. "No todos son malos pero no hay que negar que algunos son unos gilipollas narcisistas, que dan codazos para estar arriba. Debe ser duro para ellos tener que aguantar que alguien como tú esté al mando."

Ava se encogió de hombros. "Se convencerán. Intento darles tanta autonomía en sus trabajos como puedo y eso ayuda, creo. Siempre odiaba cuando mis superiores intentaban micro gestionarme cuando era oficial de segunda. Aunque es difícil dejarles hacer. Realmente me gusta llevar el control todo el tiempo, pero es algo a lo que estoy aprendiendo a sobrellevar."

"Así que eres una de esas frikis del control," bromeó Mia.

"Algo así," rió Ava. "Empezó cuando me uní al programa por primera vez. Controla lo que puedas controlar, supongo. Volver a tener el control de mi vida y luchar con mis ansias día sí, día no, suponía que había poco espacio para dejarlo ir, en cualquier sentido. Ahora intento encontrar un equilibrio para no volver loca a la gente que me rodea, con mis hábitos tan estrictos y la planificación al último detalle." Miró a Mia. "Esa noche que me uní a vosotros para cenar en Dubái no es habitual en mí."

"¿Porque no estaba planeado?"

"Sí. Un cambio de planes está bien, siempre que lo haga yo y sea mi decisión. Pero ir a un sitio espontáneamente y con gente a quien no conozco, la incertidumbre de lo que va a pasar, no saber si la gente va a beber... no es algo que haga normalmente."

"¿Y entonces por qué fuiste?" le preguntó Mia.

"No estoy segura. Aparte del hecho de que quería conocer mejor a la tripulación, creo que tú eres la razón principal por la que fui. Estaba intrigada."

Mia no podía dejar de sonreír ahora. "Tú también me intrigabas. Todavía me intrigas."

"¿Incluso ahora, después de confesarte que realmente soy aburrida y predecible?" Ava sonrió de oreja a oreja.

"Incluso ahora." Mia le apretó el brazo brevemente. "Especialmente ahora."

E l caos disminuyó una vez entraron en Central Park. Hablaban mientras paseaban por los sinuosos caminos laterales, donde músicos tocaban música clásica en el césped. Mia compró una bolsa de nueces para alimentar a las ardillas y lloró de risa cuando empezaron a subírsele por las piernas para robarle la bolsa entera. Pasaron el extenso césped de Sheep Meadow, donde miles de personas se relajaban, socializaban, jugaban o disfrutaban de un picnic con el icónico rascacielos de fondo, y pararon en el Mosaic Memorial en Strawberry Fields, con su abundancia de coloridas flores dejadas por los fans de John Lennon. Músicos callejeros cantaban canciones de los Beatles bajo la sombra de los árboles que se extendían alrededor del lago. Parejas enamoradas y turistas en botes de remo se movían despacio por el lago, como si el calor de un típico verano en Nueva York hubiera puesto la vida a cámara lenta. Y eso es lo que parecía con Mia. Cámara lenta. Estaba atenta a cada movimiento y cada gesto de Ava y muy atenta a su propio cuerpo.

Se sentía tranquila y a gusto, y estaba disfrutando a tope explorando una parte de Nueva York que nunca se había tomado el tiempo de visitar, aún incluso siendo un lugar de destino habitual.

Se sentaron en un banco, descansando de su largo y casual paseo.

"Me gusta mucho esto," dijo Mia, apoyándose sobre el brazo de Ava, que estaba apoyado en el respaldo del banco de piedra. Tembló cuando notó la mano de Ava en su mandíbula, trazando lentamente desde el cuello hacia el hombro, donde la dejó apoyada. Mia cerró los ojos, disfrutando el momento tan íntimo y cubrió la mano de Ava con la suya. Podía sentir el calor de su cuerpo casi tocando el suyo y se preguntó si alguna vez había deseado a alguien tanto como deseaba a Ava en este momento. Se acercó un poco más, apoyándose en la curva de su brazo. "Es extraño que haya estado tantas veces en Nueva York pero nunca haya visitado Central Park," dijo, en un intento de decir algo. "Siempre he estado tan liada que nunca he hecho tiempo para relajarme."

"Pero ahora estás aquí," Ava se giró hacia ella y la miró a los ojos, haciendo que Mia se derritiera en un desastre sin solución con todo tipo de sentimientos maravillosos. Su cara estaba peligrosamente cerca. "Me encantaba venir aquí en mis días libres cuando vivía en Nueva York," continuó, casi susurrando. "Cogía un termo y un libro y me tumbaba cerca del agua durante horas, leyendo y mirando a la gente. Es fascinante. Ves gente aquí de todos los ambientes, que se congrega en este trozo de verde en medio de una de las ciudades más excitantes del mundo."

"¿Siempre quisiste vivir aquí?" Mis se sonrojó por su cercanía.

"No. Nunca se me pasó por la cabeza hasta que se

presentó la oportunidad. Era el momento adecuado." Ava hizo una pausa. "Quería estar sola un tiempo, empezar de nuevo. Pero estaba este trabajo aquí, en el que me ofrecían una cantidad generosa de horas de vuelo y que me facilitaría llegar a ser oficial de primera mucho más rápido de lo que hubiera sido en el Reino Unido. Era muy ambiciosa cuando era más joven."

"¿Y ahora?"

Ava se encogió de hombros. "Ahora tengo treinta y siete años y soy feliz. Estoy donde quiero estar. Estoy al mando del mayor avión que hay hoy en día en el aire y nadie me trata como si estuviera incapacitada, solo por ser mujer, o esperan que sea un asco en esto." Dibujó una amplia sonrisa. "Como bien sabes, la mayoría de los capitanes son unos gilipollas integrales, tratan a sus oficiales de primera y segunda como mierdas, por no hablar de la tripulación de cabina."

"Ya." Se rió Mia. "Me he encontrado con unos cuantos a lo largo de mi carrera. A mi amiga Lynn no le importa. Todavía sigue con la misión de embolsarse un capitán. Dios, ¿qué pasa con la tripulación y los pilotos?" Sus ojos se abrieron de par en par en cuanto soltó las palabras y se rió. "Vale, no importa. Puede que no esté en disposición de decir eso más."

"Sí, ¿qué pasa con la tripulación de cabina y los pilotos?" Ava sonrió de oreja a oreja, sus ojos todavía fijos en los de Mia.

Mia sintió cómo se ruborizaba del flirteo total entre ambas. "Lo que intento decir," soltó una risita. "es que es refrescante tener a alguien al mando normal y agradable, para variar."

"Gracias, es muy amable de tu parte." Al contrario de Mia, Ava se sentía completamente a gusto con el flirteo.

Tenía las piernas estiradas frente a ella y ahora los dos brazos apoyados en el respaldo del banco, como si fuera la dueña del lugar. Dio una palmada a la superficie próxima a ella. "¿Sabías que esto se llama el banco de Shakespeare?"

"¿En serio?"

"Sí. Estamos en el Jardín de Shakespeare," Ava señaló un árbol. "Se dice que esa morera de allí creció del injerto de un árbol que plantó el mismo Shakespeare y las plantas de aquí, como romero, pensamientos y cardo, se refieren a algunas de sus obras."

"Me temo que no estoy familiarizada con las obras de Shakespeare." Mia se acercó un poco más. "Ver Romeo y Julieta en el cine es a lo más que llega mi educación literaria. Pero apuesto a que tú tuviste una buena educación cultural, con dos padres académicos."

"En realidad no. Pero mi padre me hacía leer mucho así que yo... "Ava se paró en mitad de la frase y frunció el ceño al girarse a un grupo de turistas chinos. "¿Están de verdad haciendo lo que creo que están haciendo?"

Mia se rió cuando vio que varias personas les estaban haciendo fotos. "¿Se supone que tenemos que sonreír a la cámara?"

Ava se rió también. "Creo que es el banco lo que están buscando." Iba a levantarse cuando uno de los miembros del grupo le dijo por gestos que se quedara allí.

"No se vaya. ¡Fantástica foto!" La chica gritó desde detrás de la cámara grande.

"Ah, ¿nos quiere en la foto?" Ava le dirigió una mirada confusa señalando el banco.

"Sí, fantástica foto," repitió la chica. "Sonreíd"

Ava se volvió a sentar, enseñando los dientes cuando sonreía mientras la cámara hacía fotos.

"Esto es raro," dijo Mia, perpleja por lo absurdo de la situación.

"Oh, esto les va a gustar más." Ava se levantó del banco que se extendía en un medio círculo alrededor del patio. "Este banco es especial," dijo a la chica con la cámara grande. "Si susurra algo en este lado del reposabrazos, lo puede oír en el otro lado." Le hizo señas a Mia para que fuera hacia el otro lado y puso la oreja sobre él. Mia se rió entre dientes al hacerlo. Las palabras que le susurraba al oído sonaban como si Ava estuviera a su lado.

"Estás tan jodidamente sexy con esas zapatillas de tenis."

Los ojos de Mia se abrieron como platos cuando miró a Ava, que se encogió de hombros de manera despreocupada. *Me desea.* Su temperatura subió solo de pensar que habría más. Más besos, más tocarse, más flirteo, más de esos deliciosos besos y cuerpo... Quería decir algo, pero uno de los hombres del grupo ya se había puesto delante de ella, poniendo la oreja donde Mia acababa de tener la suya. Los otros del grupo hacían fila al otro lado, hablando para comprobar la teoría.

"Vamos." Ava le tendió la mano, sintiéndose un poco más valiente. Mia se la cogió sin dudarlo. El calor se le extendió por el cuerpo al sentir la mano de Ava en la suya. La reacción fue increíble pero intentó no mostrase muy afectada por ese simple gesto. No había cogido la mano a nadie en años, pero, cuando lo hizo, era como si fuera lo más natural del mundo.

Salieron del parque, pasaron por el Museo Americano de Historia Natural y zigzaguearon por las frondosas calles residenciales del Upper Westside, donde familias con carritos de bebé y gente paseando al perro parecían no tener prisa, comparados con la abarrotada Times Square. Ava se paró delante de un pequeño restaurante con solo dos mesas fuera bajo la sombra de sombrillas soleadas y amarillas.

"Es bonito y se está tranquilo aquí y la comida es muy buena" dijo. "¿Te importa sentarte fuera?"

"Para nada, sería encantador." Rió nerviosa Mia cuando Ava le separó la silla para que se sentara. Había una primera vez para todo.

"¿Te encuentras mejor hoy? ¿Te gustaría hablar sobre lo que pasó en el vuelo?" Ava le preguntó después de pedir, pinchando un palillo de dientes en una aceituna.

"No sé. Creo que estoy bien." Sonrió Mia. Era verdad. Se sentía increíble. "Lo pasé muy bien anoche, Ava. Pasar tiempo contigo me alegró el ánimo, sinceramente no podría haber deseado un mejor giro de acontecimientos. ¿Sabes?, me sentía bastante mal cuando fui a la reunión de AA."

"Yo también." Ava cruzó los brazos sobre la mesa y se apoyó en ellos. "Pero también lo pasé fantásticamente. Sobre todo al final." Le lanzó una mirada coqueta, arqueando una ceja.

"Sí. El final fue excepcionalmente bueno." Mia se quitó las gafas de sol y la puso sobre la mesa de la terraza. No quería que nada le obstruyera la maravillosa vista de Ava frente a ella. "No me importaría hacerlo otra vez."

Ava se mordió el labio, mirándola fijamente. "Creo que se puede arreglar." Tomó un sorbo de su agua con gas, manteniendo los ojos fijos en Mia. "Estamos aquí hasta las cinco de la mañana." Miró su reloj. "Eso nos da dieciséis horas y treinta minutos para hacerlo otra vez."

Mia estaba ruborizada ahora, sus mejillas coloradas mientras bajaba la mirada a sus manos dobladas. "Sabes cómo mantenerlas animadas, capitán."

"No estaba jugando contigo, Mia. No fue mi intención," dijo Ava. "Sinceramente, no sé por qué me volví al hotel anoche. Creo que las dos sabíamos lo que queríamos y yo me arrepentí en cuanto me quedé sola."

"Sí, me lo estaba preguntando..." Mia se calló.

"Todavía no estoy segura, pero creo que me asustó," Ava continuó. "Lo mucho que te deseaba." Movió la cabeza. "No he conocido a nadie que me guste de verdad en mucho tiempo. Antes de dejar de beber, era insoportable estar a mi lado y, después de eso, bueno, tenía demasiado miedo a ser juzgada. No me malinterpretes, no es que no me guste un rollo de vez en cuando, pero son siempre con mujeres que sé que no voy a volver a ver. Lo hace más fácil."

Mia asintió. "Lo entiendo. He tenido relaciones estos años, pero nada ha funcionado. La última terminó cuando recaí estando de vacaciones. Mi ex y yo íbamos a estar en Grecia durante dos semanas y pensé que una bebida no haría daño. De hecho, fue idea de Marsha. Llevaba sobria años y ella estaba convencida de que lo tenía bajo control. Me llamó aburrida y me pidió una pequeña e inocente copa de vino. Desgraciadamente, esa copa, al final, no resultó ser tan inocente. Pero fue culpa mía, decisión mía. No es que ella me lo metiera por la boca. Y luego una copa pequeña se convirtió en una más grande. Al fin y al cabo, seguía siendo una copa, me decía a mí misma y solo la segunda. Antes de que me diera cuenta, estaba de vuelta a ese estado permanente de borrachera, egoísta y desagradable. Marsha se fue a los cinco días y me registré en un centro de yoga, con zumo verde durante el resto de mis vacaciones solitarias." Suspiró. " Le supliqué que me dejara volver cuando llegué a casa, pero ella ya había hecho las maletas."

"¿Todavía la echas de menos?" le preguntó Ava. "¿Crees que volveréis a estar juntas?"

"No. Nunca. Está totalmente acabado, rompimos todo contacto. Además, alguien que me llama aburrida y me pide vino sabiendo que soy alcohólica, puede que no sea lo mejor para mí." Hizo una pausa. "Es gracioso que no lo haya visto hasta ahora que lo he dicho en voz alta."

Ava hizo espacio en la mesa cuando el camarero les trajo la comida.

"Sí. Es extraño, ¿no?, cómo la distancia puede cambiar la perspectiva de las cosas." Se dispuso a comer su ensalada de verduras y queso de cabra. "Todo está más claro desde la distancia."

"¿Tienes alguna experiencia en eso?" le preguntó Mia.

"¿No la tiene todo el mundo en algún momento de su vida? Cuando mis padres descubrieron que estaba saliendo con la gente equivocada y bebiendo y fumando hierba a los diecisiete años, me mandaron a Jordania a vivir con mis tíos durante tres meses. Al principio estaba furiosa, pensando en escaparme, pero ¿qué podía hacer? Ya no era mi país, no conocía a nadie aparte de mi prima, que era una buena chica y ya comprometida a mi edad. No tenía dinero ni forma de volver, así que, con el tiempo, me rendí. Trabajé en la tienda textil de mi tía y ayudaba en las tareas de la casa en mis días libres. Cocinaba, limpiaba y cortaba tela durante horas sin parar, hasta que me sangraban las manos e, incluso, en algún momento, les acusé de esclavitud. Y al final no fue tan malo. Mi vida allí era tan aburrida, compa-rada con la que tenía en Londres, que tenía mucho tiempo para reflexionar. Fue entonces cuando mi sueño de infancia de ser piloto ya no parecía tan imposible. Después de dos meses, fui a una cafetería del pueblo con internet, la única cafetería en aquel momento, y busqué programas para licencias de pilotos. Me registré para el día de reclutamiento y para cuando volví a casa, había una invitación para la selección en el buzón de mis padres, incluyendo el desglose de los costes del curso. Eran ochenta mil libras," se rió. "Era tan estúpida y egoísta en aquel momento que ni se me pasó por la mente que la tasa de inscripción sería mucho dinero para mis padres. No hace falta decir que tuvimos unas palabras durante semanas. Ellos querían que yo fuera a la universidad y yo quería volar. Les dije que yo conseguiría el dinero de alguna forma y, al final, nos encontramos en la mitad del camino y me permitieron ir. Juré trabajar como una burra los fines de semana y lo hice. Mis padres pidieron un préstamo y yo también pude conseguir uno de la compañía aerolínea con la que me formé."

"Bien hecho," sonrió Mia. Sopló la cuchara con sopa de brócoli. "Así que solías ser una chica mala, un poco, ¿eh? ¿Qué hiciste? Aparte de beber siendo menor y colocarte."

"Trapicheé un poco," dijo Ava avergonzada. "Nunca me cogieron. Parecía joven e inocente, así que nadie sospechaba de mí. Solo era hierba, pero, aún así..."

"Parece que tuviste suerte de salir de eso justo a tiempo," le dijo Mia.

"Sí que la tuve. No sería quien soy ahora si hubiera tenido antecedentes," miró a Mia nerviosa.

Mia ladeó la cabeza. "Oye, no te estoy juzgando, si eso es lo que te preocupa. Hace mucho tiempo de eso y yo también he hecho cosas de las que no estoy orgullosa." Sonrió. "Y, para que lo sepas, todavía pareces joven e inocente."

Ava se rió, aliviada de poder ser totalmente sincera con Mia. "Bueno, gracias Mia. Pero no estoy tan segura de que me encuentres inocente una vez consiga meterte en mi cama."

Los ojos de Mia se oscurecieron. "Bueno, supongo que tendré que averiguarlo por mí misma."

. . .

Después de la comida, pasearon por los teatros, músicos callejeros, estatuas vivientes, oradores y bailarinas del primer lugar de striptease de Broadway. Esquivaron a un cowboy medio desnudo con una guitarra, que estaba desesperado por cantarles, y vieron la actuación de un baile callejero. Los teatros siempre hacían sentir a Ava como estar en casa, aunque solo había vivido en Nueva York un par de años. Su brazo rodeaba la cintura de Mia y las dos se tocaban más a cada momento. Cuando por fin llegaron a una calle más tranquila, Mia ya no pudo más. Cogió a Ava de la mano y la llevó hasta un callejón.

"Guau, calma tigresa," bromeó Ava. "Hay gente por aquí, ¿sabes?"

"No veo a nadie." Mia le dirigió una mirada coqueta mientras le quitaba la gorra y retiraba un rizo del pelo de su cara. "Ven aquí. Nadie nos va a ver, y, si nos ven, nadie va a llamar a la policía porque dos mujeres se estén besando." Le bajó la mano por la cara hasta el cuello. "Te he estado deseando todo el día y ahora es el momento para que me beses."

"¿Eso es una orden?" Ava se le acercó hasta que tuvo a Mia contra la pared. Sonrió mientras agarraba el cuelo de Mia y luego del pelo, echando su cabeza hacia atrás mientras reclamaba la boca de Mia con la suya. Mia gimió y Ava podía sentir cómo se excitaba por la forma en que se movía contra ella. Un deseo primario le recorrió el cuerpo, casi cegándola de deseo. Dios, cómo la deseaba. Ava profundizó en el beso, presionando fuerte su muslo entre las piernas de Mia. Deslizó una mano bajo el vestido de Mia y apretó su trasero por encima de las bragas, consiguiendo otro gemido alto de su boca. Oyó una risita detrás de ellas y Mia inmediatamente se alejó del beso. Dos chicas adolescentes desaparecieron por la esquina cuando Ava se giró en su dirección.

"Joder." Mia se cubrió la cara son la gorra de Ava.

Ava se rió. "Relájate Mia. Como has dicho, no van a llamar a la policía, ¿verdad?"

"Sí, bueno, mi culpa. Supongo que me han educado mejor que esto de besarse en público, solo que no podía esperar más." Miró a Ava y posó los ojos en su boca. "¿Podemos volver al hotel, por favor?" Bajó la voz. "Si quieres, quiero decir. Yo…"

"¿Vamos? La interrumpió Ava, cogiéndole de la mano. "Vamos a coger un taxi. ¿Tu hotel o el mío?"

"El mío," dijo con naturalidad. "Está más cerca."

La vuelta al hotel en taxi estaba lleno de tensión sexual. Había silencio, alguna tos para aclararse la garganta e intercambios de miradas hambrientas. Ava jugaba con la mano de Mia entre las suyas y la pasaba por el brazo arriba y abajo. Mia miró la mano de Ava y luego su boca, queriendo besarla tanto que casi no se podía controlar.

"No he estado con nadie en mucho tiempo," le susurró.

"No te preocupes." Ava se inclinó hacia ella y le susurró al oído. "Yo cuidaré de ti." Le cogió la muñeca. "Te deseo tanto, Mia. Voy a hacerte todo lo que estás pensando ahora y voy a hacer que te corras durante toda la noche."

Mia contuvo el aliento con esas palabras y puso una mano temblorosa sobre el muslo de Ava. Se la deslizó hacia arriba hasta que Ava se movió en el asiento.

"Yo también te deseo."

23

NUEVA YORK, EE.UU

De vuelta en el hotel les esperaba una desagradable sorpresa. Lynn se movía con paso furioso por la entrada con los brazos cruzados, parecía preocupada.

"¡Aquí estáis!" chilló, yendo hacia Mia. "¡He estado intentando localizarte en las últimas tres horas! ¿No tienes el móvil contigo?"

Mia lo buscó en su bolso y vio que tenía docenas de llamadas perdidas de Lynn. También había varios mensajes de texto, diciéndole que volviera inmediatamente.

"¡Joder!" Mia se puso una mano en la boca mientras los miraba. "Lo siento, no he mirado el móvil y estaba en silencio."

Lynn se encogió de hombros. "Sí, bueno. Pues tienes cinco minutos para prepararte y hacer la maleta, nos han llamado para cubrir un turno que está enfermo y tú eres la sobrecargo. Por lo visto, uno de los miembros de cabina ha cogido un virus de un pasajero en el vuelo de hoy a Londres y se lo ha contagiado al resto de la tripulación."

"Vale," Mia asintió despacio, dejando que esta información tan frustrante se le grabara. "Pero tú has estado bebiendo..."

"Sí, bueno. Eso fue anoche y son casi las tres. Estoy segura que harán una excepción porque no tienen a nadie más." Lynn movió la mano con impaciencia. "Los otros no son lo suficientemente antiguos como para cubrir el turno, así que no tienen otra opción."

Ava comprobó también su móvil y suspiró de alivio cuando vio que nadie la había llamado. Como capitán, se suponía que tenía que estar preparada para cualquier imprevisto, pero se había dejado llevar y había estado tan distraída con Mia, que ni siquiera había pensado en mirar su móvil en todo el día. Su mirada se encontró con la de Mia por un momento mientras las dos esperaban con nerviosismo a la otra para despedirse delante de Lynn.

Lynn gimió y entornó los ojos. "Vale Mia, ¿por qué no dejas que la capitán te ayude con esas maletas tuyas que pesan tanto? Te doy mejor diez minutos. Como vamos a compartir un taxi al aeropuerto, voy a decirle a la tripulación que llegaremos pronto." Le dirigió una mirada de advertencia. "Pero date prisa, ¿vale?"

"Gracias." Dijo Mia, mirando a Lynn agradecida. "Seré rápida."

Ava la siguió hasta el ascensor. "Ahí se va nuestro plan." Se apoyó en la pared del ascensor y miró al techo.

"Este es el peor momento," Mia se inclinó hacia ella pero las puertas se abrieron otra vez y entraron otras personas. Se rió cuando salieron del ascensor.

"Creo que hoy no era el día."

"Sí. Creo que el universo me está castigando por haber huido de ti anoche." Ava dudó un momento. "¿Necesitas ayuda con tu equipaje?"

Ava abrió la puerta de su habitación y señaló la maleta

pequeña. "Creo que puedo arreglármelas, ¿no crees?" Soltó una risa. "Pero si no te importa esperar dos minutos..."

Ava observó desde la puerta mientras Mia se ponía las medias. Después se quitó la camisola, dejándola en un fino sujetador de encaje blanco y bragas a juego, antes de ponerse la blusa y la falda del uniforme. Un par de segundos viendo la piel de Mia fue suficiente para mandar el cuerpo de Ava a un estado de deseo que no creía ser capaz de tener. *Tan cerca pero tan lejos.* Mia volaría de vuelta y podrían pasar semanas antes de que sus horarios volvieran a cruzarse. *Maldita sea.*

"Siento tener que irme," dijo Mia mientras se abotonaba la blusa.

"No lo sientas. Las dos sabemos que este trabajo es impredecible, no es culpa tuya." Ava se dirigió a la cama, cogió el pañuelo de Mia y, con cuidado, lo dobló bajo el cuello de la blusa. La atrajo suavemente, trayendo la boca de Mia hacia la suya.

Mia cerró los ojos cuando sintió el aliento de Ava en sus labios. Un cálido escalofrío le recorrió entre las piernas, su cuerpo clamando porque Ava la tomara. Sintió la lengua deslizándose por el labio inferior antes de que la boca de Ava chocara contra la de ella posesivamente. Gimió cuando su lengua se encontró con la de Ava y se ahogó en el beso cuando Ava la cogió del trasero y la atrajo más fuerte. Mia hundió las uñas en su espalda, queriendo más, necesitando más. Pero no había tiempo. De mala gana se separó del beso y dio un paso atrás, sintiéndose mareada y sin aliento.

"De verdad que me tengo que ir," tartamudeó con una mirada perpleja en su cara. El pañuelo le caía por el cuello suelto y el pelo lo tenía despeinado. Corrió al cuarto de baño, echó el cepillo del pelo y la bolsa con el maquillaje en su bolso de mano y levantó el asa de la maleta. "Me pondré presentable en el taxi."

Ava cogió la tarjeta llave que Mia le tendió. "Yo te hago el check out. Vete." Le plantó un beso fugaz en la frente. "Vete."

"Vale. Nos vemos pronto, espero."

"Nos vemos pronto."

"Jesús, ¿qué te ha pasado?" Lynn inspeccionó el aspecto de Mia con un gesto desaprobador cuando por fin se metieron en el taxi y aceleraron al aeropuerto. Y entonces una sonrisa se dibujó en su boca. "Os estáis llevando bien, ¿no?"

Mia no contestó. Estaba ocupada peinándose antes de ponerse un rodete para fijarlo.

"Venga Mia. Escúpelo, chica. Por tu cara puedo ver que has estado besuqueándola." Lynn buscó el maquillaje de Mia en su bolso y empezó a aplicarle la línea de ojos marca de la aerolínea sobre los párpados, soltando tacos cada vez que el taxi pasaba por un bache. "Bueno, ¿qué?, ¿lo has hecho?" le preguntó.

Mia cerró los ojos, dejando que Lynn la ayudara. "¿He hecho qué?"

"¿La has besuqueado? Tonta." Lynn movió la cabeza de una manera teatrera con otro silencio. "Vale, creo que necesitas un café fuerte, Mia. Me parece que todavía estás en un sueño despierta." Sonrió. "Pero, te diré una cosa. Estáis increíbles juntas."

24

NUEVA YORK, EE.UU

Ava vio cómo Mia salía de la habitación. *Ahí se va.* ¿Qué demonios había hecho para merecerse esto hoy? Todavía estaba temblando por el beso, deseando otro, ansiando más. Estaba a punto de dejar la llave de Mia en recepción cuando cambió de idea y volvió a la habitación. Cerró la puerta tras ella, se dejó caer en la cama de Mia y respiró el aroma de la única almohada que había sido usada. Había un leve olor a vainilla de su perfume y también el olor a Mia. Aquí era donde había dormido. Cuando estaba totalmente sin maquillaje y toda la mierda que tenía que llevar diariamente en su trabajo. Ava sabía que estaba siendo patética. No había nada de adulto en enterrar su cara en la almohada de alguien y si sus oficiales pudieran verla ahora, no oiría el final de eso, nunca. Aún así, se quedó un rato más, reviviendo su beso y la memoria reciente de la cara de Mia, justo antes de que se fuera. *Suficiente, Ava. Tienes treinta y siete años, por el amor de Dios.* Mia le había hecho esto. Mia la había convertido en esto. La había saboreado, y no había vuelta atrás ahora. Era territorio nuevo para Ava, sentir que necesitaba a alguien, desear a alguien tanto como deseaba a Mia. Era físico, claro. El latido entre sus piernas aún no había desaparecido. Pero era más que eso. Era cómo le hacía sentir cuando estaba con ella, viva y feliz y, sobre todo, tranquila. Ni siquiera una vez, desde que se vieron en la reunión de AA, había pensado en beber, ni por un segundo. La idea de beber estaba normalmente en su mente y Ava no estaba segura si era porque una parte de ella era autodestructiva o porque era algo físico que ansiaba. Cualquier cosa podía despertar las ansias: un anuncio de whisky, una valla publicitaria, una canción, ciertas comidas que disfrutaba con bebidas, el estrés o un evento social. Intentaba alejarse lo más posible de habitaciones de hotel con mini bares repletos y nunca iba a pubs. El olor de las alfombras impregnadas en cerveza y ver a la gente mamando pintas como si nada, hacía que estar allí, fuera casi insoportable. Aunque Ava era muy buena manteniendo el control de sus ansias, no había pasado ni un solo día de su vida sin desear un trago. Excepto hoy. Ava sonrió. Hoy había sido un muy buen día.

Se levantó, bajó a recepción y entregó la tarjeta llave de Mia. Luego se embarcó en otro largo paseo en dirección a Brooklyn.

"¡A va! Por el amor de Dios, ¿qué estás haciendo aquí?" La camarera negra de gran volumen y dueña de la cafetería favorita de Ava, pasó corriendo alrededor del mostrador para saludarla. La levantó y la hizo girar varias veces, como si no pesara nada, antes de soltarla. "Dios mío, eres tú. Creí que no volvería a verte nunca más. Quiero decir, que oí que no estabas en tu mejor momento cuando te fuiste y pensé..."

"Sí, sí. Ahórrame los detalles dolorosos, yo también

estaba allí." Ava dio un abrazo a Imani. "Siento no haber mantenido contacto, supongo que era más fácil así." La miró a los ojos. "Pero lo siento. Podría haberte llamado por lo menos."

Imani parecía no albergar ningún resentimiento por el hecho de que Ava no la había llamado durante años. "No te preocupes cariño. Ahora estás aquí y es genial verte. ¿Qué tal un café, eh? Paga la casa." Imani llamó a su compañero. "Oye, Bart, ¿puedes hacernos dos expresos dobles y sustituirme, por favor? Tengo que ponerme al día con esta señorita."

"Me alegra ver que tu negocio va tan bien." Dijo Ava observando la cafetería abarrotada de gente. Los taburetes bajo la barra, que recorrían las ventanas que daban a las dos esquinas de la calle, estaban todos llenos de gente trabajando con sus portátiles, leyendo o, simplemente, poniéndose al día con un café. Las mesas más bajas en medio del lugar estaban ocupadas principalmente por padres con sillitas y turistas.

"No me puedo quejar." Imani señaló una mesa y se sentó frente a Ava. "Bueno, ¿qué te trae de vuelta? ¿Todavía vuelas?"

"Sí," sonrió Ava. "Soy capitán. Trabajo para una compañía aérea de los Emiratos, con base en Londres, así que estoy de vuelta en casa."

"Bien por ti." Imani le acarició el hombro. "¿Todavía vas a las reuniones?"

"Sí." Asintió Ava. "De hecho, fui anoche. Está por aquí, en Brooklyn. ¿Y tú?"

"De vez en cuando." Imani dio las gracias a su colega y dio uno de los expresos a Ava. "Pero ya no soy habitual." Se inclinó sobre la mesa y cogió las manos de Ava. "Aunque echo de menos ser tu mentora."

"Yo también echo de menos a mi mentora." Ava le sonrió con dulzura. "Mira, tengo que decir esto," continuó. "Siento haberme ido sin decir adiós. Tuve una recaída... debes habérselo oído a la gente en las reuniones. Y no podía enfrentarme a ti. Tú siempre eras la que tenía fe en mí, la que me mantenía por el buen camino. No podía soportar el hecho de decepcionarte. Lo he lamentado durante años pero, aún así, nunca he levantado el teléfono y no espero que me perdones por ello. Solo he venido para decirte que siento haberme ido así."

"Está bien, cariño." Imani le dio un rápido apretón. "Todos tenemos nuestros demonios que batallar, joder, yo los tengo. Pero huir no es nunca la solución. No puedes correr más rápido que tú misma, chica." Se echó para atrás y tomó un sorbo de su café. "¿Y por qué ahora? Debes haber volado a Nueva York muchas veces desde que te fuiste. ¿Por qué hoy?"

"No sé. He evitado Brooklyn cada vez que he venido pero anoche estaba desesperada por ir a una reunión y resulta que está a unas diez manzanas de aquí." Sonrió. "Fue bonito volver y resultó ser una buena noche. Hizo que todos los recuerdos fueran menos dolorosos, supongo. Así que tenía tiempo libre esta tarde y pensé en ti."

"Me alegro de que hayas venido. ¿Has hablado con Pedro desde entonces?"

Ava negó con la cabeza. "No, no creo que quiera hablar conmigo. Lo que hice fue imperdonable."

"No estoy tan segura de eso," dijo Imani. "Además, no fuiste solo tú. Se necesitan a dos para bailar un tango. No es que su novia fuera inocente." Se encogió de hombros. "Solo digo eso."

"Pero era mi amigo y yo ni siquiera estaba enamorada. Era una de esas cosas estúpidas y egoístas que hacía cuando estaba borracha, solo pensando en mí misma." Ava subió la mirada, avergonzada ante su vieja amiga. "¿Todavía vive por aquí? ¿Todavía viene?"

"Por lo menos dos veces a la semana. Cuando no tiene prisa, siempre se sienta en la mesa de la esquina, donde os solíais sentar juntos. Algunas veces está solo, otras viene con una guapa morena." Imani se enderezó. "Mira. Tuviste un retroceso, resbalaste. Te portaste mal y gracias a Dios que estabas fuera de servicio. Podría pasarle a cualquiera. Lo que importa es que te recompusiste otra vez y empezaste de nuevo, sobria. Y eso lo hiciste tú y es fantástico." Dudó un momento. "Sin embargo, lo que no hiciste fue enfrentarte a las consecuencias de tus actos y pedir perdón a tu mejor amigo. Eso es un paso del programa que claramente suspendiste."

"Me odiaba por lo que hice y me lo merecía." Ava volvió a aquella noche que había bloqueado de su memoria durante años. Ella era entonces oficial de segunda y fue invitada a una fiesta de cumpleaños del capitán a un restaurante pijo de Nueva York junto con Pedro, que era oficial de primera. La novia de Pedro también estaba allí. Ava no podía ni recordar su nombre. *¿Era Phoebe? Sí, Phoebe Markinson.* Phoebe solía flirtear con ella cada vez que Pedro no estaba mirando. Ava siempre tuvo la sensación de que Phoebe era bi-curiosa, desesperada por explorar su atracción por las mujeres, pero nunca le había contado a Pedro su teoría. Él estaba embelesado con ella, tan enamorado. Recordaba a Phoebe tocándola cada vez que se presentaba la oportunidad. Su mano en la de Ava, un beso en la mejilla, pasando las manos por su pelo. Ava nunca intentó disuadirla. Phoebe era una de esas personas que se reiría de ello y diría que solo estaba siendo amistosa. Si hubiera traído el tema a colación, y si Ava era completamente honesta consigo misma, le gustaba la atención. Esa noche, en la cena de cumpleaños del capitán, Ava estaba sentada al lado de Phoebe. Aunque no era su tipo de mujer, esa noche estaba fantástica. Llevaba un vestido negro ceñido al cuerpo, y unos zapatos negros con tacón de aguja. Y su pelo largo y rubio le caía en rizos gruesos por los hombros. Después de que Ava rechazara una copa de vino, Phoebe le insistió en dar un sorbo del de ella.

"Venga, cariño. De verdad que necesitas soltarte. ¿Con quién, si no, voy a divertirme esta noche?" había dicho. Y Ava tomó un sorbo. Solo uno. Como Mia en sus vacaciones. Y ese sorbo se convirtió en una copa que, a su vez, se convirtió en una botella y, más tarde, en chupitos de vodka y quién sabe qué más. No podía recordarlo. Lo que sí recordaba era haber besado a Phoebe en la pista de baile al final de la noche. Justo delante de Pedro. Cuando Pedro se enfadó y se enfrentó a ella, lo golpeó. Fuerte. Ava, al día siguiente, dimitió, empaquetó sus cosas cuando Pedro estaba fuera, dejándole simplemente una nota estúpida, diciéndole "Lo siento mucho". Nunca lo ha visto o hablado con él desde entonces.

"Siento tanto lo que hice," dijo en voz alta. "Pero no estoy segura de poder verlo cara a cara."

"Bueno, no estoy aquí para sermonearte." Imani cruzó los brazos. "No puedo decirte lo que tienes que hacer, pero sí puedo decirte que te sentirás mejor si haces *algo*." Sonrió. "Oye, ¿por qué no vienes a cenar esta noche? ¿Y conoces a mi familia? No hace falta que hablemos de esto. Solo disfrutar de buena compañía, buena comida y un poco de diversión con algunas personitas maravillosas."

"¿Tienes hijos?" Ava se quedó de piedra. "Guau, ni se me había pasado por la cabeza. ¿Cuántos años tienen?"

"Cuatro y seis. Don Júnior y Tiffany." Imani brillaba

diciendo sus nombres en alto. "Descubrí que estaba embarazada antes de que te fueras. Nunca tuve la oportunidad de
decírtelo."

Ava sintió otra punzada de culpa. "¿Y todavía sigues con
Don, tu marido?"

"Todavía juntos" Imani dio un suspiro. "Todo va sobre
ruedas, excepto que mi suegra vive con nosotros. Cuida de
los niños mientras trabajo y me hace la vida terrible cuando
estoy en casa." Se rió. "Pero es una cocinera estupenda."

"Me encantaría conocer a tus hijos," dijo Ava, encantada
de verdad ante la perspectiva de pasar la noche con Imani y
su familia.

"Estupendo." Imani sacó el móvil del bolsillo. "Dame un
minuto. Le voy a decir a la loba grande y mala que tenemos
una invitada para cenar."

25

LONDRES, REINO UNIDO

Mia caminaba hacia casa con un balanceo en sus pasos. Rara vez disfrutaba del camino de vuelta a casa en el metro, sobre todo en hora punta. La interminable multitud de trabajadores saliendo de la estación de Ealing Common, bloqueándole el paso, siempre la ponían de mal humor, sobre todo si estaba cansada. Pero hoy llevaba puestos los cascos e iba tarareando la música. Tenía tres días libres y estaba deseando un baño caliente, leer un libro en el balcón, y, quizá, una carrera larga. El verano inglés estaba agradable hoy y el sol brillaba fuera, haciendo que todo pareciera más bonito. Las aceras estaban llenas de gente cenando en los muchos restaurantes que había en Ealing Green. Otros iban deprisa hacia sus casas con sus maletines o la compra, con la misión de coger el último rayo de sol. Mia vio una cafetería nueva de la que no se había dado cuenta antes y una peluquería en la esquina de su calle que parecía que acababa de abrir. Las sillas muy acolchadas delante de los lavabos parecían tentadoras y decidió darse un capricho con un masaje en la cabeza antes de volver a trabajar. *Debería intentar pasar más tiempo en casa.*

"Hola Wally. ¿Cómo estás?"

"Oh, hola Mia." El dueño de la tienda de delicatesen de debajo de su apartamento la miró sorprendido. "Pareces alegre."

"¿No estoy siempre así?" Mia echó un vistazo a los platos de detrás del mostrador y, de repente, sintió hambre. "¿Qué tienes hoy?"

"¿Qué te apetece?" Wally se puso un mechón de su pelo largo y gris detrás de la oreja y le dirigió una gran sonrisa.

Mia se encogió de hombros. "Tengo un par de días libres y no quiero malgastar mi tiempo cocinando o de compras. Quiero disfrutar de este tiempo. Así que necesito cena para esta noche y comida y cena para mañana."

"Vale, vamos a ver." Wally sacó tres cajas para llevar de debajo del mostrador y abrió el primero. "¿Qué tal ñoquis con salsa de champiñones para esta noche? He usado setas colmenillas frescas para la salsa, así que está absolutamente deliciosa."

"Suena genial. Me llevo eso," dijo Mia, haciéndosele la boca agua ya. La delicatesen de Wally era una institución en el barrio y una noche en casa con su comida era algo que siempre deseaba. Como era costumbre, mantenía la vista fija en él, evitando así mirar la extensa selección de vinos detrás de él. Mia siempre se ponía nerviosa cuando venía temprano por la noche o a última hora, con el fresco Chablis al acecho detrás, llamándola. Pero se dio cuenta de que se encontraba bien. De hecho, era una de las pocas veces que solo pensar en comprar una botella no le apetecía para nada.

Wally sirvió la pasta en la caja y cerró la tapa. "Un minuto en el microondas, un minuto y medio como máximo." Le escribió las instrucciones en la caja. Siempre le divertía lo que le preocupaba que le gente echara a perder su comida por calentarlo demasiado. "Y ahora, para la comida de mañana, creo que te puede gustar esta sopa de calabaza con pesto verde y picatostes caseros. Te los sello en una bolsa para que no se ponga rancio." No esperó una respuesta antes de rellenar la caja y poniendo los condimentos en una bolsa separada. Mia siempre seguía sus sugerencias. "Y romero y chuletas de cordero al ajillo con polenta y zanahorias glaseadas." Puso con cuidado las cajas en una bolsa de papel. "Te echo una ensalada mixta gratis. Sé que te gusta comer verde."

"Gracias Wally. Eres un encanto." Le pagó y echó la vuelta en un bote para las propinas que estaba en el mostrador.

"De nada." Wally la miró por encima de sus gafas gruesas con montura negra. "¿Qué te ha pasado? Pareces tan... No sé... ¿Feliz?" dijo con una gran sonrisa. "¿Has conocido a alguien?"

Los ojos de Mia se abrieron como platos. "¿Qué quieres decir? No, quiero decir, solo estoy de buen humor y..."

"No importa, no es asunto mío," dijo. "Que tengas buena noche. Y disfruta de tu tiempo libre."

E n cuanto entró, Mia abrió todas las ventanas, las cortinas y las puertas del balcón, dejando que entrara la brisa. Se quitó el maquillaje de la cara, se dio una ducha rápida y se puso los pantalones de chándal y una camiseta de tirantes. Era maravilloso andar descalza otra vez y suspiró cuando dejó que los dedos de sus pies se hundieran en la alfombra gruesa del salón. No estaba ansiosa por estar de vuelta en casa sola, ni tampoco por tener tiempo libre como normalmente lo estaría. El sol entraba por las puertas del balcón, iluminando la cocina. Olía a productos de limpieza, mezclado con el olor a fruta podrida en un cuenco grande en la encimera del desayuno. Cogió las manzanas marrones y las tiró. El apartamento de Mia estaba siempre impoluto. Tenía a una limpiadora una vez a la semana pero, en realidad, tampoco había nunca mucho que limpiar. La cocina blanca y moderna que se abría al salón no había sido tocada en semanas y rara vez usaba la cama para dormir. Normalmente se dormía en el sofá, demasiado cómoda para irse a la habitación. Sin embargo, a la casa le vendría bien un poco de amor y cuidado. Una capa fresca de pintura, quizás flores y algún toque de color aquí y allá. Se imaginó tener a Ava para cenar, sentada justamente en la mesa de cenar. Se imaginó a Ava en su cama después. Mia dibujó una amplia sonrisa mientras calentaba la cena y salía al pequeño balcón, donde desplegó la silla lounge y se sentó con el plato en su regazo.

"Oh, hola Rosie." Dijo con dulzura cuando el gato de su vecina saltó sobre la baranda. Acarició al gato naranja con obesidad mórbida, que había estado pasando mucho tiempo con ella últimamente. En realidad, Rosie era chico, según le habían dicho. Parece que los voluntarios del refugio estaban convencidos al principio de que era una chica. Para cuando sus pelotas empezaron a crecer, él ya contestaba al nombre de Rosie, así que Tuesday, la extravagante vecina de la puerta de al lado, lo dejó con ese nombre. Rosie saltó a su regazo, oliendo con curiosidad el contenido de su plato.

"Eso no es lo que buscas, ¿eh Rosie? ¿Pasta vegetariana?" Mia movió la cabeza con drama, sonriendo al gato. "Prometí a tu mami no alimentarte más porque el veterinario dijo que necesitas ponerte a dieta." Rosie la miró y soltó un llanto desgarrador.

"¿Otra vez te está suplicando comida?" Tuesday sacó la

cabeza por la pared de separación entre los balcones y se rió, batiendo el pelo azul que le llegaba a los hombros. Parecía que estaba tomando el sol, vestida con un bikini de sirena iridiscente y un pareo a juego, pero nunca podía estar segura con Tuesday. Una impresionante colección de piercings de imitación de diamantes decoraban su cara y sus uñas eran largas, de sombra azul brillante a juego con su pelo.

"No me importa," dijo Mia sonriendo a su vecina. "Le daría algo pero sé que está a dieta." Hizo una mueca. "Seguramente es mi culpa que haya puesto tanto peso, lo siento de verdad."

"No te preocupes. Me alegro de que seas tan amable con él. Espera, deja que te dé algo." Tuesday corrió al interior y volvió con un cuenco con pechuga de pollo cortadas muy finas. "Toma, dale esto. Ya sé que prefiere comer en tu casa y todavía no ha cenado."

"Gracias." Mia se levantó, cogió el cuenco y lo puso en el suelo, al lado de su silla. Rosie atacó la comida como si no hubiera comido en semanas, metiéndose el pollo en la boca con las patas, como siempre hacía. La forma en que intentaba comer como un humano hacía reír a Mia cada vez que lo hacía.

"¿Has estado en la tienda de Wally?" le preguntó Tuesday, señalándole el plato.

Mia asintió. "Es fantástico, ¿verdad?"

"Desde luego" Tuesday se apoyó en la baranda y olisqueó. "Ajo. Me encanta el jodido olor a ajo."

"¿Por qué no me acompañas? Tengo más que suficiente," dijo Mia, sorprendiéndose ella misma. Invitar a Tuesday a su casa nunca se le había pasado por la mente antes. Pero es que ella nunca invitaba a nadie a su casa, sobre todo a gente que no conocía muy bien. *Joder, ¿Qué he hecho?*

Tuesday enderezó la espalda y bostezó. "¿En serio? No voy a decir que no." Dijo riendo entre dientes. "He estado adormilada al sol durante horas y estaba empezando a sentir hambre cuando ese olor delicioso ha llegado a mi nariz."

Mia se mordió la mejilla, entrando en pánico de repente. "Pero tengo que advertirte que no hay vino. No bebo."

"No pasa nada." Tuesday ladeó la cabeza y la miró de arriba abajo, como si la viera por primera vez. "Yo tampoco bebo."

"Gracias por dejarme compartir tu gato." Dijo Mia mientras cenaban en la mesa de su balcón pequeño. Rosie se estaba frotando contra su pierna, suplicando un trocito. "Me encanta Rosie."

Tuesday contoneó las cejas. "¿Qué puedo decir? Es un encanto." Se rió. "Se interesó por ti el primer día que te mudaste aquí. Al principio estaba un poco celosa, lo tengo que admitir. Pero, entonces, me di cuenta de que no tiene jardín ni amigos con los que jugar y me sentí mal por querer que pasara todo el tiempo conmigo. Y no es porque tengamos nada interesante de qué hablar."

Mia soltó una risita. "No te preocupes. No está en mis planes ponerle una gatera, pero no puedo negar que me gusta su compañía. Estoy tanto tiempo fuera que no podría tener un animal." Sonrió a Tuesday y se dio cuenta de que no sabía absolutamente nada de su amistosa vecina, con quien tenía conversaciones tan breves a menudo. La mujer llena de maquillaje podía tener cuarenta y pocos o cincuenta y muchos, era difícil de adivinar. "¿De dónde eres?" le preguntó. "Tienes un ligero acento. Al principio no lo notaba pero ahora que estamos aquí sentadas, charlando, me acabo de dar cuenta."

Tuesday se encogió de hombros. "Cuarenta años en el Reino Unido y todavía no he podido deshacerme de él por completo. Soy originariamente de Rumanía. Vine cuando tenía once años."

"Es encantador," dijo Mia. "Me encantan los acentos. ¿Entonces tu familia está en Londres?"

"No, era huérfana. Me adoptaron cuando tenía once años pero tampoco estoy en contacto con mis padres adoptivos." La cara de Tuesday daba a entender que prefería no hablar del tema.

"Oh, siento a escuchar eso."

"Está bien querida," Tuesday dio una palmada en la mano de Mia. "Hace mucho tiempo y ahora estoy bien, no tiene sentido preocuparse por el pasado. ¿Y tú? ¿Eres de Londres?"

"No, mis padres viven en Grazeley, a las afueras de Reading." Mia rió. "Salí de casa cuando fui a la universidad y no voy lo suficientemente a menudo."

"Ya" Tuesday hizo una pausa. "Entiendo que eres asistente de vuelo, ¿no? Siempre te veo con esa ropa tan mona."

Mia agradecía que Tuesday no le preguntara más sobre su familia, como si sintiera que era mejor no entrar ahí. "Sí, soy sobrecargo. Llevo volando mucho pero todavía no me he aburrido."

"No me sorprende. Debe ser excitante ir a todos esos sitios exóticos." Tuesday puso el tenedor en la mesa y se echó hacia atrás en la silla. "Cuando era pequeña siempre soñé con viajar, pero terminé en contabilidad."

"¿Eres contable?" Mia no podía estar más sorprendida. "No aparentas ser contable." Se rió. "Perdón, sin ofender.

Creo que estás increíble pero no es exactamente lo que esperaba de ti."

"Me lo dicen todo el tiempo." Tuesday se rió también. "" Pero, oye, paga las facturas. Trabajo desde casa la mayoría del tiempo, así que eso está bien." Su cara se convirtió en una risita traviesa. "Mi especialidad es contabilidad creativa. Tengo un par de clientes privados importantes." Dudó antes de decidirse a compartir más. "Dos años en la cárcel no me enseñó nada. Me encanta la emoción de todo."

"¿La cárcel?" Mia estaba en shock y, aún así, se moría por saber más. La noche estaba siendo mucho más interesante de lo que había esperado. Se acercó y bajó la voz mientras sonreía. "Bueno, dime, por favor. ¿Cómo fue cumplir pena?"

26

LONDRES, REINO UNIDO

De vuelta en su propia cama en Londres, el despertador sonó a las siete de la mañana pero a Ava no le costaba levantarse. Le quedaban todavía cinco horas para ir al aeropuerto de Heathrow y le gustaba estar fuerte y bien despierta antes de ir a la reunión. Comprobó dos veces el horario que tenía junto a su cama. *El Cairo. Eso es.* No era uno de sus destinos favoritos, pero era solo por una noche. El hueco entre las cortinas dejaba entrar la luz del sol, reflejando su sombra en la pared mientras se levantaba. Su dormitorio era la única habitación de la casa con la que se sentía contenta, de momento. La había pintado de blanco, puso varias estanterías y algunas obras de arte, compró cortinas de rayas grises y blancas y sábanas a juego para la cama doble de estructura cromada. Aparte de eso, solo había un sofá pequeño gris con una manta de piel de oveja extendida encima y una lámpara de papel japonés en un rincón de la habitación. Tenía una luz de lectura sujeta en el cabecero, al lado de un par de esposas, de las que había perdido las llaves, el único recuerdo de Danielle. Le molestaba no poder quitarlas pero, de todas formas, nadie había estado en su habitación en, por lo menos, un año. Era la habitación donde pasaba más tiempo, así que siempre la tenía ordenada. No había ropa, ni zapatos, ni desorden. La mayoría de sus cosas estaban en el cuarto de invitados, que usaba como vestidor. Fue hacia allí, se puso unas mallas, una camiseta y zapatillas de correr. Lista para salir al mundo.

A va cogía siempre la misma ruta para correr cuando estaba en casa. Calle abajo, siguiendo las frondosas manzanas delante de ella en dirección a Turnham Green Terrace, donde los que empujaban los carritos de bebé y los que llevaban las colchonetas de yoga ya estaban de un lado a otro. Corrió alrededor de Chiswick Common, siguiendo los caminos de los campos perfectamente recortados, donde los paseadores de perros se reunían con sus café para llevar. Le gustaba este momento del día, antes de que los trabajadores salieran y que el parque se llenara de ciclistas. Ava prefería los sonidos tempranos de Londres a su música y, normalmente, dejaba el móvil en casa. Oía a los pájaros cantar, a los perros ladrar y la música sonar desde las cafeterías, donde los empleados sacaban las mesas y sillas mientras se ponían al día con el cotilleo. Corrió alrededor del parque dos veces, sintiéndose menos cansada de lo que se sentía normalmente, aunque no había dormido mucho. Pensó en la noche tan agradable que había pasado en casa de Imani. Había sido fantástico pasar tiempo con ella otra vez y conocer a Don y a sus hijos. Incluso la suegra autoritaria la había hecho reír con su comportamiento tan dominante. Era bonito tener a Imani de nuevo en su vida y deseó haber contactado con ella antes. Y también estaba Mia. Había estado pensando en ella la mayor parte de la noche, fantaseando con lo que podía haber pasado si no la hubieran llamado para el vuelo. Pero la falta de sueño no parecía afectar su humor. De hecho, se sentía llena de energía y algo que se acercaba a feliz. Ya había comprobado sus horarios y estaba deseando su próximo vuelo juntas. Dios, no podía esperar. Se preguntaba si Mia estaría pensando en ella también. Ava todavía sentía la excitación cada vez que pensaba en su último beso, que era constantemente.

Cuando llegó a casa, Ava se dio una ducha larga, se lavó el pelo y se envolvió en el suave albornoz blanco que sus padres le habían regalado por navidad. Hizo huevos revueltos y puso una cápsula en la cafetera Nespresso, mirando fijamente la pared granate mientras esperaba que se llenara la taza. Ya era hora de que hiciera algo sobre eso. Aunque el apartamento estaba limpio y presentable - su limpiadora se ocupaba de ello - no soportaba el color. *¿Qué pensaría Mia?* Danielle le había ofrecido los servicios de su decorador muchas veces pero Ava lo había rechazado. Dejar que Danielle hiciera algo en su casa se acercaba demasiado a algo serio para ella. Además, nunca le había importado lo que Danielle pensara de su apartamento, siempre y cuando estuviera esposada en su cama una vez a la semana, después de decirle a su marido que iba a clase de yoga. Pero con Mia, las cosas eran diferentes y le importaba lo que Mia pensara de ella. "Blanco," dijo en voz alta. "Blanco y gris." Le gustaba en su habitación así que por qué no hacer lo mismo con el resto de la casa.

Ava se dirigió a la terraza en la azotea, donde se sentó a desayunar, mientras buscaba entre una lista de decoradores locales en su iPad. El conjunto lujoso de muebles de jardi-

nería de mimbre negro con cojines blancos, consistente en
un sofá rinconera, una silla y una mesa grande, cubrían casi
toda la azotea, dejando poco espacio para nada más. Ava no
necesitaba nada más. Las plantas necesitaban cuidado y no
quería pedir a sus vecinos que las regaran mientras ella
estaba fuera en los meses de verano. La gente siempre
asumía que eran amigos cuando les pedías un favor y no
tenía ningún deseo de invitarles a cenar para darles las
gracias. Siempre era educada cuando se encontraba a
alguno en las escaleras pero había conseguido evitar charlas
con ellos de momento y ni siquiera sabía sus nombres. Mojó
un trozo de pan en las últimas sobras de mantequilla, llevó
el plato a la cocina y se hizo otro café, mirando todavía la
lista en su iPad mientras subía de nuevo las escaleras empi-
nadas que le llevaban fuera. Después de eso, haría lo que
siempre hacía. Leer el periódico durante dos horas mientras
se tomaba el segundo café y terminarlo con el sudoku.
Desde que había dejado de beber, su "régimen para desper-
tarse" le había dado algo que hacer antes de irse a trabajar,
ya fuera un turno tarde o temprano. Le relajaba y le prepa-
raba mentalmente para el vuelo de larga distancia. Pero
también había un elemento de control en su régimen, uno
que ella había establecido para ayudarle a apoyar su vida
sobria. Nunca había sentido la necesidad de tener el control
cuando era más joven. De hecho, era bastante temeraria
entonces. Pero ahora era lo que la mantenía protegida para
no tener una recaída. Siempre y cuando se mantuviera en lo
alto de las cosas y se asegurara de ceñirse a su horario,
estaría bien.

Llegar a ser capitán había sido importante para Ava. Le
gustaba ser ella quien tomara las decisiones y estar al
mando significaba que nadie en el trabajo podría hacer su
vida terrible, y desencadenar antiguos hábitos. Siempre

tomaba el mismo camino a la estación de metro cuando iba al trabajo, evitando pubs y lugares sin licencia y nunca aceptaba invitaciones sociales de gente que conocía en Londres. Era más seguro así. Aparte de su cena familiar semanal y las ocasionales salidas en las escalas, Ava era feliz con su propia compañía y lo había sido durante mucho tiempo. Pero siendo cómodo como era, mantener una vida estrictamente reglamentada, igual que todos sus componentes, su apartamento no iba a parecer más agradable sin hacer nada. Marcó el número del decorador con los mejores comentarios, ignorando el precio más alto que la media. Ya era hora de hacer un cambio positivo.

27

LONDRES, REINO UNIDO

"¡Eh Mia!" Ava la saludó con la mano desde la puerta de enfrente cuando Mia estaba a punto de embarcar.

Mia se giró al oír la voz familiar, una descarga de pura alegría le llegó al corazón. *Oh Dios, ahí está.* Ver a Ava de nuevo era una sorpresa más que bienvenida. Solo un atisbo de ella era suficiente para alegrarle el día, sobre todo cuando gritó su nombre. Mia se pasó la lengua por los dientes para comprobar que no tenía pintalabios, sonrió y la saludó también. Por un momento pensó en correr hacia ella pero no podía dejar la puerta sin atender. Gritar también estaría mal visto, así que hizo un gesto de volante y extendió los brazos, ladeándolos de un lado a otro.

Ava asintió, entretenida con sus mímicas. Se señaló el reloj, indicando que no tenía tiempo de acercarse y charlar. Entonces, levantó las manos e hizo la forma de un triángulo.

Mia frunció el ceño, intentando adivinar lo que quería decir. Se encogió de hombros impotente.

Ava cambió de táctica. Hizo una pose con los dos brazos

en alto, doblando las manos en un ángulo de noventa grados, las dos en la misma posición.

"¡Ah!" gritó Mia, tapándose la boca al darse cuenta de que lo había dicho demasiado alto. "Egipto" articuló.

Ava levantó el pulgar y se rió y señaló a Mia. Mia pensó un momento, cogió un chal del bolso y se lo envolvió en la cabeza.

"¿Abu Dabi?" articuló Ava.

Mia asintió y levantó el pulgar también. Luego se animó y se puso el puño sobre la oreja, extendiendo el dedo meñique y el pulgar, imitando un teléfono. La sonrisa de Ava se hizo más grande mientras asentía. Cogió una tarjeta de su bolsillo y se lo dio a un empleado de tierra, señalando a Mia, antes de salir corriendo hacia el puente del avión. El empleado parecía contrariado, pero se acercó a Mia de todas formas y le dio la tarjeta.

"No tengo tiempo para esto, ¿sabe?" le dijo a Mia con una mirada de advertencia.

"Lo sé" Mia le dirigió una sonrisa de agradecimiento. "Gracias, se lo agradezco de verdad." Sonrió de oreja a oreja cuando miró la tarjeta y vio que tenía el número de Ava entre sus manos.

28

LONDRES, REINO UNIDO A ABU DABI, EAU

"Abu Dabi, allá vamos," dijo Lynn con muy poco entusiasmo.

"¿Qué problema tienes con Abu Dabi? Le preguntó Mia. "Siempre te quejas cuando hacemos escala allí. A mí me gusta."

"Pero nunca es más de una noche," dijo Lynn. "No tengo ningún problema con Abu Dabi en sí, pero la organización apesta. Una escala de dieciocho horas significa que no puedo beber, así que no puedo salir, así que las dos cosas dan como resultado cero oportunidad de comprobar el Tinder local."

"¿Y no puedes ir solo a una cita para tomar un café? ¿O una cena?" Le preguntó Mia. "Digo, si tienes que hacerlo. ¿Y por qué estás tan obsesionada con tener citas tan de repente?"

Lynn se sentó entre Mia y Farik y se abrochó el cinturón de seguridad. "Es Farik." Alargó la pierna y le dio una patada mientras le dirigía una mirada asesina.

"¿Qué he hecho ahora?" Los ojos de Farik se abrieron de par en par mientras se abrochaba también.

"Me ha dicho que me estoy pasando `de edad´," dijo Lynn, ignorándolos.

"¿Pasando de edad? ¿Y qué significa eso?" Mia miró a los dos.

"Significa que tengo treinta y cuatro años y si quiero tener éxito en mi plan de encontrar un marido rico, casi paso mi fecha límite de venta. Según Farik, los millonarios ricos solo tienen citas con mujeres de menos de treinta y cinco."

Mia se rió. "Eso es una mierda."

"No, no es una mierda. Es verdad." Farik levantó una de las revistas gratis del aeropuerto. "Según este artículo, a Lynn le quedan siete meses para casarse." Bajó la voz. "Los estudios científicos nunca mienten."

Mia sonrió con compasión. "No le escuches, Lynn. Solo te está fastidiando. Además, ¿por qué tiene que ser millonario? ¿Por qué no tener una cita con un chico agradable a quien le gustes por quien eres? ¿Alguien más o menos de tu edad? Tampoco ayuda que sigues con esas citas en serie con esos hombres mayores que solo buscan divertirse después de divorciarse. Eres demasiado buena para eso."

Lynn puso los ojos en blanco. "Pero tienen que ser capaces de proveerme. Y los hombres mayores tienden a tener mejores trabajos. No voy a estar haciendo esto siempre, ¿no?" frunció el ceño. "¿Y tú?"

"No sé, nunca lo he pensado." Mia se echó hacia atrás e intentó relajarse mientras empezaba del descenso. Era verdad. No tenía planes de futuro. No a largo plazo al menos. Vivía el día a día, contando las semanas, los meses y, algunas veces, incluso los años de sobriedad. Ocasionalmente recaería y tendría que empezar a contar de nuevo. Así es como percibía el tiempo. Pero a Mia también le encantaba su trabajo y eso hacía que todo fuera mucho más fácil.

El trabajo era su vida y la mantenía alejada de su apartamento y de los oscuros recuerdos que, a menudo, le perse-
guían cuando estaba sola. Incluso teniendo una relación,
siempre se sentía sola cuando volvía a casa. Excepto este fin
de semana, porque este había sido bueno. Por fin había sido
capaz de apreciar su tiempo libre, soñando despierta la
mayor parte, y se sintió descansada y llena de energía. Y lo
necesitaba, porque iba a ser una semana ajetreada. En los
trece años que llevaba en la aerolínea, nunca había rechazado un turno. Había trabajado duro, nunca se quejó, y
ahora era una de los miembros de cabina más jóvenes que
había sido ascendida a sobrecargo.

"No quieres estar haciendo esto hasta que tengas sesenta
y cinco años, Mia." Lynn estaba en racha. "Créeme. ¿Empujando un carrito con los tobillos inflamados y el pintalabios
filtrándose por las arrugas de la boca? No es una buena
imagen. De todas formas, nunca ibas a durar tanto, aunque
quisieras. Se desharán de nosotras en cuanto las tetas
empiecen a caerse. Solo espera y observa."

"Apuesto a que tus tetas ya se están cayendo," dijo Farik
con una sonrisa de satisfacción. "Y si todavía no lo están, lo
estarán en siete meses." Puso sus manos delante de su pecho
y las dejó caer hasta su regazo, riéndose.

"No te hablo más, Farik." Lynn se giró a Mia, haciendo
como si él no estuviera ahí.

"¿Nunca has pensado en cómo será tu vida en veinte
años? ¿No quieres una casa de verdad y alguien con quien
compartirla?"

"Suena como si tú solo quisieras compartir una cuenta
bancaria," bromeó Mia. "Pero, bromas aparte, por
supuesto que me encantaría tener eso. Es difícil conocer a
alguien y, especialmente, mantener a ese alguien con este
trabajo." Pensó en Ava y en el número que tenía en el

bolsillo. ¿Había estado Ava pensando en ella? Porque ella, desde luego, sí. De hecho, se conocía su horario de memoria. Dubái sería su próximo vuelo juntas. *Solo quedan cinco días.*

"¿Mia?" Mia se giró a Lynn.

"¿Sí?"

"Jesús, Mia, ¿dónde tienes la cabeza últimamente?" Lynn le dio un tortazo en la rodilla. "Te estaba preguntando si querías ir a comer mañana." Miró el reloj. "Quiero decir hoy, lo que sea. Cuando lleguemos. Siempre conoces los mejores restaurantes."

"Claro." Mia sonrió, intentando centrarse en la conversación en vez de fantasear con Ava. "Conozco un sitio." Se echó hacia adelante y miró a los lados, encontrándose con los ojos de Farik. "¿Vienes tú también?"

Farik negó con la cabeza. "No. Voy a pasar el día en el ático de mi novio."

"¿Tu novio?" Lynn arqueó una ceja. "No sabía que tuvieras novio."

"No novio-novio," explicó Farik. "Como en una relación de compromiso." Sonrió de oreja a oreja. "Mi novio de Abu Dabi."

"Ah, eso lo explica todo." Lynn miró a Mia y soltó una risita. "¿Y conoces a este novio de antes o te has vendido en internet al mejor postor?"

"Que te jodan, Lynn." Farik puso los ojos en blanco. "Lo conocí en Londres. Trabaja en el negocio del petróleo y me ha invitado a quedarme en su ático de cinco habitaciones con piscina en la azotea y vistas al Golfo. Así que, mientras vosotras dos escorias os estáis pavoneando en el calor, intentando encontrar un sitio donde atiborrarse de falafel, yo estaré bebiendo champán y comiendo caviar, mirándoos literalmente desde la planta cuarenta y dos."

"Vale." Rió Mia. "¿Te va a recoger en el aeropuerto? ¿Lo vamos a conocer en algún momento?"

"No. Creo que me lo quedaré para mí. Lynn podría lanzarse a él, según ha estado comportándose últimamente." Farik echó la cabeza hacia atrás, apoyado en la pared, y cerró los ojos, simulando dormirse.

29

ABU DABI, EAU

"Venga, Lynn. Cúbrete. Muestra respeto."

"Sí, sí." Lynn se ajustó el pañuelo sobre los hombros mientras seguía a Mia por el mercado lleno de gente en TCA, hogar de una de las áreas residenciales más antiguas de Abu Dabi. "Bueno, ¿dónde me llevas?"

"A comer". Mia se giró hacia ella y frunció el ceño. "¿No decías que tenías hambre?"

Lynn dio un suspiro. "Claro que he dicho que tengo hambre. No que quería morir aplastada." Cambió la táctica y empezó a andar de lado, en un intento por abrirse camino entre las masas de gente que estaba reunida alrededor de una de las tiendas del mercado más populares donde vendían pan. "Nunca he tenido que pelearme para poder moverme en esta ciudad. Siempre está razonablemente tranquila. De todas formas, ¿cómo has conseguido encontrar este lugar?"

"Venga. Cógeme la mano, ya casi estamos." Mia alargó la mano y llevó a Lynn a través de los últimos vestigios de la multitud, hacia un jardín.

"Gracias al Señor." Lynn se estabilizó y tomó aire

profundamente. "Nunca me he considerado claustrofóbica pero creo que voy a necesitar terapia ahora."

Se quitaron los zapatos en la entrada del restaurante y pisaron en las alfombras rojas y doradas que se extendían por la sala ocupada.

"**B**ueno...," empezó Lynn, mojando un trozo de pan de pita en el humus. "La capitán."

"¿Qué capitán?" Mia intentaba mantener la cara seria. No le había dicho nada a Lynn sobre la noche que había pasado con Ava y tampoco habían hablado sobre el día que habían pasado en Nueva York el día siguiente.

Lynn miró al techo y puso los ojos en blanco de forma teatrera. "Sabes de quién estoy hablando, Mia. No te hagas la tonta. La capitán sexy. Pasasteis un día juntas en Nueva York, ¿te acuerdas? Parecías un poco... digamos que ruborizada cuando por fin te metiste en el taxi conmigo. ¿O se te ha olvidado?"

"Ava." Sonrió Mia, diciendo su nombre en voz alta.

"Sí, sí. Sé su nombre." Lynn se le acercó y bajó la voz. "¿Y? ¿Me vas a contar qué pasó?"

"No hay mucho que contar. Fue agradable," dijo Mia, sonriendo de oreja a oreja ahora. "Me gusta de verdad."

"¿Y?" Lynn susurraba ahora. "¿Algo de acción?"

"Un poco quizá." Mia dudó un momento. "Nos besamos. Un par de veces."

"Aaah... Así que la besuqueaste de verdad." Lynn asentía lentamente, mirando a Mia de arriba abajo con fascinación. "Sabía que tenía razón cuando te mandé a cabina aquel día." Movió las manos con excitación. "Es como si supiera que hacíais buena pareja. Así que es gay, ¿no?"

"Sí." Mia cortó un trozo de pan de pita y lo pasó por el baba ganush. "Y besa excepcionalmente bien."

Lynn se rió. "Que me jodan, no me sorprende. Esa mujer parece sexo sobre ruedas. Joder, incluso yo he fantaseado con ella una o dos veces." Sus ojos se abrieron de par en par. "Dios mío. ¿Eché a perder vuestro pequeño encuentro en el hotel? Quiero decir, estabais a punto de..." señaló a Mia con un dedo, que se encogía de hombros.

"No pasa nada. Estoy segura que nuestros caminos se van a cruzar otra vez pronto." Mia era incapaz de evitar una risita. "Vale, he comprobado su calendario. Está en mi próximo turno a Dubái en cinco días. No puedo esperar a verla otra vez."

"Oh, Dios mío, mira tu carita." Lynn acarició el hombro de Mia y le pellizcó en la mejilla. "Mia Donoghue, creo que tienes un gran flechazo y no recuerdo la última vez que lo tuviste. Nunca parecías tan feliz cuando estabas con esa pieza pija, que te dejó durante las vacaciones sin razón, eso seguro."

Mia se rió. Lynn tenía cero tacto, al menos fuera de cabina. Nunca le había contado a su amiga la verdadera razón de su ruptura con Marsha y no tenía intención de hacerlo.

"Por favor, quédatelo para ti. No quiero que nadie lo sepa. La gente habla demasiado y tampoco quiero que ninguna nos metamos en problemas."

"Claro." Lynn cruzó los dedos medio e índice. "Sabes que nunca diría nada. Eres mi amiga, Mia."

"Gracias." Mia le dirigió una sonrisa de agradecimiento. "Bueno, y tú ¿qué?" le preguntó, cambiando de tema. "¿Alguna cita preparada para este mes?"

Lynn le sonrió de oreja a oreja. "Bueno... No quería que

Farik lo supiera, así que no lo dije antes, pero puede que tenga a mi propio capitán pronto."

"¿En serio? ¿Quién es?" A Mia le resultaba difícil seguir la vida amorosa de Lynn. Parecía estar en un carrusel de citas últimamente.

Lynn la miró e hizo una pausa para darle un efecto dramático. "Te daré una pista. Es alto, pelo gris, bien parecido, más mayor, vive en Londres, bebe cerveza de jengibre cuando vuela y le gustan mucho esos bombones almendrados que los pasajeros de primera clase toman con el café." Hizo una pausa. "Los pongo a un lado para él y siempre es muy agradecido."

"Eso es como diez pistas." Se rió Mia. "Pero bueno... cerveza de jengibre, ¿eh? No será el capitán Slender, ¿no?" Mia hizo una mueca al intentar imaginarse a Lynn con el capitán mayor, con quien volaban con regularidad. La diferencia de edad hacía difícil imaginárselos juntos. "¿No es muy mayor como para ser tu padre?"

"Sí. El capitán Slender," repitió Lynn, extasiada al decir el nombre. "El zorro plateado, endiabladamente guapo, que acaba de firmar sus papeles del divorcio la semana pasada. Me pidió salir en cuanto se secó la tinta. Apuesto a que estaba muriéndose por invitarme a salir durante meses." Lo dijo con tanto entusiasmo que Mia no podía cuestionarle las intenciones del capitán Slender en voz alta.

"Es bonito," dijo, a pesar de lo que pensaba. "Estoy segura de que lo pasaréis bien."

"Seguro que sí." Lynn se sirvió el pescado a la plancha que acababan de servirle. "No puedo esperar a restregárselo a Farik en la cara si funciona. Cada. Jodido. Día."

30

ABU DABI, EAU

Mia se sentó en el balcón de la habitación de su hotel en Yas Island en Abu Dabi, con vistas al jardín y al golfo árabe con la silueta de la ciudad detrás. Era en momentos como este en los que se sentía bendecida por el trabajo que tenía. Estaba demasiado cansada para salir otra vez por la ciudad con Lynn o para cenar con el resto de la tripulación en el restaurante del hotel, pero demasiado intranquila para irse a dormir, así que llevaba sentada aquí unas dos horas, viendo el atardecer mientras se hacía la manicura. A Mia no le preocupaban demasiado sus uñas, pero se suponía que sus manos tenían que estar impolutas en el trabajo y, al final, se había habituado a limpiarlas, limarlas y pintarlas. Y esta noche incluso era terapéutico. A pesar de que ya estaba oscuro, todavía se sentía el calor como una manta gruesa y aspiraba profundamente cada vez que un poco de brisa marina parecía alcanzarla en la planta veintinueve. La habitación era pequeña y básica pero la localización era una de sus favoritas. Siempre agradecía una buena vista.

Delante de ella tenía el número de Ava, la tarjeta debajo

de un florero para que el viento no la volara. *El Santo Grial*. No que ya no hubiera guardado el número en su teléfono, porque eso fue lo primero que hizo cuando tuvo un momento libre durante el vuelo. Pero le gustaba mirar la tarjeta y leer su nombre una y otra vez. Mia sabía que, probablemente, bordeaba lo raro pero no le importaba. Cogió el teléfono y dio un sorbo a su té de menta, todavía sopesando qué enviar. El vuelo había sido frenético desde el comienzo y no había tenido tiempo para soñar despierta con Ava. Afortunadamente, ahora tenía todo el tiempo del mundo. Echaba de menos a Ava. Echaba de menos hablar con ella y echaba de menos a la única persona que conocía su secreto mejor guardado, la única persona con la que podía ser ella misma.

`Hola Ava . ¿Cómo está Egipto? He visto en el horario que volamos juntas a Dubái la semana que viene. Por favor, déjame llevarte a cenar.´*

¿Era demasiado impersonal? ¿Aburrido? Decidió añadir algo más.

´Estoy deseando verte otra vez. X Mia.´

Ya está. Eso está mejor. Abrió una caja con el pastel de pacana y miel que había comprado en el aeropuerto y gimió cuando mordió el delicioso dulce y pasta hojaldrada. Su teléfono emitió un sonido y dio un salto por la sorpresa. *Guau. Qué rápido.*

`Hola Mia. Me encantaría salir a cenar. Las escalas son aburridas sin ti.´*

Mia sonrió al leerlo y dio un bailecito en el asiento. Iba a tener otra cita con la capitán más sexy del universo. El teléfono sonó otra vez.

`No puedo esperar para verte. ¿Cómo está Abu Dabi?´*

A Mia no le importaba parecer demasiado ansiosa al

contestar rápido. Se sentía tan bien estar en contacto y, claramente, Ava no había terminado de hablar todavía.

`Aburrido sin ti también.´ Dudó. `Sigo pensando en nuestro beso.´ Su pulgar pulsó enviar antes de tener tiempo a cambiar de idea y recibió respuesta solo unos segundos después.

`Yo igual, preciosa. No me importaría poder terminar por fin lo que empezamos.´

Guau. Ava se estaba poniendo toda sexy para ella. Mia se mordió el labio mientras escribía, la excitación revolviéndose dentro de ella.

`Prométeme que lo harás. Te deseo tanto que soy incapaz de pensar en nada más.´

"Joder", dijo en voz alta. Quizá eso era un poco demasiado. Después de todo, no conocía a Ava tan bien. Hubo otro mensaje.

`Lo prometo, y estaré contando los días. ¿Qué llevas puesto?´
Mia sonrió.

`No mucho, solo el albornoz del hotel. ¿Qué llevas tú?´

`Nada. Hace mucho calor aquí y no me gusta el aire acondicionado.´ Mia cerró los ojos e intentó imaginarse a Ava desnuda, como tantas veces había hecho en las últimas semanas. Pasaron un par de segundos antes de que Ava le mandara otro mensaje. `Quiero que te eches en tu cama.´

`¿Por qué?´ contestó Mia. Sabía muy bien por qué la quería Ava en la cama, pero le gustaba tomarle el pelo.

`Porque lo digo yo.´

`Sí, capitán.´ Mia sonrió nerviosa mientras se dirigía a la habitación y se tumbaba sobre las sábanas. `Estoy en la cama.´

`Ábrete el albornoz.´ Los mensajes de Ava eran cortos y exigentes ahora y la excitaban hasta tal punto que casi no podía mantener las manos lejos de su cuerpo. Se abrió el albornoz y se hizo una foto en la cama, enseñando su cara y sus pechos, y la envió.

`Joder. ¿Tienes idea de lo sexy que eres?´

Mia sonrió, moviéndose en la cama. `Mándame una foto tuya para tener algo que mirar también.´ Miró fijamente al teléfono durante lo que parecía una eternidad. Desde luego que se estaba tomando su tiempo. ¿Se está quedando conmigo? Cuando sonó el teléfono otra vez, no había foto, solo una respuesta corta.

`No, Mia. Yo estoy al mando ahora.´ Mia sintió otra sensación de excitación con el tono dominante de Ava. Pasaron otro par de segundos, dejándola esperando con anticipación. `Quiero que te toques.´

`Lo estoy haciendo.´ contestó Mia, cuando deslizó un dedo tembloroso por su humedad. Se quedó sin aliento cuando un destello de calor le corrió por entre las piernas y pensaba en Ava mientras movía sus dedos en círculo lentamente, intentando mantener su vista en el teléfono.

`¿Cómo se siente? ¿Estás húmeda?´

`Es jodidamente increíble... y sí. Muy húmeda.´ Mia intentó escribir otro mensaje pero falló cuando se distrajo por el sentimiento de tanto placer al acelerar el ritmo de sus dedos, frotando su clítoris.

`¿Estás cerca?´ El mensaje que Ava le mandó solo unos minutos después llegó demasiado tarde, Mia ya estaba balanceándose en el borde de un orgasmo. Ignoró el teléfono y se dejó llevar, manteniendo el aliento mientras la sensación celestial se extendió por ella, cubriéndola en una cálida manta de éxtasis. Cerró los ojos, disfrutando un momento de pura felicidad, mientras sus caderas se sacudían en el colchón. Tomó un par de respiraciones profundas y suspiró de alivio, dejando un momento antes de coger el teléfono otra vez.

`Demasiado tarde´ escribió. `Solo pensar en ti...´

`Me gusta .´

Mia rió nerviosa, mirando fijamente el teléfono. Se sentía increíblemente relajada al dejar caer de nuevo la cabeza sobre las almohadas. *Jesús, ¿qué ha sido eso?* Justo cuando iba a contestar, había otro mensaje.

`Ahora me alegro de tener tu número. Dulces sueños, Mia. XXX´

`Dulces sueños, Ava . XXX´

31

LONDRES, REINO UNIDO

"Chicos, ¿os importa cerrar la puerta cuando acabéis?" Ava le echó otro vistazo al salón y la cocina. Estaba bonito y limpio, y blanco. "Fantástico trabajo, por cierto," añadió.

"Sin problema. Ya casi hemos terminado," dijo uno de los decoradores, señalando el único trozo de granate que les quedaba por pintar. Incluso la cocina de estilo caserío azul claro estaba bonito, ahora que no desentonaba con el resto del salón y la salita. Había plantas grandes en maceteros de cerámica en los rincones – de poco mantenimiento, según le había asegurado la asistenta – y cortinas nuevas y luces, que hacían una gran diferencia. Ava sonrió y decidió que le gustaba ahora.

"Gracias chicos. Serviros café. Ya sabéis dónde está todo." Todavía no se podía creer que por fin había hecho algo en su apartamento, haciendo que pareciera lo que ella quería. Llevaba dos días enteros en casa y eso fue suficiente tiempo para que los tres decoradores lo repintaran todo, incluyendo el pasillo y el cuarto de baño. Les ayudó a quitar el papel de los años noventa de la pared en el cuarto de invitados y había estado comprando obras de arte, plantas, cortinas, lámparas y cojines para acicalar el lugar. Su madre la perdonó por haber cancelado la cena; estaba exultante de saber que Ava se había deshecho por fin del granate. Se puso la gorra de piloto y cerró la puerta tras ella, sintiendo el objetivo conseguido y un poco nerviosa. Mia estaría en su vuelo hoy.

Una sensación nueva se revolvió en su interior, solo de pensar en ver a Mia otra vez. Ava se preguntó cómo era la vida de Mia y dónde vivía mientras entraba en la estación de metro de Turnham. Su intercambio de mensajes había sido de todo menos informativo, así que preguntarle dónde vivía el día después de sus mensajes eróticos de la una a la otra, le había parecido fuera de lugar. No había contactado con Mia ni ella tampoco. Ava no estaba segura al principio si había ido demasiado lejos con sus mensajes tan exigentes, pero Mia había parecido estar más que feliz de jugar y lo dejó ir con el tiempo. Al final, era quien era, y no tenía sentido esconder sus deseos sexuales si al final iban a terminar en la cama juntas.

Por primera vez desde que se había mudado al barrio, Ava miró por los andenes en vez de mirar fijamente hacia adelante para evitar contacto visual. Sabía que la mayoría de los miembros de la tripulación vivían cerca de una línea de metro que les conectaba directamente con el aeropuerto, como ella. *¿Quizá esté ella en el mismo tren?* Ava sabía que eso era una ilusión. Era poco probable que Mia estuviera en el mismo tren; venían y se iban cada cinco minutos e, incluso si estuvieran en el mismo, sería incluso más improbable que la viera en uno de los vagones que iban tan llenos. Sin embargo, se había dado una ducha más larga de lo habitual y había tenido un cuidado extra con su pelo, alisando sus rizos largos y negros. Se sentía bien con ella misma y sonrió mientras se ajustaba la corbata en su reflejo de la ventana del tren cuando se paró delante de ella. Hoy tenía suerte; había varios asientos libres y agradecía poder sentarse en el trayecto hacia el aeropuerto. La mujer sentada frente a ella intentaba con fuerza atraer su atención. La miraba de manera seductora desde su libro, intentando establecer contacto visual. Era rubia y atractiva, y, posiblemente, un poco más joven que Ava. Vestida con un chándal negro y con una bolsa de deporte, parecía entrenadora personal o quizá una atleta. Que la gente flirteara en el metro no era nada nuevo. Pasaba todo el tiempo durante los largos y aburridos viajes al trabajo. Ava la ignoró y se concentró en el periódico. Cualquier otro día habría flirteado con ella, quizá incluso le habría pedido el número. Pero hoy, Mia era la única que tenía en mente.

32

LONDRES, REINO UNIDO A
DUBÁI, EAU

" ¿De qué os reís, chicos? ¿No deberíais estar sirviendo bebidas?" Mia se acercó a Lynn y Farik, que parecían estar pasándolo en grande al lado de los aseos. Lynn se sobresaltó y se giró, borrándosele la sonrisa de la boca cuando Farik le dio un codazo.

"Ah, hola Mia. ¿Te importaría servir a los Crosby en los asientos 6A y 6B, por favor? Creo que no le gusto a su novia. Sospecho que se siente amenazada por mi buena apariencia," bromeó. "¿Por favor, Mia? Eres tan buena con la gente."

Mia la miró de arriba abajo, sospechando algo. "Claro. Bueno, y ¿qué pasa exactamente?"

"Nada," dijo Farik. "Los Crosby estaban actuando muy raro con Lynn y nos estábamos riendo por algo que ha dicho la mujer. Ten cuidado con ella, tiene una lengua afilada."

"Vale…" Mia dudó mientras se alejaba, algo irritada por las risitas que oía detrás de ella. *¿Se están quedando conmigo? Más les vale que no…*

. . .

Mia había estado ocupada con los cambios en el último minuto del menú cuando el embarque ya empezó, así que no había visto a ninguno de los pasajeros. El señor Crosby viajaba por primera vez con la compañía aérea y no había nada en su documentación sobre sus preferencias o cómo le gustaba que le trataran. Mia comprobó dos veces el diario de vuelo. La señora Crosby no aparecía porque el señor Crosby había reservado una cabina doble a su nombre. Pasaba algunas veces, normalmente con gente que quería privacidad completa o tener más espacio para ellos pero, el hecho de que el nombre de su mujer no apareciera en el sistema, era un problema. Tendrían que contactar con la compañía ahora y decir a la capitán que esperara el vuelo, lo que significaba un retraso, por su negligencia. *Eso es imposible. ¿Cómo se me ha podido escapar?* Decidió contrastarlo con los Crosby primero, para ver si había habido un error. Quizá uno de los pasajeros se había sentado en el asiento equivocado y eso había confundido a Lynn.

El señor Crosby aparentaba como todos los hombres de más de sesenta años. Pelo gris, físico regordete, cara amable y piel con manchas. Si su camisa y su reloj reflejaban su cuenta bancaria, desde luego que era rico, pero nunca se podía estar seguro hoy en día. Algunas personas ahorraban durante años para un reloj o, quizá en este caso, como no había ascenso en el sistema, había pagado dos billetes de primera clase a precio sin descuento. Su mujer era bastante más joven, veintipocos, Mia supuso, y muy guapa. Mia se les acercó con cautela.

"Bienvenido, señor Crosby. Me llamo Mia y soy la sobrecargo. Nos alegramos de tenerlo a bordo. Yo me hago cargo desde ahora. ¿Puedo traerle algo? ¿Una copa de champán quizá?"

"Gracias." Estudió el menú. "Es demasiado temprano para tomar alcohol. Tomaré un café, por favor. Negro, con un azúcar."

"De acuerdo, se lo traigo ahora mismo." Mia se giró a la mujer a su lado. "¿Y para usted, señora Crosby? ¿Le gustaría..." Se paró de golpe cuando se dio cuenta que la señora Crosby era una muñeca a tamaño real. Al principio pensó que la mujer estaba descansando pero sus ojos estaban completamente abiertos. *Jesús, por eso se estaban riendo. ¿Su esposa? ¿Va en serio este tipo? ¿Qué hago?* Mia notó que el señor Crosby le había puesto el cinturón de seguridad a la muñeca. Mia miró otra vez la información del pasajero, buscando frenéticamente una explicación, pero no encontró ninguna. El señor Crosby había reservado dos asientos, así que no había razón para llevarse a la muñeca de allí. Al tener la figura de una persona, tampoco suponía un riesgo de seguridad, como lo sería una maleta. Mia maldijo a Lynn y Farik por montar una artimaña como esta, aunque tenía que admitir que era bastante buena. ¿De qué iba esto? Había oído que había gente que tenía relaciones con muñecas, pero nunca se había encontrado con una pareja en la que la otra mitad estaba hecha de caucho.

"¿Hay algún problema?" La expresión del señor Crosby se endureció. "Esta es Mandy, mi esposa. ¿No va a tomar su pedido..." miró la placa de Mia. "...Mia?"

Mia miró del señor Crosby a la muñeca junto a él y de nuevo a él. ¿Es una broma? *Mejor que no lo trate como una broma, para estar en lugar seguro.*

"Por supuesto que sí." Dijo, sonando no demasiado convincente. Se giró a la muñeca, intentando mantener la cara seria, cuando Lynn pasó por su lado, tocándole el dorso de la mano. "Solo estaba comprobando su nombre, porque no hay mención alguna sobre ella en mi diario. Pero no importa, haremos que funcione. ¿Le apetece una bebida, Mandy?" Los pasajeros de alrededor escuchaban la conversación, fascinados por lo absurdo de la situación. Algunos estaban soltando risitas en bajo y otros susurraban entre ellos. Un joven lo estaba grabando con su teléfono sobre el borde de la cabina. No los culpaba. Ella habría hecho lo mismo.

"No le hable como si fuera una niña, es una mujer madura, por el amor de Dios." Mia se tomó un momento para procesar lo que le acaba de decir, pero no se encogió de miedo. Se enderezó y tomó una posición de seguridad, sabiendo muy bien que era el centro de atención ahora.

"Tiene razón, señor Crosby, discúlpeme. ¿Le traigo una bebida Mandy?" Le preguntó de una forma menos condescendiente esta vez. Mandy no contestó. Sus ojos estaban concentrados en el techo, como si estuviera rezando en silencio para que la liberaran del hombre que tenía a su lado y que decía ser su esposo. Mia nunca pensó que llegaría el día en que sentiría pena de una muñeca, sin embargo, ese día había llegado, en contra de toda lógica y expectación.

"A Mandy le gustaría tomar una copa de champán," dijo el señor Crosby sin consultar a Mandy.

"No hay problema, le traeré una copa de champán." A Mia ya no le importaba nada. No habían trabajado este tipo de situación en su formación. Era demasiado absurdo. Pero como el señor Crosby había pagado unas considerables seis mil libras por su billete y otras seis mil por el de Mandy, ella le seguiría el juego en esta fantasía delirante, mientras ella no se viera involucrada. Después de todo, el cliente siempre tenía la razón. Y, qué narices, también se divertiría un rato con ello.

"¿Le gustaría algo de comer para acompañar, Mandy?" Miró a la muñeca atentamente, mostrándole su sonrisa más cálida. "¿Es tímida?" Una mujer detrás de ella rompió a reír, escupiéndole el champán en el regazo.

El señor Crosby movió la cabeza, ignorando a la mujer, que ahora lloraba de la risa. "Normalmente no. Creo que está cansada. Nos hemos levantado a las cinco de la mañana."

"Muy bien," dijo Mia. "Dígame si quiere que le haga la cama. Me da la impresión de que ella estaría más cómoda hablando con usted."

"Buena decisión." El señor Crosby asintió con la cabeza antes de encender la pantalla de Mandy y ponerle los auriculares sobre la cabeza.

"Vas a pagar por esto," le dijo Mia a Lynn un poco más tarde, cuando estaban sentada a su lado por un momento de turbulencias. Se rió, moviendo la cabeza. "Y no lo vas a ver venir. Ha sido una jugarreta sucia lo que me has hecho." Cambió su vista a Farik y le dirigió una mirada de advertencia. "Y tú también, chico glam." El lápiz de ojos de Farik se le había corrido por las mejillas de todas las lágrimas que había derramado en el aseo durante diez minutos de risa. "Mejor que te limpies esos ojos de oso panda antes de volver a cabina, no está presentable."

"Hablando de presentable," dijo Farik. "Deberías haberte visto la cara cuando..." Explotó de risa otra vez y se cubrió la cara mientras se movía, incapaz de hablar.

Mia lo ignoró y cerró los ojos un momento, escuchando la voz que había estado esperando oír toda la semana.

"Damas y caballeros, habla la capitán..."

33

DUBÁI, EAU

"He oído que hemos tenido un pasajero interesante a bordo," dijo Ava con una sonrisa de satisfacción. Estaba merodeando por el puente del avión con su bolsa de cuero al hombro y bebiendo una lata de Coca-Cola. Sus copilotos ya habían desaparecido, desesperados por un cigarro.

Mia se rió cuando la alcanzó. "¿Me estabas esperando, capitán?" Su tono era de coqueteo. "Asumo que te lo han contado todo. No creo que vaya a oír el final de todo eso nunca jamás." Siguió a Ava por el puente.

"Sí. Farik me lo dijo cuando iba al aseo. Estaba completamente rojo y apenas podía hablar." Ava sonrió de oreja a oreja. "Y sí, te estaba esperando. Ha sido agradable estar por fin contigo otra vez en un vuelo. Agradezco de verdad esos bomboncitos tan monos que me trajiste con el café." Dudó un momento. "¿Tenemos la cena todavía esta noche?"

El corazón de Mia empezó a acelerarse. "Me alegro de que te hayas acordado." Sonrió cuando sus ojos se encontraron. Ava permaneció de pie a su lado en su uniforme y con la perspectiva de otra sesión de besos eróticos, y muy posiblemente mucho más, era casi demasiado de manejar.

"¿Cómo podría olvidarlo?" Ava buscó su pasaporte mientras hacían cola ante aduanas. Parecía nerviosa, pensó Mia. "Me alegro de que escojas el restaurante porque conoces la zona." Dio un ligero apretón a la mano de Mia. "¿Nos vemos en la entrada del hotel a las siete? Vamos, si no has cambiado de opinión. Si es así, sin resentimientos."

Mia tembló con el contacto, sonriendo de oreja a oreja. "Creo que puedes ver en mi cara que no hay forma de que vaya a cancelar esta noche." Le guiñó un ojo mientras se adelantaba y daba el pasaporte al oficial de aduanas.

"¿Lista?" Ava miró a Mia de arriba abajo detenidamente mientras se levantaba del sofá de la entrada. *Joder, es sexy.* "Estás fantástica." Mia llevaba un vestido azul y blanco a rayas, lo suficientemente modesto para deambular por las calles de Dubái pero lo suficientemente seductor como para hacer que le corazón de Ava se le parara. Llevaba su pelo largo y oscuro liso y escondido detrás de sus orejas, y llevaba pendientes con perlas pequeñas.

"Tú tampoco estás mal." Mia no podía dejar de sonreír viendo a Ava con vaqueros ajustados, que llevaba colgando en sus caderas. *Y esos ojos...* Se rió cuando se dio cuenta de que la estaba mirando fijamente. "Vale," dijo, componiéndose. "Conozco un lugar pequeño y bonito cerca de la bahía. Podemos ir caminando si quieres. Está en un área conservadora, así que no podemos ser obvias en que estamos en una cita, si sabes lo que quiero decir."

"No sé si voy a ser capaz de controlarme." Ava le dirigió una sonrisa traviesa. "Pero lo intentaré lo mejor que pueda."

. . .

Entraron en los laberínticos callejones del barrio de Al Bastakiya, lleno de museos y cafés, y caminaron en dirección a Dubai Creek, pasando casas de té tradicionales de los Emiratos, casas con torres de viento restauradas, mezquitas e impresionantes patios. Las tranquilas calles se volvieron más llenas de gente cuando se acercaban al zoco textil, donde el día acababa de empezar y la mercancía estaba siendo dispuesta para la noche ajetreada que se presentaba por delante. Mia hubiera caminado tan rápido como hubiera podido sin su gorra, en un intento de evitar a los vendedores molestos, pero Ava parecía más que cómoda echándole un vistazo a lo que estaban vendiendo, cuando empezó a regatear por un juego de fundas de cojines como si fuera automático en ella, involucrándose en su amistoso charloteo.

"Para mi madre," explicó cuando salían del zoco. "Está obsesionada con los cojines y tapices, deberías ver su casa."

"Ah, ¿sí? ¿Es muy tradicional?"

"Se podría decir que sí. Parece una tienda textil básicamente." Ava se rió. "Pero, oye, si la hace feliz, seguiré comprándolos."

"¿Y tú?" Le preguntó Mia. "¿Dónde vives cuando no estás volando?"

"Tengo un apartamento en Turnham Green. Está en la línea de metro a Heathrow, así que fue más por conveniencia, pero ahora me gusta mucho el área. Aunque no estoy mucho allí." Se encogió de hombros. "Llevo viviendo allí cinco años y solo me he decidido a redecorarlo ayer."

"Sé lo que quieres decir," Mia se paró a comprar una caja de dulces. "Yo todavía vivo en un apartamento pequeñito de una habitación en Ealing Common," dijo, pagando al del puesto. "Sé que debería actualizarlo, pero no estoy lo suficiente en casa como para querer meterme en ese compromiso. Y, cuando estoy allí varios días seguidos, no sé qué hacer conmigo porque estoy tan habituada a estar lejos."

"¿Crees que alguna vez sentarás cabeza con alguien?" le preguntó Ava.

"Quizá. Si encontrara a la persona adecuada." Mia se sonrojó con la pregunta. "¿Y tú?" Abrió la caja de las delicias turcas y se la acercó a Ava para que cogiera una.

"Igual. No es impensable. Pero no he estado en una relación con nadie durante tanto tiempo que he dejado de pensar que es una opción." Escogió una gelatina rosa de la caja. "Te gustan las cosas dulces, ¿no, Mia?"

"Desde luego que sí." Mia sonrió de oreja a oreja mientras chupaba y tragaba. "Por eso me gustas *tú*. Dulce y sexy." Sus ojos permanecían fijos en los de Ava. Estaba disfrutando el hecho de que, por una vez, no tenía una respuesta rápida.

Ava se rió. "Tú eres también bastante dulce y sexy. Si solo pudiera cogerte el trasero y besarte justo ahora, yo..." Movió la cabeza frustrada.

"No digas más." La interrumpió Mia. "Podría saltar encima de ti si lo hicieras." A estas alturas, estaba tan excitada que lo estaba pasando mal controlándose. Con la cabeza señaló en dirección a la zona de la ribera. "Vamos, tomaremos un abra para ir al otro lado del arroyo. Necesito enfriarme." Mia hizo gestos a Ava para que la siguiera mientras pagaba al hombre que sujetaba la plataforma para caminar en su lugar.

"Esto está chulo." Ava se sentó al lado de Mia en la parte de atrás, asegurándose de que estaba lo suficientemente cerca como para que sus brazos se rozaran. Se agarró al borde del bote de madera largo y estrecho al salir, mientras los últimos pasajeros todavía saltaban sobre el tablón, haciéndolo balancearse de un lado a otro. "Me gusta cuando la gente me lleva a sitios nuevos." Miró al otro lado del arroyo, donde le esperaban más zocos y tiendas tradicionales. "En verdad, esto es encantador. Siempre pensé que Dubái era solo hoteles pijos y fiestas de la alta sociedad, pero esto es justo lo contrario."

"Bueno, también hay de eso." Mia le señaló con la cabeza en dirección a Jumeirah, la línea de la playa hecha por el hombre. "No lejos del hotel donde nos quedamos están los centros comerciales más grandes del mundo, playas blancas hechas por el hombre y hoteles lujosos, como lo ves en las revistas. Y eso también es divertido, no me malinterpretes..." Dudó. "Pero me gusta la ciudad antigua. Los nativos son amistosos, en contraposición a los ricos hombres de negocio de los hoteles de Jumeirah, que están decididos a encontrar una cita para la noche y creen que pueden comprar a cualquiera." Puso los ojos en blanco. "No tienes ni idea de lo molesto que es cuando tú vas a la tuyo, caminando por la zona de la piscina, y algún pervertido empieza a hacer comentarios sobre tu trasero."

Ava se rió. "No me sorprende. Tienes un trasero bonito." Mantuvo la voz baja. "¿O ahora soy yo la pervertida?"

"No," Mia rió nerviosa y se movió en el banco. "Tú puedes hacer comentarios sobre mi trasero cuando quieras, capitán."

"Es bueno saberlo," Ava se acercó un poco más, inclinándose hacia ella. "Porque tengo un montón de cosas más que comentar, pero no creo que este sea el lugar para ello, así que lo dejaré para más tarde esta noche."

Mia sintió una punzada en su estómago y tomó aire profundamente, evitando la mirada de Ava. Sus ojos verdes eran tan intensos que no podía soportar más que un par de segundos antes de que se perdiera completamente. *Esta noche.* No estaba segura de qué decir.

"Vale," susurró por fin. "Lo estaré esperando."

Salieron dando un salto una vez alcanzaron el otro lado del arroyo y atravesaron el Zoco Dorado, donde los estrechos puestos colgaban con joyas doradas de todas las formas y tamaños posibles. La opulencia y riqueza del mercado nunca dejaba de sorprender a Mia. Había focos de luz fijados bajo las joyas que estaban colocadas a lo largo de las paredes, creando un brillo dorado por todo el mercado cubierto.

"Gracias por la visita," dijo Ava. "Me encanta. Me recuerda a Jordania. Es bonito."

"Bueno, también están el Zoco del Perfume y el Zoco de las Especias, pero apuesto que ya tienes hambre, así que dejaremos eso para otra..." Mia dudó y sonrió. "¿Cita?"

"Sí." Dijo Ava sonriendo también. "La próxima cita."

Mia las llevó hacia un establecimiento en Deira Creek, donde servían comida tradicional yemení. Le dieron la bienvenida y las subieron a la parte de atrás, a la sección de mujeres del restaurante, donde se sentaron en el suelo, al lado de una ventana que les daba una vista impresionante de Dubai Creek y la ciudad. El interior del restaurante estaba sin muebles, pero la abundancia de gente dándose un banquete y las copiosas cantidades de comida en sus mesas, lo hacía encantador e intrigante.

"Te va a encantar esto," dijo Mia, mientras la persona que les servía les ponía sopa de carne de borrego y ensalada para picotear mientras miraban el menú.

"Lo sé." Ava probó la sopa y sonrió. "Sabe bastante parecido a la comida que hace mi madre." Hizo una pausa. "En realidad, incluso puede ser un poco mejor. Buena elección, Mia."

"Por supuesto, la cocina te es familiar. No lo pensé." Mia puso el menú sobre la mesa. "Entonces no te importará pedir, ¿no?" Se movió y volvió a doblar las piernas debajo de ella. "Me gusta todo, así que no te preocupes por mí."

"Claro." Ava le hizo un gesto a la que les servía para que volviera y hablaron sobre los platos en árabe. Le devolvió los menús y continuaron con su charla otro minuto o así. "Creo que he pedido de sobra," dijo. "Pero creo que deberíamos probar la mayoría."

Pescado a la plancha hecho a carbón, verduras a la plancha, arroz aromático con granada, pan de pita y ensaladas fueron expuestos en la mesa algo después.

"Nunca sé muy bien cómo comer con las manos," dijo Mia, riendo mientras se limpiaba los dedos en una servilleta. "¿Cuál es la forma correcta de hacerlo?"

"No soy una experta. En casa comemos con cuchillo y tenedor, como la mayoría en Jordania. Pero sé que es importante comer solo con la mano derecha," dijo Ava. "Así puedes usar la otra mano para ofrecer bebidas, limpiarte la boca o pasar la bandeja a los demás." Señaló con la cabeza la bandeja grande que tenían delante. "Solo estamos nosotras ahora, así que no importa tanto, pero si estás con un grupo, asegúrate de que levantas la comida de la parte derecha delante de ti y come alrededor del lugar desde donde empezaste. Esta bandeja se llama sidr, y cuando te acercas a ella, es común que te sientes al lado de alguien de tu propio sexo o tu esposo. Solo te puedo decir que esa es la etiqueta en Jordania, podría ser un poco diferente aquí. Aparte de eso, es normal retirarte un poco hacia atrás cuando has terminado y decir: `Al Hamdu Li Lah´. Significa "Alabado sea Dios."

"Pero tú no eres religiosa, ¿no?" le preguntó Mia, doblando un pan de pita sobre un trozo de pescado.

"No, no lo soy. Mis padres tampoco, pero todos lo decimos cuando comemos juntos. Es más una costumbre cultural." Rellenó la taza de té de Mia. "Tú te integras bien con el estilo de vida de Oriente Medio. Quiero decir, obviamente sabes dónde encontrar la mejor comida, siempre te vistes apropiadamente." Ava se rió. "Incluso sabes algunas frases básicas y tienes innato comer con las manos."

Mia sonrió. "Es gracioso cómo la vida puede, de alguna forma, tomar giros extraños." Hizo un sándwich con un trozo de pescado entre su pan de pita y lo sirvió con la salsa de yogurt. "Empecé a trabajar con esta aerolínea por sus destinos. Siendo una alcohólica en rehabilitación y todo eso, pensé que sería más fácil trabajar para una compañía de Oriente Medio. Menos tentación, por razones obvias. Quiero decir, viajamos a otros destinos, por supuesto, pero el setenta por ciento de los vuelos van a países donde no me siento una marginada por no beber en reuniones sociales y donde mi mini bar no está lleno hasta arriba con coñac y vodka. Me gusta eso. Y ahora, después de años de estar aquí, me siento como en casa. He llegado a apreciar la comida, la cultura y la gente y conozco el lugar como si fuera de aquí."

"Tiene sentido" Ava asintió. "¿Considerarías alguna vez mudarte a Dubái o Abu Dabi? Te sería bastante fácil conseguir un traslado."

Mia pensó en ello un momento. "No creo," hizo una pausa. "Supongo que sí, si no fuera porque soy gay y no podría ser abierta sobre mi sexualidad. La sede aquí probablemente me despediría si lo descubrieran y no me gusta la idea de tener que volver a meterme en el closet."

"Sí. Está ese pequeño detalle," dijo Ava, resoplando de forma sarcástica. "Exactamente lo que yo pienso." Hizo un bolsillo con el pan de pita, lo rellenó con ensalada y lo completó con zumo de limón. "Estoy muy agradecida de que mis padres tengan la mente tan abierta y nos mudáramos a Londres. Nunca hubiera llegado a ser piloto si nos hubiéramos quedado en Jordania."

"No estoy tan segura de eso." Mia ladeó la cabeza y le dirigió una mirada de curiosidad. "Tengo la sensación de que hubieras encontrado la forma. Me pareces una persona bastante persistente."

Ava le mantuvo la mirada, una sonrisa jugueteando en su boca. "Quizá. Normalmente consigo lo que quiero."

34

DUBÁI, EAU

"Ha sido divertido esta noche." Mia permanecía delante de su habitación. Había estado fantaseando con besar a Ava durante toda la noche, deseando su boca durante la cena. Pero dos mujeres pilladas besándose en el pasillo de un hotel en Dubái, donde incluso el afecto heterosexual estaba mal visto, era una receta para el desastre, y no le apetecía arriesgarse a que la echaran del hotel. "¿Quieres entrar?" le preguntó.

Ava sonrió. "Sí, quiero entrar." Puso la mano sobre la de Mia en el pomo de la puerta y se inclinó hacia su oído, haciendo que los pelos del brazo se le erizaran.

"He estado pensando en besarte. Mucho."

Mia tomó aire mientras abría la puerta. "Igual que yo." Encendió las luces antes de girarse a Ava cuando cerró la puerta tras ellas. Por fin, se permitió ahogarse en esos ojos verdes que irradiaban deseo. Trazó con sus dedos la mejilla de Ava y le echó un mechón suelto hacia detrás, asegurándoselo detrás de la oreja. "Entonces, por favor, bésame otra vez, como lo hiciste la última vez."

Ava se le acercó más, mirando fijamente su boca. Se

inclinó hacia ella y trazó el labio superior con su lengua, antes de presionar su boca contra ella mientras deslizaba una mano en su nuca, atrayéndola hacia sí. Gimió, cerrando los ojos. El estómago le estaba haciendo cosas locas y el hormigueo entre las piernas la dejaba en agonía, mientras levantaba el vestido de Mia con la otra mano y se la ponía sobre su duro trasero. Ava no había deseado besar a nadie así en mucho tiempo, y podía sentir, por la forma en que Mia se apretaba contra ella, que ella sentía lo mismo. Los suaves gemidos que salían de la boca de Mia la hacían desearla incluso más. Abrió los labios, permitiéndose hundirse en el beso.

Mia dio un suspiro cuando Ava se alejó del beso. Sus ojos estaban llenos de deseo, mirando a Mia intentando coger aire. Mia se inclinó de nuevo, atraída por los labios de Ava. Estaban húmedos y eran suaves, y tan tentadores. Envolvió sus brazos alrededor del cuello de Ava y la besó, más fuerte esta vez, más persistente. Ava le agarró el trasero con las dos manos ahora y lo apretó antes de levantarla y ponerla sobre la mesa tocador. Mia abrió las piernas y puso a Ava entre ellas sin romper el beso. Un grito escapó de su boca cuando sintió el muslo de Ava presionando su centro y su mano en la espalda, levantándole el vestido incluso más.

"Espera." Mia se echó hacia atrás y se pasó el vestido por la cabeza, tirándolo al suelo. Quería que Ava supiera que estaba bien que la tocara, que la tomara. Y, sobre todo, quería que Ava se quitara la ropa también. Empezó a desabrochar la camisa de Ava con manos temblorosas. Ava dejó deambular su mirada por el cuerpo medio desnudo de Mia, cubierto solamente por unas bragas negras de encaje y un sujetador a juego, una vista que dejaba poco a la imaginación. Estaba sexy como el demonio, sentada allí con esa mirada de deseo carnal en sus ojos. El sujetador era transparente, sus pezones duros visibles claramente bajo la fina tela. Ava deslizó los tirantes del sujetador por los hombros y desabrochó la espalda en un movimiento fluido. Sus labios se abrieron al ver los pechos de Mia. Estaban llenos, suaves y tentadores, suplicando su boca. Bajó la cabeza para besar los pechos de Mia y suavemente mordió un pezón. Mia gimió, se echó hacia atrás y arqueó la espalda para que Ava devorara sus pechos, gimiendo más fuerte cuando sintió la lengua de Ava deslizarse hacia el otro pezón.

"Eres tan jodidamente sexy." La voz de Ava era baja y ronca. "Te deseo tanto, Mia."

Mia se levantó para que Ava pudiera quitarle las bragas. Un temblor le bajó por la columna al darse cuenta de que estaba completamente desnuda delante de la única mujer que deseaba. Le quitó la camisa a Ava y empezó a desabrocharle los vaqueros, asimilando su cuerpo atlético. La boca se le hizo agua al ver sus abdominales. De cerca era más sexy de lo que había imaginado, pero lo mejor, quizá, era la mirada de Ava, que le decía que la deseaba más que nada. Mia echó un vistazo a la cama, deslizando una mano por detrás del vaquero de Ava. "¿Puedes quitarte esto, por favor?"

Ava negó con la cabeza, una sonrisita jugueteando en su boca. "Date la vuelta, Mia."

Mia se mordió los labios ante esas palabras. Ladeó la cabeza, observando la cara de Ava. Parecía seria. Mia tragó saliva cuando un golpe de calor se fue directo a su zona media, quedándose entre sus piernas. Se giró, quedando frente a frente con su propio reflejo en el espejo. Ava estaba detrás de ella, rodeándola con el brazo mientras le besaba el cuello y mordía su lóbulo. *Hostia puta.* La excitaba como nada ver las delicadas manos de Ava masajeando sus pechos mientras, con sus dientes, le raspaba el cuello.

"Qué sensación tan buena." Suspiró y tomó aire profundamente cuando las manos de Ava bajaron a su estómago, hasta que su mano derecha le alcanzó entre las piernas, ahuecando la mano en su centro y apretándolo más fuerte de lo que esperaba. "¡Joder!" exclamó en una mezcla de sorpresa y placer. Las piernas de Mia empezaron a temblar por el impacto que las habilidosas manos de Ava tenían sobre ella y echó la cabeza hacia atrás, apoyándola en el hombro de Ava mientras le acariciaba el clítoris. Podía sentir el aliento de Ava en su oreja, más rápido ahora, mientras deslizaba dos dedos por sus pliegues, trazándolos hacia arriba. Mia empezó a retorcerse en su fuerte apretón, perdiendo el último atisbo de reserva al que se había estado aferrando antes de apretar su trasero contra los muslos de Ava. Verse a sí misma siendo tomada por Ava, verla sonreír cada vez que se escapaba un gemido de su boca, era fascinante. Ava bajó su mano otra vez, más abajo entre sus piernas esta vez, penetrándola con un dedo.

"Estás tan húmeda," le susurró. "Te siento tan bien, Mia."

Los párpados de Mia revolotearon cuando sintió a Ava dentro de ella y abrió las piernas más. "Fóllame, Ava," le suplicó. "Lo necesito."

Ava retiró la mano y la puso sobre su espalda, posándola sobre el trasero de Mia. Su boca estaba presionada sobre la oreja de Mia, todavía sujetándola muy cerca con su otra mano.

"Agáchate," le susurró con la respiración entrecortada.

Mia se agachó hacia adelante, posando sus manos sobre la mesa de tocador mientras veía a Ava recorrer un camino de besos columna abajo. Ava dibujó el trasero de Mia, y deslizó su mano entre sus piernas desde atrás, consiguiendo un gemido alto de Mia cuando la penetró con dos dedos.

"Sí, así." Mia gimió, empujando contra la mano de Ava para sentirla más dentro de ella. El deseo primario que le recorrió el cuerpo y la mente fue como nada que hubiera experimentado antes. Se las había imaginado una y otra vez en sus fantasías, pero no se había acercado ni lo más mínimo a lo muy excitada que estaba ahora. Los ojos de Ava se oscurecieron más cuando se encontró con los de Mia en el espejo. Se movía dentro y fuera de ella más rápido, sacudiendo sus caderas contra el trasero de Mia hasta que Mia empezó a quedarse sin aliento, golpeándola a su vez contra su mano. Ava sabía que estaba cerca, así que agachó la otra mano y tomó el centro de Mia otra vez, hasta que gritó y se puso tensa en su agarrón. Miró la cara de Mia en el espejo, sus ojos muy cerrados, su boca abierta, dejando escapar un último gemido eufórico mientras se contraía alrededor de sus dedos. El pelo le caía sobre la cara, enmarcándola, casi alcanzando sus pechos. Un hilo de sudor bajó de su frente a la nariz y cayó sobre el tocador. Ava suspiró de placer. Ver a Mia así era hermoso y la había puesto tan cachonda que ella misma estaba muy cerca del clímax. Levantó la cara de Mia y la apoyó sobre su pecho, todavía dentro de ella.

"Eres increíble, Mia," dijo, besándola desde la mejilla hasta el cuello.

Mia dejó escapar otro suspiro y rió entre dientes. "Creo que es seguro decir que tú eres la increíble aquí." Se giró para mirar a Ava, respirando con dificultad cuando sintió que sacaba los dedos. Rodeó el cuello de Ava con sus brazos y le miró fijamente a los ojos antes de besarla lenta y profundamente. "Pero ahora es mi turno." Tiró del sujetador deportivo de Ava para quitárselo, pero ella le sujetó una mano por la muñeca, impidiéndole ir más allá.

"¿Qué pasa?", Mia se liberó del agarrón de Ava. Echó un vistazo a sus pechos pequeños y a los pezones erectos que se veían a través del sujetador de Ava delante de ella y sintió cómo se mojaba otra vez mientras dibujaba con las manos la entonada parte superior del cuerpo de Ava, desde sus hombros bien definidos a sus pechos y abajo en su cintura.

"No pasa nada," dijo Ava casi susurrando. Cogió las manos de Mia otra vez, justo cuando estaban a punto de deslizarse bajo su cintura. Las sostuvo mientras llevaba la boca a su oreja. "Solo que no me gusta que me digan lo que tengo que hacer." Las llevó hasta la cama y le hizo un gesto a Mia para que se echara.

"¿Ni siquiera por mí?" Mia se echó y palmeó el espacio del colchón a su lado. Ava le dirigió una mirada mientras se metía en la cama. Si Mia estaba intentando volverla loca, lo estaba consiguiendo. "Porque estoy bastante segura que puedo hacerte cambiar de opinión." Mia continuó, subiéndose encima de ella y sentándose a horcajadas. Rozó su estómago hacia abajo, sobre los botones abiertos de sus vaqueros.

Ava levantó la mirada hacia Mia y dejó que sus ojos se pasearan por sus pechos llenos, su impresionante cuerpo y la seductora mirada en su cara. No estaba acostumbrada a esto, no estaba acostumbrada a ser seducida, ni incluso a que le dieran placer, y, por el momento, le iba bien a ella.

"Espera." Dijo, cambiando de repente de opinión. Cogió a Mia por las caderas, la retiró y las hizo girar, quedándose ella encima. "No, no me gusta que me digan lo que tengo que hacer. Ni siquiera por ti, Mia."

Mia la miró fijamente y sonrió juguetona. "Desde luego que te gusta tener el control, ¿no, capitán? No creí que fueras tan... aaah." Dejó de hablar cuando Ava volvió a empujar sus dedos dentro de ella. Se sentía tan bien. "Sí, oh Dios, sí."

Ava agarró las dos muñecas de Mia con la otra mano y

las empujó sobre su cabeza, mientras la besaba fuerte y profundamente y se bajaba encima de ella.

Mia estaba demasiado cachonda para ni siquiera pensar en lo que estaba pasando y cada segundo pasaba en una deliciosa neblina. Los ojos verdes de Ava clavados en ella, los mechones de pelo haciéndole cosquillas en la cara, el suave y cálido cuerpo cubriendo su cuerpo y los pezones erectos presionando sus pechos a través de la tela del sujetador de Ava. Sintió el peso del cuerpo de Ava sobre ella y su muslo entre sus piernas, abriéndolas más cuando empujaba contra ella.

"Oh Dios, está tan bien." Mia gimió y agarró el cuello de Ava, atrayéndola hacia sí para otro beso. Era el encuentro más sexy que había experimentado jamás, y Mia sabía que lo recordaría siempre.

Ava salió de Mia y la miró con ojos de deseo. "No tienes ni idea de cuánto te he deseado." Bajó sus dedos húmedos por los pechos y el estómago de Mia hasta que alcanzó entre sus piernas otra vez. Miró a Mia mientras gritaba, rindiéndose ante ella cuando deslizó un dedo entre sus pliegues.

"Sí. ¡Oh Dios, sí!"

"Puedo sentir cuánto deseas esto otra vez y me está volviendo loca," susurró Ava, burlándose de Mia con caricias lentas. Los muslos de Mia temblaban, así como sus manos, cuando Ava las volvió a agarrar con fuerza con la otra mano, poniéndolas sobre su cabeza en la almohada otra vez. Deslizó dos dedos dentro de Mia otra vez, gimiendo con la humedad que sentía.

"Oh sí. No pares, Ava, por favor." Mia echó su cabeza hacia atrás, aguantando la respiración mientras Ava empujaba más dentro de ella. Encontró un ritmo sensual y lento, moviéndose dentro de ella con sus dedos y su cuerpo. Llevó su pulgar al clítoris y lo estimuló uniformemente, lentamente. Miró los párpados de Mia agitarse y escuchó su respiración entrecortada que se hizo más y más rápida hasta que sintió que Mia se tensaba alrededor de sus dedos. A Ava le encantaba esa vista, cubierta de placer. Le encantaba ser ella quien hiciera sentir así a Mia.

"Sí, Ava. Justo ahí. No pares." Ava la besó profundamente mientras llegaba al clímax otra vez. Lo sintió con cada fibra de su ser mientras Mia se corría bajo ella, completamente a su merced. Mia abrió los ojos para mirarla, temblando todavía.

"Eres jodidamente increíble, Mia." Ava retiró sus dedos lentamente, consiguiendo un gemido final de la boca de Mia.

35

DUBÁI, EAU

Ava recorrió el cuello de Mia con la yema de un dedo, dejándolo sobre la pequeña cicatriz de la frente. Sus brazos y piernas estaban enredados entre ellas y en las sábanas. Mia estaba desnuda y Ava se había quitado los vaqueros. La puerta del balcón estaba abierta y corría una brisa suave por la habitación. Se giró y se apoyó de lado sobre el codo, mirando a Mia.

"¿Qué pasó?"

Mia dio un suspiro, retirando su mano de la cicatriz. "Yo uhm... " Hizo una pausa.

"Está bien. No tienes que decírmelo." La voz de Ava era suave y amable.

"No." Dijo Mia, su expresión se volvió más seria. "Quiero que lo sepas." Se tumbó muy quieta y miró al techo, parecía estar a kilómetros de distancia mientras pensaba en el día en que tuvo el toque de atención más grande de su vida. Antes de eso, todo había estado bien. Quizá no perfecto, pero bien. Mia iba por la vida como una bebedora, y tenía otros problemas también, pero eso no había parecido ser algo importante en aquel momento. Se había dicho que lidiaría con ello cuando fuera el momento adecuado. Pero el momento nunca fue adecuado.

"Mi problema con la bebida empezó de una manera muy inocente al principio," dijo Mia, manteniendo baja la voz. "Nunca fui muy aventurera, pero empecé a beber en la universidad, como la mayoría, solo para encajar supongo. Mudarme lejos de la seguridad de una ciudad pequeña y de mis amigos fue un gran paso para mí, quizá no era lo suficientemente madura para manejarlo. No conocía a nadie cuando me mudé a Londres. Compartía apartamento con otras tres chicas que eran mucho más guais que yo. Ellas ya se conocían y estaban buscando una cuarta compañera de piso para rebajar su renta mensual. Estaba aterrorizada de que vieran a través de mí al principio y me preocupaba lo que pensarían de mí cuando supieran que me gustaban las chicas. Quería encajar tanto." Se mantuvo callada un momento mientras se mordía la mejilla. "Ya había tomado una o dos copas de vino antes, pero nunca lo usé como medio para lidiar con mi vida. Cuando me ofrecieron un mejunje fuerte de licor barato durante la primera semana, estaba feliz porque ellas quisieran juntarse conmigo. Me di cuenta de que me ponía más valiente después de cada bebida, menos tímida y más charlatana. De alguna manera, me daba seguridad. Me sentía divertida y, de repente, empecé a tener opiniones de cosas en las que no había pensado antes. Parecía tan inocente en aquel momento, cuatro chicas viendo películas y bebiendo cócteles juntas. Y supongo que era así. Pero para mí, las cosas cambiaron. Cambió en cómo manejaba las situaciones. Ellas bebían para divertirse, yo bebía porque lo necesitaba." Miró a Ava un momento antes de continuar. "No lo vi en el momento, claro. Para mí, el alcohol era como un elixir mágico que me hacía sociable e incluso popular. Estudiaba ingeniería de aviación e iba mucho de fiestas, incapaz de lidiar con la repentina libertad que sentía de estar lejos de la supervisión de mis padres. Afectó de verdad mis notas pero tenía demasiado miedo de dejarlo pasar, o quizá demasiado desesperada por encajar. Quería ser piloto, o ingeniera de aviación en ese momento, pero según iban mis exámenes al final del segundo año, parecía que eso ya no era una opción. Se lo dije a una de mis amigas nuevas y ella me ofreció un tipo de pastilla que me ayudaría a concentrarme, a estar despierta durante semanas sin fin, para estudiar y hacer que mis notas volvieran a donde estaban al principio. Todavía no estoy segura qué era exactamente, probablemente Modafinil o cualquier equivalente en ese momento. No pensé que fuera importante. Eran fáciles de conseguir, especialmente en la universidad, y todo el mundo las tomaba de vez en cuando. Funcionó. Mis notas volvieron a subir y yo empecé a tomar más y más pastillas, incluso después de desplomarme una vez. No había dormido bien durante varios días y se me había olvidado comer también. Estaba muy delgada entonces. Mientras tanto, seguía saliendo la mayoría de las noches, chupándome todo el préstamo de estudiante solo para ser popular. Tuve novias de vez en cuando, pero todas rompieron conmigo, decían que estaba ausente y no 'totalmente allí´, que no podía darles lo que necesitaban. Tenían razón. Ni siquiera podía mantener una conversación bien cuando estaba sobria porque en lo único en que podía pensar era en cuándo podría tomarme la primera copa del día." Mia giró la cabeza para ponerse cara a cara con Ava. "En mi tercer año – tenía veinte años en aquel momento – hice una práctica con una aerolínea nacional. Bebía incluso más por la noche para compensar los largos días sin alcohol. Tomaba estimulantes por la mañana para despertarme. Era un caos total y, lo más gracioso, es que nadie lo sabía. Y aunque no quería que nadie se enterara, de alguna forma, estar sola en todo ese caos que yo misma había creado lo hacía aún peor. No tengo ni idea de por qué era tan auto destructiva. No es que tuviera una mala infancia o algo traumático." Mia se encogió de hombros. "Fue la etapa más solitaria de mi vida, aunque salía, por lo menos, cuatro veces a la semana." Tragó saliva antes de continuar. Ava no la interrumpió. La cogió de la mano y escuchó en silencio.

"Fui a casa un fin de semana para visitar a mis padres," continuó. "Era sábado por la tarde y por fin había aceptado cenar con ellos y mi hermana pequeña, después de haberlos evitado durante semanas. Estaba ansiosa por verlos, asustada de que pudieran darse cuenta que tenía un problema. Como si eso fuera poco, estaba a punto de decirles que me habían echado de la universidad, porque mi asistencia había sido pésima, mis notas no eran lo suficientemente buenas para aprobar y que era poco capaz de funcionar, y mucho menos, graduarme. Por entonces, me había convertido en una experta en conseguir medicamentos con recetas, así que me tomé dos Tramadol para calmarme y me bebí media botella de vino en el coche, rellenando la botella que ya me había tomado en casa. Iba conduciendo rápido. Demasiado rápido, con la música retumbando a través de los altavoces en un intento de recobrar la sobriedad antes de llegar." Mia sacudió la cabeza. "Supongo que estaba demasiado en una nebulosa para ver a mi hermanita corriendo por el acceso a la casa para recibirme. Solo tenía cinco años, una niñita dulce. Mi madre siempre la llamó un feliz accidente. Estaba totalmente sorprendida cuando descubrió que estaba embarazada otra vez a los cuarenta años. Bueno, Ami corrió por la entrada justo cuando yo entraba. Giré el volante para evitarla, pero la golpeé igualmente antes de empotrarme contra un árbol. No llevaba el cinturón de seguridad y me golpeé la cabeza contra la ventanilla." Ava apretó la mano de Mia cuando una lágrima empezó a caerle por la mejilla. "Oí a Ami gritar de dolor antes de desmayarme, y en lo único en lo que podía pensar en esos lúcidos segundos fue `Oh Dios mío, va a morir. He matado a Ami.´ Fue horrible." Hizo una pausa. "Lo siguiente que recuerdo es despertarme en el hospital. Había estado ida más de siete horas. Los médicos me dijeron que había tenido daño cerebral y más tarde, después de hacerme varios tests, concluyeron que había perdido la mayor parte de audición en mi oído izquierdo. La audición nunca volvió."

"Eso es por lo que no pudiste solicitar tu licencia para piloto." Dijo Ava en un susurro.

"Sí. Pero, para entonces, ya no me importaba. Sentí que no lo merecía. Joder, no lo merecía. Ami podía haber muerto." Mia lloraba. "Estuvo en coma tres días, pero no me dejaban verla porque yo estaba bajo investigación. Se había roto el brazo por tres sitios y tenía dos costillas rotas, entre otros daños. Recuerdo haber pensado en distintas formas de quitarme la vida si Ami no despertaba. Mis padres no podían ni mirarme. Habían olido el alcohol en mi aliento ese día, en la ambulancia, y los resultados de los tests de sangre mostraban alcohol y Tramadol en mi sistema." Mia dio un suspiró. "Gracias a Dios, Ami despertó y su cerebro funcionaba bien. Fue un caso complicado porque fue un accidente, en el que mi propia hermana estaba involucrada. Mis padres no presentaron cargos contra mí porque era su hija, pero la corte me puso una multa cuantiosa, me suspendieron el carnet de conducir durante dos años y me dieron un volante médico para un centro de rehabilitación. Yo no me resistí, por supuesto." Suspiró otra vez. "Pasé dos meses allí. Para cuando salí, Ami estaba caminando otra vez, pero no podía jugar o hacer nada divertido durante meses. Y solo era una niña pequeña." Ava limpió una lágrima de la cara de Mia.

"¿Recuerda ella lo que pasó?"

Mia negó con la cabeza. "No, no recuerda nada. Todavía tiene pequeñas cicatrices en su brazo y una muy pequeña en su cabeza, donde no le crece el pelo, pero mis padres no le dijeron nunca lo que pasó de verdad. Creo que la historia es que se cayó por unas escaleras o algo así, ni siquiera me acuerdo. Me pidieron que me mantuviera callada, así que lo hice. Después de eso decidí mantenerme limpia para el resto de mi vida, pero las ansias nunca me han abandonado. Me formé para ser auxiliar de vuelo, con la esperanza de que un trabajo responsable me ayudaría a ir por el camino correcto. Y ayuda, por supuesto que ayuda. Me da una excusa con la gente. La tripulación cree que soy una especie de santa, siendo la `señorita perfecta´ en el trabajo. Si supieran... "Ava no hizo ningún comentario. En vez de eso, levantó la mano de Mia hasta su boca y la besó.

"¿Has recaído muchas veces, antes de la última vez, en vacaciones?"

Mia se encogió de hombros. "Cuatro veces antes de eso. La mayoría de las recaídas fueron simples estupideces. La vez antes de mi última recaída, creo que podría haber sido la botella de champán gratis que me dieron con la mejora de mi habitación la que me llevó a beber otra vez. El día no había sido diferente a cualquier otro. Había estado trabajando y estaba en mi habitación del hotel. No estaba preocupada, ni ansiosa ni nada de eso. Da igual, no pude resistirme. Pensé que una vez más no me haría daño. Quizá quería comprobar si estaba bien, si podría tomarme una copa sin terminarme la botella entera y más. Fue tan estúpido. Debería haberlo sabido. Después de dos horas, me había bebido todo lo que había en el mini bar y me desmayé en el suelo del cuarto de baño. Por suerte, no tenía que volar hasta el día siguiente, así que dormí la mona." Hizo una pausa. "Y entonces fue como empezar de nuevo, incluso aunque fuera solamente una noche. Las ansias se hicieron peores después de eso así que fui a reuniones de AA más a menudo. Y ayuda un poco, ¿sabes? Me hace sentir menos sola." Se mordió el labio y miró a los ojos de Ava. "Hasta hoy, tú eres la única que sabe mi problema. Aparte de la gente que veo en AA, claro. Mis padres creen que los excesos alcohólicos eran solo algo imprudente que hacía cuando era joven y estúpida, pero todavía está ahí." Apretó las manos en un puño y se las puso sobre el pecho. "Es como que hay un demonio dentro de mí, luchando por salir, examinándome cada día."

"Sé lo que se siente al tener una recaída," dijo Ava. "Te enfadas tanto y estás tan decepcionada contigo misma, y te convences que eres un caso perdido. Pero no olvides cuántos días has resistido la urgencia de beber. Cuenta los días buenos en vez de los malos. Es una batalla de nunca acabar, pero eres más fuerte de lo que crees, Mia."

"Gracias." Mia consiguió sonreír y se limpió las mejillas. "Sienta bien hablarlo con alguien. Especialmente, sobre mi hermana. Nunca he hablado sobre ello y sigue persiguién-dome cuando estoy sola. Está la culpa, por supuesto." Paró un momento. "Siempre está ahí y, algunas veces, me siento como que simplemente estoy esperando a que me castiguen por eso."

"Oye, eso es un sinsentido, y tienes que saberlo dentro de ti. Tu hermana está bien ahora, ¿verdad?"

Mia asintió. "Sí."

"¿Has pensado en contarle lo que pasó?"

"Lo he pensado, sí. Esperaba que pudiera quitarme parte de esta culpa. Ya sabes, el octavo paso de AA... hacer cambios, pedir perdón. Pero mis padres me rogaron que no se lo contara, nunca. Tenían miedo de que eso causara fricciones entre nosotras más tarde en la vida." Se encogió de hombros. "Y ahora siento que es demasiado tarde."

"Nunca es demasiado tarde." Ava le dirigió una dulce sonrisa. "Pero, más importante, creo que necesitas dejar de culparte a ti misma. Fue hace mucho tiempo y tu hermana está bien ahora, entonces, ¿por qué no puedes perdonarte tú? Necesitarás dejarlo ir en algún momento. Sabes tan bien como yo que no hay forma de avanzar si no lo haces. Es el primer paso."

"Lo sé." Mia la miró y Ava sintió que el corazón se le partía cuando vio el dolor en sus ojos. "Casi la maté, Ava. ¿Cómo voy a poder perdonarme nunca por eso?"

"Tu hermana es una nadadora fantástica, y en camino de convertirse en fisioterapeuta. Eso es bastante. Siéntete orgullosa de ella. Valórala, no la ignores."

"Estoy orgullosa de ella. Pero no puedo quitarme de encima la culpa y me siento terriblemente mal por haberle mentido todos estos años."

Ava envolvió sus manos con las de Mia. "Fue hace mucho. Estamos en el presente ahora. Y la familia es la familia. Necesitas hablar con ella, Mia. Cuéntale cómo te sientes. Quizá ahora no le veas sentido a eso, pero es importante de verdad que lo hagas. Estaré ahí si quieres…"

"Lo sé. Quizás un día. Quizás pronto." Mia le devolvió la sonrisa. "Pero suficiente sobre mis problemas. Quiero escuchar tu historia ahora, si no te importa. Llevas sobria mucho tiempo. ¿Qué te llevó a beber?"

Ava permaneció en silencio mientras pensaba sobre ello. "No sé. Lo que me hizo beber al principio fue rebelarme, ¿supongo? Siempre fui la chica mala, siendo gay y todo eso." Fijó sus ojos en los de Mia. "Como ya te conté, mis padres se mudaron de Jordania a Londres cuando yo era joven. Éramos una familia feliz la mayor parte del tiempo, pero aunque mis padres eran muy liberales, ser gay no era una de las cosas que podían aceptar sobre mí al principio. Mi padre siempre dijo que no tenía problemas con los homosexuales, siempre y cuando uno de sus hijos no fuera uno de ellos. Después de decirles que me atraían las chicas, cuando tenía dieciséis años, su reacción no fue la que yo esperaba. No podía entender cómo mis padres pudieran amarme pero no aceptarme por ser quien era. Intentaron todo lo que estaba en su mano para cambiarme y, durante un tiempo, incluso yo me sentí mal por ser quien era, aunque no había nada que pudiera hacer sobre ello. Así que, empecé a beber para huir, bebí para hacerme sentir mejor. Pero nunca me hizo sentir mejor. Lo único que hizo fue que mis ansias fueran mayores, adormecerme para no tener que pensar y preocuparme." Sonrió con tristeza. "Supongo que el alcohol no me sienta como a la mayoría de la gente. Siempre esperaba ser esa persona que podía tomarse una copa de vino con la cena y un coñac de vez en cuando antes de irme a la cama. Pero he descubierto de la manera más dura que eso no es una opción. Bebí en secreto durante años, casi cada noche que pasaba a solas. La noche antes en la que se suponía que iba a empezar mi primer trabajo como oficial de segunda, miré una botella de vodka que tenía delante y entré en pánico. Sabía que no podía seguir así, especialmente si iba a ser responsable de todas esas vidas ahí arriba, así que me fui a la reunión más cerca que había." Ava parecía aliviada después de contárselo, pensó Mia. Incluso su lenguaje corporal se había abierto, como si una barrera se hubiera levantado entre ellas.

"Fue la mejor decisión que tomé jamás," continuó Ava. "No era muy aficionada del lado espiritual cuando empecé a ir. El primer sitio donde fui iba en esa dirección, así que asumí que todas las reuniones iban por ese camino. Pero ayudó de verdad y ahora ya no me importa."

"Me alegro de que fueras." Sonrió Mia. "Si no, dudo que estaría en la cama contigo en este momento." Cambió de posición un poco, pasando su mano por el pelo de Ava. "Bueno, ¿qué pasó hace seis años?¿Estabas en Nueva York?" Dudó. "Dijiste que llevabas sobria seis años y siete meses. ¿Fue la primera vez que te caíste del vagón?"

Ava se le acercó, trayendo a Mia contra sí. "No. Fue la tercera vez y la peor, tengo que añadir, y fue por culpa de mi otra debilidad aparte del alcohol."

"¿Qué es?" Preguntó Mia. "¿Las drogas?"

Ava sacudió la cabeza y puso los ojos en blanco. "No. Las mujeres."

"Ya," rió entre dientes. "¿Por qué no me sorprende?"

"Bueno, esta mujer en concreto daba la casualidad de que era la novia de mi mejor amigo. Me animó a beber, como tu ex hizo contigo. Sin embargo, no fue culpa suya, asumo toda la responsabilidad, por supuesto. Bueno, acabé besándola delante de él."

"¡Ay!"

"No creo que `ay´ incluso lo abarque todo," se sintió avergonzada. "También lo golpeé esa noche. No he hablado con él desde entonces. Parece ser que todavía vive en Nueva York, en el mismo barrio donde solíamos compartir apartamento."

"Quizás deberías visitarlo la próxima vez que vayas." Mia enrolló un mechón suelto del pelo de Ava en su dedo. "Podría haberte perdonado ya."

"Quizá." Ava dio un suspiro y se puso encima de Mia, sacando un gemido suave de la boca de Mia. Sonrió de oreja a oreja, trazando con los dedos el lado del pecho, bajando a su cintura, antes de cogerle el trasero y estrujarlo. Claramente había terminado de hablar. "Me gustaría terminar con esta conversación y seguir follándote hasta que te explote la cabeza y tengamos que dejar la habitación. ¿Estás de acuerdo con que es una buena idea, señorita Donoghue?"

Mia soltó una risita cuando Ava empezó a besarle los pechos, mordiéndole suavemente un pezón. Besó su estómago, sus muslos y subió de nuevo, deslizando su lengua sobre los pliegues de Mia hasta que empezó a gemir bajo ella.

Mia gimió de placer por la excitación que sentía dentro de ella otra vez. Ava era muy, muy buena en esto.

"Creo que es una idea fantástica," susurró entre respiraciones entrecortadas.

36

DUBÁI, EAU

"Gracias por anoche." Mia se sentó en el filo de la cama de Ava. Se había vestido y hecho la maleta, y ahora se habían cambiado a la habitación de Ava para que pudiera prepararse.

Ava sonrió de oreja a oreja, mientras planchaba su camisa blanca. "Oh, créeme, no necesitas darme las gracias por eso. Creo que soy yo la que debería darte las gracias. Eres..." Dudó. "Dios, Mia, eres de lo que no hay."

Mia se rió. "Quiero decir, gracias por todo. Estuvo bien hablar, además del extraordinario placer que me diste." Cogió la gorra de piloto de Ava de su almohada y se la puso. No le encajaba bien y quedaba colgando de su rodete, pero sonrió mientras se miraba al espejo, y decidió que le quedaba bien.

"Sí. Estuvo bien. Muy bien." Ava apagó la plancha y se sentó a su lado, mirándole la gorra.

"Te queda bien."

"Ah, ¿sí?"

"Sí." Dudó un momento y su cara se puso seria. "Me gustas de verdad, Mia."

"Tú también me gustas de verdad." Mia sabía que lo decía de verdad. Ava no era una don Juan, era honesta, dulce, maravillosa, todas las cosas que Mia llevaba esperando toda su vida. Y Mia no quería decir adiós. "Así que, ¿qué hacemos ahora?"

"¿Qué quieres hacer tú?"

Mia sopesaba qué decir. Al final, decidió ser honesta. En realidad, no había sido otra cosa más que sincera hasta ahora. Se sentía bien al tener a alguien con quien hablar. Aparte de eso, Ava era lo más cercano que estaría de su fantasía máxima y estaría condenada si la dejaba ir.

"Me gustaría hacer esto otra vez," dijo. "Quiero decir, me gustaría tener otra cita y pasar más tiempo contigo." Sus mejillas se pusieron rojas. "No solamente una. Muchas citas y muchas... noches. Siento que tenemos una conexión." Se aseguró de alejarse de palabras como `relación´ y `compromiso´, era demasiado pronto para eso. La gente se ponía nerviosa con eso algunas veces aunque, si dependiera de Mia, Ava sería suya y solo suya.

Ava levantó la barbilla y la miró fijamente a los ojos. "Sé lo que quieres decir con conexión. Y me encantaría verte más también." Parecía sinceramente feliz cuando besó a Mia suavemente, intentando contenerse porque tenía que vestirse. Pero, como había ocurrido tantas veces antes, parecía imposible parar una vez que tenía su boca.

"Vamos a comprobar nuestros horarios," dijo después de salir corriendo del beso que se había hecho más profundo e intenso de lo que tenía pensado. "La próxima vez, te invito a salir yo. Donde quiera que estemos. Y tienes mi número, y yo tengo el tuyo."

"Estaré esperándolo." Mia dudó un momento. "¿Ava?"

"¿Sí?"

Mia le dedicó una suave sonrisa. "Mantengamos esto para nosotras, ¿vale?"

Ava asintió mientras se ponía la camisa. "Sí, tienes razón. No quiero tener la reputación de que me acuesto con la tripulación de cabina en los primeros meses de mi trabajo, y ni siquiera he leído las normas de política de empresa todavía." Se rió. "¿Nos permiten hacer esto? No pude ponerme a leer las seiscientas páginas de legalidades, pero, técnicamente, soy tu superior en los vuelos."

"Creo que estamos bien," Mia se rió también. "Pasa todo el tiempo y tienden a hacer la vista gorda a menos que cause un serio conflicto. Pero, por ahora, me gustaría mantenerlo entre nosotras. Tengo catorce personas a mi cargo en la mayoría de los vuelos y no quiero que empiecen a hablar a mis espaldas." Mia se alegraba de que estuvieran de acuerdo en esto, y, aunque la conexión que tenía con Ava era más fuerte de lo que hubiera creído posible, no tenía ni idea de lo que Ava sentía por ella. Además, quería que fuera su secreto un poco más de tiempo. Era bonito por una vez tener un secreto que fuera positivo.

37

LONDRES, REINO UNIDO

"¿Mia? ¿Eres tú, hermana?" La voz de Ami sonaba preocupada. "Tú nunca me llamas. ¿Estás bien?"

"Sí, estoy bien." Mia sonrió. Había pasado mucho tiempo desde la última vez que había oído la voz de Ami. Solo estaba a cuarenta y cinco minutos de distancia en metro, pero Mia había gastado todas las excusas posibles ya para no ponerse en contacto con ella. Ver a Ami era siempre difícil, así que normalmente evitaba encontrarse con ella. Traía unos recuerdos con los que había luchado mucho por ocultar, y con los recuerdos venían las ansias. Así que, en vez de eso, había optado por una llamada de teléfono, después de mirar al móvil durante horas. Al final, marcó el número de Ami, esperando con muchas ganas que no lo cogiera. "Mamá me contó que estabas en la lista para ser seleccionada para el equipo de Gran Bretaña, y me di cuenta de que no había hablado contigo en mucho tiempo. Solo quería desearte suerte. Es fantástico. No tenía ni idea de que fueras tan buena nadadora."

"Gracias, Mia." Ami se aclaró la voz. "He mejorado bastante en los últimos dos años, e incluso mi brazo izquierdo está en una forma estupenda. Pero estoy nerviosa como el demonio. No soy la mejor, pero estoy entre las doce mejores, así que depende de cómo lo haga el mes que viene."

"No estés nerviosa. Lo vas a hacer bien." Mia sintió como una puñalada la mención del brazo de Ami. *Eso fui yo. Yo hice eso.* "¿Cómo va la universidad?", le preguntó, cambiando de tema.

"Estupendamente." Dio un suspiro. "Es bastante duro combinarlo con mi entrenamiento, pero me las voy apañando. Mi entrenador está fuera de sí de excitación, así que me hace levantar a las cinco todas las mañanas para entrenar antes de ir a la universidad, y luego tengo que hacer otra hora de entrenamiento de pesas por las tardes, seis días a la semana. Paso mucho tiempo en el metro, de aquí para allá."

"Guau, eso suena a mucho trabajo. Así que, ¿no hay fiestas para ti entonces?"

"No." Soltó una risita. "Aunque me permito soltarme el pelo un poco dos noches al mes." Hizo una pausa. "Te echo de menos, Mia. Mamá no te ha visto en meses y yo... Bueno, debe hacer como más de un año desde la última vez que te vi. Ya sé que estás ocupada y siempre fuera por tu trabajo, pero me gustaría verte de verdad."

Mia cerró los ojos y tomó aire profundamente. Lo significaba todo para ella que Ami todavía quisiera verla, a pesar de haber sido una pésima hermana mayor, ignorando sus llamadas de teléfono y evitando las reuniones familiares.

"Yo también te echo de menos, Ami." Dudó, con excusas volando por su mente. *Suficiente. Has hecho esto durante demasiado tiempo y ya es hora.* Ava tenía razón. Tendría que hablar con Ami en algún momento o nunca sería capaz de lidiar con la culpa. "Vamos a quedar pronto," dijo por fin. "¿Podría ir y hacerte una visita? ¿Sacarte a cenar?"

"¿De verdad? Eso sería fantástico." Ami sonaba emocionada ahora. "Si vienes en sábado, puedo tomarme una copa de vino e incluso algo de queso al mismo tiempo." Se rió. "Ya he tenido suficientes huevos, pechugas de pollo y pasta integral."

"Claro." Mia se estremeció. El entusiasmo de Ami era doloroso. "Te compraré una pizza grande, llena de queso con grasa, y podemos ponernos al día durante la cena. Voy a estar mucho fuera en las próximas dos semanas, pero después de eso, tengo algunas vacaciones reservadas, así que dime cuándo estás libre y haré que funcione." Quería confesar, contarle todo a Ami. Y si sus padres tenían un problema con eso, ya lidiaría con ellos después.

38

CAMBRIDGE, REINO UNIDO

"¿Y qué pasa con tu vida, Ava?" Preguntó la madre de Ava mientras ponía la comida en la mesa. "No quiero hablar más de mudarme lejos, solo causa peleas." Habían estado hablando de su deseo de volverse a Jordania, pero Zaid había sugerido que cambiaran de tema porque el padre estaba empezando a molestarse.

"No mucho." Ava cogió el plato de estofado de cordero que le pasaba la madre y se echó arroz y ensalada. "He arreglado mi apartamento, ya lo sabes. Está fantástico ahora. Incluso la cocina encaja ahora con la nueva gama de color."

"Bien." Su madre le dedicó una mirada de aprobación. "Me alegro de que por fin lo hayas hecho. ¿Te gustaría que le pida a tu tita que te compre algunos cojines o tapices? Lo puede mandar junto con mi paquete. He pedido especias."

Ava sacudió la cabeza frenéticamente. Si dejaba que su tía en Jordania le ayudara con la decoración interior de su apartamento, el lugar parecería un bazar en nada de tiempo. "Gracias mamá, pero estoy bien. Soy feliz de cómo está."

"Pareces feliz" Notó su padre.

"Sí que lo pareces." Su madre observó su cara. "¿Algo más que te gustaría compartir?"

Zaid le dio un codazo bajo la mesa. "¿Es una pájara, hermana?"

"¿Qué tal si te metes en tus propios asuntos, Zaid?" Ava le lanzó una mirada de advertencia.

"¡Sí, lo es!" Zaid levantó los brazos al aire. "Miradle la cara, se está poniendo colorada. Oh Dios mío, mi hermana lesbi por fin ha echado un polvo." No podía dejar de reírse. "Soy psicólogo Ava, no puedes engañarme."

Ava encontraba difícil a veces ver a su hermano como un hombre adulto con una carrera muy adulta. Porque en casa, todavía era el mismo crío que solía esconderle mojones de perro en sus zapatos y pegaba sus dedos con superglue mientras dormía.

"¡Ese lenguaje, Zaid!" Su madre se giró hacia ella. "Y eso va por ti también. Ninguna palabra con L o F en la mesa, eso lo podéis hacer en vuestro tiempo."

"Mamá, la palabra con L no es un taco," protestó Zaid.

"Bueno, lo es cuando lo dices de esa manera." La expresión de Noor se suavizó. "Ahora, por favor, cuéntanos algo de esta..." Dudó, "mujer." Sus ojos fueron de Ava a Zaid y de nuevo a Ava. "Porque Zaid tiene razón. Parece que estás un poco sonrojada y ahora me muero de la curiosidad."

Ava no creía que pudiera sentirse más incómoda. Nunca había hablado de ninguna novia con sus padres. No había habido nadie lo bastante en serio como para mencionarlo. Pero sabía que habían estado esperando, preparándose mentalmente para el día en que les dijera que se estaba viendo con alguien. Una mujer. Les había dado mucho tiempo para que se acostumbraran a la idea. Veintiún años. Aún así, le sorprendía el tono casual en la voz de su madre al preguntarle.

"No es nada," tartamudeó Ava.

Su padre la miraba fijamente ahora también, y Natasha, que era lo suficientemente lista como para mantenerse fuera de esto, pero fascinada por la dinámica familiar sobre el asunto.

"Venga, Ava. No seas tímida." Su madre puso recta la espalda, queriéndole decir que no iba a dejarlo hasta que Ava se soltara la lengua.

Ava masticaba la comida lentamente en un intento de comprar tiempo. Se podría levantar y salir corriendo por la puerta, pero tenía treinta y siete años, y eso ya no era una opción. Por fin, tragó y dio un suspiró.

"He salido un par de veces con alguien del trabajo."

Zaid le dedicó una amplia sonrisa. Sus padres sonrieron también. Dios, cómo deseaba dejar la mesa. Se sentía como un animal atrapado, esperando a que una horda de predadores la despedazaran. Lanzó una breve mirada a Zaid, a quien quería estrangular por ponerla en esta situación tan incómoda.

"Eso es maravilloso," dijo su madre, bajando el cubierto. Dobló los brazos delante de ella y se apoyó en la mesa. Ava notó marcas de sudor en su blusa de seda roja. Su madre nunca tenía marcas de sudor. "¿Vas a contarnos algo de ella? ¿Cómo se llama?" Hizo una pausa. "¿Supongo que es una mujer?"

Ava no pudo evitar entornar los ojos. "Por supuesto que es una mujer. Soy gay, mamá. Se llama Mia," dijo al final. "Es sobrecargo en la aerolínea. Pero llevamos poco tiempo y no sé si va a funcionar, así que prefiero no hablar de ello."

"De acuerdo." Su madre parecía entenderlo. "Pero sabes que nos encantaría conocerla, ¿verdad? Si seguís saliendo." El sudor le brillaba en la frente ahora también.

A pesar de la incomodidad, estaba conmovida por cómo

lo estaban intentando. Incluso Zaid estaba callado ahora, afortunadamente. Miró a su padre, que asintió con la cabeza.

"Sí, tienes que traerla para que podamos conocer a esta chica afortunada."

"Vale." Dijo Ava, desviando su mirada de nuevo al plato. "Quizá la traiga otro día. Pero, por ahora, ¿podemos dejar el tema, por favor? No puedo comer cuando estáis todos mirándome." Suspiró de alivio cuando nadie protestó, contenta con que la conversación se acabara. Ya estaba bastante nerviosa de por sí y las mariposas en el estómago no la habían dejado en todo el día. Mañana volaba a Kuala Lumpur y Mia estaría ahí también.

39

LONDRES, REINO UNIDO

"¿**C**ómo te sientes con el asunto del uniforme?" Mia se estaba completando el maquillaje en la sala del personal, antes de la reunión.

"No sé. En general no me molesta, aparte del chaleco este que no entra," dijo Farik, tirando de la tela azul oscuro. "¿Por qué, tienes tú problema con eso?"

"Pues, en realidad, sí," dijo Mia con brusquedad. "Camisa y gorro son una cosa, puedo vivir con eso." Dio un suspiro, esforzándose por ponerse la línea del ojo recta. "Pero los tacones altos, la falda, el pelo, las uñas y el maqui-llaje... Creo que es sexista. Quiero decir, piénsalo un momento. En la mayoría de los sectores, los uniformes han evolucionado para las mujeres desde los años cincuenta. De hecho, en un montón de sitios, el uniforme de trabajo es tan andrógino ahora que hombres y mujeres pueden elegir llevar lo mismo." Se giró a Farik y continuó. "Con la excep-ción de en aviación. Es el sector más atrasado en cuanto a los derechos de las mujeres. Vamos vestidas básicamente como objetos de deseo, con el pintalabios rojo, la línea de ojos y la manicura francesa."

"A mí me gusta," dijo Farik. Era el único hombre de la tripulación que insistía en llevar línea de ojos aunque, técnicamente, no tenía permiso. Mia nunca le había dado una advertencia porque a los pasajeros no parecía importarles. Por lo menos, nunca habían hecho comentarios. "Ojalá pudiera llevar también pintalabios. Nada demasiado obvio, solo un toque de gloss." Hizo un puchero con los labios. "Pero eso sería presionar." Empujó a Mia del espejo y se pasó una mano por el pelo. "Pero supongo que entiendo lo que quieres decir. De verdad pareces una prostituta de lujo."

"Vete a la mierda, Farik." Resopló Mia. "Sé con certeza que no parezco una prostituta."

Farik se rió. "Vale, vale. Te pillo el punto en lo de los tacones y el maquillaje." Sonrió a su reflejo, claramente encantado con su aspecto. "Bueno, ¿y qué vas a hacer sobre ello? Quiero decir, si estás planeando luchar por la igualdad en el trato, estoy contigo, siempre y cuando yo también pueda luchar por mi pintalabios. ¿No podemos ir al sindicato?"

"Paso a paso, Farik. Nunca nos desharemos de nuestros tacones si empezamos con tu maquillaje." Le dirigió una mirada de disculpa. "Lo siento, no es nada personal. Lynn y yo ya hemos hablado con los representantes del sindicato sobre nuestras preocupaciones." Puso la bolsa de maquillaje sobre su maleta y se fijó el pelo con una gran cantidad de laca. "No que a Lynn le importe de verdad." Soltó una risa. "Pero le gusta el drama y le gusta sentirse importante, así que la recluté para la causa con la promesa de darle todo el mérito. Y, por lo que parece, otros han hecho lo mismo, siguiendo lo que otras compañías de aerolíneas han hecho para cambiar su política de vestir durante los últimos años. De hecho, las consultas sobre este tema han sido tan apabullantes últimamente que van a organizar una petición el año que viene para que relajen la norma de las faldas y los zapatos. No ayuda con toda esta mierda," dijo, señalándose la cara. "Pero, por lo menos, es un comienzo."

"Bien hecho, tú." Farik cogió la bolsa del maquillaje de Mia y buscó la línea de ojos. "Pero no te olvides de mí."

Mia sonrió. "Si estás dispuesto a dedicarle tiempo, te ayudaré," le dijo. "Tan pronto como nos permitan, a ti y a mí, a llevar el mismo uniforme. ¿Por qué no vienes a la próxima reunión con nosotras? Ahora haces bromas pero sé que es importante para ti."

La sonrisa de superioridad se le borró de la cara y le dio un rápido apretón al brazo de Mia. "Gracias. Eso debe ser lo más bonito que me has dicho nunca." Se giró cuando Ava entraba y se servía un café de la máquina.

"Hola capitán."

"Hola chicos. No me hagáis caso. Solo voy a pillar una taza de este horroroso café. Hemos llegado pronto hoy y la cafetera no funcionaba en la sala de reuniones."

Mia no podía dejar de mirar fijamente a Ava mientras destellos de su reciente noche resurgían en su mente. Se estaba poniendo cachonda solo con su presencia y ahora no era buen momento porque su tripulación había empezado a llegar. Ava se encontró con su mirada mientras se ponía el café y sonrió.

"Hola Mia."

"Hola," fue todo lo que Mia fue capaz de decir.

"Estábamos hablando de los derechos de las mujeres y lo ridículos que nos hacen parecer en nuestros trabajos," dijo Farik, interrumpiendo su momento. "Aparte de ti, supongo." Miró a Ava de arriba abajo. "Pareces que hubieras nacido para llevar ese uniforme."

Mia tenía que estar de acuerdo con él. No había nada más sexy que Ava con su uniforme. Rezumaba seguridad y encanto, ganando en su apariencia bastante más que sus colegas hombres. Mia se giró a su maleta, antes de que Farik se diera cuenta de la química que había entre ellas, y deslizó la bolsa de maquillaje en el compartimento delantero. *Dios, ahora la sexista soy yo.*

40

KUALA LUMPUR, MALASIA

"¿Vas a venir todavía a cenar esta noche?" Le preguntó Lynn mientras se dirigían a su hotel en Kuala Lumpur. Iban pasando por rascacielos relucientes, estructuras de metal y cristal y centros comerciales de lujo intercalados con la arquitectura colonial. Nunca dejaba de impresionar a Mia lo limpio que estaba todo, como si incluso las carreteras fueran pulidas regularmente. "Jack, yo y algunos de los otros vamos a ir a un mercado de comida callejera esta noche," continuó Lynn.

Mia negó con la cabeza. "Lo siento, estoy cansada. Creo que quizá pida el servicio de habitación." Le daba igual si su amiga pensaba que era una rara. Habían sido siete noches muy largas desde la última vez que había compartido cama con Ava y la quería toda para ella. Ava iba sentada delante de ella, al lado de Jack. También iban hablando de sus planes para la noche.

"Tengo que hacer algunas llamadas de teléfono y ponerme al día con un muy necesitado sueño." La oyó decir.

Mia sonrió. Podía oler el champú de Ava, y se moría por tocarla, pero se dijo que la espera merecería la pena.

El autobús giró en una carretera lateral en dirección a una fila de hoteles de lujo rodeados de grandes jardines.

"La primera parada es el Golden Lily," gritó el conductor, parándose delante de un rascacielos moderno. La tripulación técnica salió del autobús y dijeron adiós a la de cabina.

Farik, que iba sentado en la parte de atrás del autobús, resopló. "¿El Golden Lily? ¿De qué coño va todo eso? ¿Desde cuándo la tripulación técnica puede quedarse en un complejo turístico de cinco estrellas?"

"Hasta luego pringados," bromeó Jack. "Me voy a dar un baño en la piscina infinita de la azotea antes de veros en la cena." Les dirigió una amplia sonrisa. "Después de que me haya tomado la correspondiente copa de champán." Volvió a meter la cabeza en el autobús y miró a Farik. "Y me voy a echar una siestecita en una de las tumbonas de la piscina con colchón con memoria de espuma. Os veo a las ocho."

"¡Genial!" Le gritó Lynn. "Si eres tan peso pesado, no te importará pagarnos la cena esta noche, ¿no?"

Jack le hizo una peineta mientras daba la vuelta al autobús para coger su maleta del maletero.

"Cabrones." Lynn puso los ojos en blanco. "Trabajamos más que ellos y ¿cuál es nuestra recompensa? ¿Un mísero cagadero de tres estrellas con una piscina congelada?"

"En realidad es un cuatro estrellas," la corrigió Mia. Estaba de demasiado buen humor para dejar que el resto de la tripulación se lo echara a perder. "Y si quieres tener una deuda durante diez largos años y un estricto programa de formación para obtener tu licencia de piloto y tener la responsabilidad de quinientas personas, también puedes tener eso."

"¿Qué te ha pasado, traidora?" Farik la miró con desdén.

"Se supone que estás de nuestro lado. Luchar por nuestros derechos, ¿te acuerdas?"

Mia se rió. "Relájate, Farik. Solo es un hotel. Además, ¿no tienes un viejo con pasta con quien quedarte? ¿Por cierto, cómo te fue con el otro de Abu Dabi?"

"Fue fabuloso, muchas gracias." Se puso a mirar por la ventanilla y se mantuvo callado el resto del trayecto.

M ia se dio una ducha larga, se afeitó las piernas, se aplicó generosas cantidades de crema de coco por el cuerpo y se secó el pelo con el secador. Sonrió de oreja a oreja al darse cuenta de que no había prestado mucha atención a su apariencia en años. Era excitante, acicalarse antes de dirigirse a otro hotel para un ligue, incluso liberador, de alguna manera. Tenía su lista de música puesta y cantaba al mismo tiempo mientras planchaba su vestido de algodón enorme, uno blanco con rayas azules esta vez. Había visto cómo la había mirado Ava cuando llevaba puesto el blanco en Nueva York y, aunque las noches en Kuala Lumpur eran muy calurosas, la tela era ligera y siempre podría subirse las mangas y abrirse los tres botones superiores. O cuatro, cuando el calor se hiciera insoportable. La tensión sexual y la anticipación que rezumaban por su cuerpo la distraían mucho cuando estaba intentando decidir qué meter en la bolsa. ¿Iba a volver a su propia habitación de hotel esta noche? ¿O se quedaría con ella? Si lo hiciera, tendría que salir temprano mañana para que los demás miembros de la tripulación no la vieran. Por si acaso, decidió llevarse el cepillo de dientes y ropa interior solamente. Ava tendría el resto. Miró su reloj. Las ocho y cuarto. Sus colegas ya se habrían ido, los que iban a la ciudad por lo menos. Fue al vestíbulo del hotel y le pidió a un botones un taxi para el Golden Lily.

"Hola capitán." Mia pasó a su tono modo flirteo otra vez cuando se unió a Ava en el sofá del vestíbulo del Golden Lily. "Bonito hotel. Ahora veo por qué Farik se ha puesto tan histérico." El mármol del vestíbulo estaba tan pulido que podía ver su reflejo en el suelo y en las mesas de recepción. Una fila larga de ascensores de cristal llegaba a los cuarenta pisos, moviéndose arriba y abajo como si fuera un juego de Tetris. El aire que les rodeaba olía a lirios.

"Hola preciosa. Estás fantástica." Ava mantuvo la voz baja en el ajetreado vestíbulo pero no pudo reprimir una sonrisa. "¿Cómo te fue el turno?"

"Ha estado bien." Mia se acercó un poco, tocando la mano de Ava, que estaba en medio de las dos. "Había una mujer a la que se le había olvidado mencionar que tenía una alergia severa a los cacahuetes hasta el check-in, así que tuvimos que retirar todos los cacahuetes del avión antes del despegue y encontrar otros aperitivos en treinta minutos. No es que sea algo nuevo, pasa, por lo menos, una vez a la semana y, francamente, no entiendo por qué el departamento de catering sigue ofreciendo cacahuetes como opción." Contó con los dedos de la mano. "Luego había un hombre que roncaba muy alto, lo que llevó a quejas de casi todos los pasajeros a su alrededor." Se encogió de hombros. "¿Y qué podía hacer yo? Lo desperté tres veces. Al final, les di tapones para los oídos, que ya tenían todos, para que pareciera que estaba haciendo algo sobre el asunto." Dio un suspiro. "Y uno de los nuevos miembros de la tripulación derramó una bebida sobre un abrigo muy caro de alguien, así que tuve que hablar con el pasajero para que no presentara una queja. ¿Qué tal el tuyo?"

"No remotamente tan lleno de actividad," dijo Ava. "Pero conseguí un aterrizaje suave y eso siempre es bueno, ¿no?" Se giró a Mia, manteniendo su mirada. "¿Si estás cansada me lo dirás? Sé lo duro que trabajáis y si necesitas tu tiempo de descanso..."

"No." Los ojos de Mia se abrieron de par en par mientras sacudía la cabeza frenéticamente. "No, estoy perfectamente bien." No había nada que pudiera mantenerla lejos de pasar una noche con Ava. No después de haberla echado de menos durante una semana. Estaba tan bien con sus pantalones negros de pitillo y su top sin mangas blanco, enseñando brazos y suficiente escote como para encender la imaginación de Mia.

"Vale, genial." Ava le dio un pequeño apretón a la mano, mandándole una chispa a su zona media. "Porque te voy a llevar a cenar y vamos a un sitio especial."

D espués de un viaje de quince minutos en taxi, llegaron al restaurante en el que Ava había hecho una reserva.

"Espero que te guste," dijo, andando hasta la camarera.

"¿Qué hay para no gustarte?" Mia estaba gratamente sorprendida por el suelo de la entrada, porque la mayoría de los restaurantes estaban situados en los muchos rascacielos de la ciudad. El restaurante y el jardín estaban rodeados por muros de piedra cubiertos de hiedra y Mia podía oír el relajante sonido de agua que corría y de los grillos chirriando mientras esperaban a ser llevadas a su mesa.

"Síganme, por favor," dijo la camarera después de comprobar su reserva.

Mia se quedó asombrada cuando entraron en el oasis, protegido del ruido y el caos de la ciudad. La jungla de plantas tropicales y árboles, roto por plataformas de madera con mesas en ellas. El jardín estaba a media luz, iluminado por luces de vela, dándole un color romántico a las mesas. La cocina del restaurante quedaba escondida en un edificio de madera de estilo tradicional al final del local, desde donde un camino llevaba a las mesas, permitiendo que los camareros llevaran sus platos en carritos. La comida olía deliciosamente.

"Oh Dios mío, Ava, esto es perfecto," dijo Mia, admirando los nenúfares del estanque que tenían al lado. Una rana saltó de una hoja grande a otra, antes de desaparecer bajo el agua.

"Me alegro de que te guste. Es mi restaurante favorito aquí." Ava sonrió mientras le retiraba la silla.

"Guau." Mia se sentó y escrudiñó la cara de Ava. Estaba preciosa bajo la luz de las velas. "Eres todo un encanto, ¿eh?"

"Solo para ti Mia." Ava abrió la lista de bebidas y se giró a la camarera, que acababa de acercarse a su mesa y les dio los menús. "Tomaré tarik. Caliente, por favor."

"¿Eso es té negro con leche condensada?" preguntó Mia, mirando a la camarera.

"Sí. Lo servimos caliente y con hielo."

"Genial. Yo tomaré lo mismo pero con hielo, por favor." Mia se dio cuenta que todavía tenía una amplia sonrisa mientras miraba el menú. "Y un cuenco grande de laksa," añadió después de un par de segundos.

"Está muy, muy bueno aquí," dijo la camarera mientras tomaba nota de su pedido. "Fantástica elección."

Ava rió. "Madre mía, Mia. Eres rápida pidiendo." Le devolvió el menú a la camarera. "Tomaré lo mismo. Y también tomaremos roti canai como entrante, si es posible."

"Por supuesto." Sonrió la camarera. "¿Les apetece agua para esto? Tenemos agua en botella, o agua de nuestro manantial." Soltó una risita cuando Mia se volvió hacia el estanque. "No se preocupe, se embotella en la cocina, así que no habrá algas o ranas en su jarra."

"Vale. En ese caso, agua natural está genial," dijo Mia, relajándose en una maravillosa felicidad. Estaba sentada en un jardín tropical, a punto de comer su comida favorita y delante de ella tenía a la mujer más impresionante, con una mirada que le decía que se quedaría despierta toda la noche por todas las razones correctas.

"Sé que ya te lo he dicho pero estás fantástica esta noche." Ava la miró de arriba abajo, posando su mirada en el escote.

"Tú también." Mia no podía apartar sus ojos de Ava. "Ha sido una semana larga y he estado esperando esta noche." Se sorprendió a sí misma al ser completamente sincera. "Te he echado de menos."

Ava sonrió de oreja a oreja. "¿Ah sí?" Se movió en su silla, apoyándose sobre la mesa. "Yo también te he echado de menos. Y he pensado mucho en ti." Hizo una pausa. "No entiendo cómo funciona esto o cómo pasó, pero estoy feliz de rendirme a ello."

"¿Cómo funciona qué?" Mia se apoyó en la mesa también.

"Bueno, ya sabes, conoces a alguien y crees que está buena. Y luego resulta que es divertida, inteligente, y amable también. Y además de todo eso, parece que hay una sensación de que os entendéis en todos los niveles. No necesitas explicarte o fabricar excusas." Hizo una pausa. "Por no hablar de la química o el sexo, porque eso va más allá..."

"Shhh..." Mia rió nerviosa. "Esa última parte no puede ser tema de conversación esta noche porque estoy haciendo todo lo que puedo por no besarte ahora mismo." Echó un vistazo al local. "No creo que el personal lo apreciara, ni tampoco la policía local." Su cara se puso más seria. "Pero sí, tienes razón. Es extraño cómo funciona. Me hace preguntarme qué demonios he hecho para merecer estar aquí sentada contigo."

"Quizá el universo ha decidido darnos un respiro," dijo Ava. "Las dos hemos tenido problemas durante años. Quizá este es el punto donde todo empieza a ser más fácil." Se encogió de hombros. "Eres la mejor distracción para alejarme del alcohol que he tenido jamás, eso seguro. No es que esa sea la razón por la que estoy aquí ahora contigo, no me malinterpretes," añadió rápidamente, "pero soy muy feliz ahora mismo, y estoy tranquila... Se me había olvidado esa sensación." Se produjo un silencio. "¿Estoy siendo demasiado intensa? Por favor, dime si lo estoy siendo y cierro el pico. No quiero causarte rechazo."

"No, no lo estás siendo." Mia suspiró y sonrió. "Y nunca podrías causarme rechazo."

Las dos se echaron hacia atrás cuando la camarera llegó con sus bebidas y un plato de huevos rellenos de roti con dahl.

Mia partió un trozo del esponjoso pan de pita que estaba crujiente por fuera y lo mojó en la sopa de lentejas. Gimió de placer al dar un bocado.

"Mmm, tan bueno."

"Sí, ¿verdad?" Ava dio un bocado también y asintió. "Bueno, ¿has mirado tus horarios?"

"Por supuesto que sí." Mia tragó antes de continuar. "Y no pinta bien, ¿no?"

"Cuatro semanas hasta nuestro próximo vuelo juntas."

"Por lo menos es Dubái." Dijo Mia. "Dos noches esta vez. Mejor que una, supongo." Dio otro bocado al roti. "Tengo vacaciones reservadas en dos semanas. Por eso no estoy en la plantilla en la segunda mitad del mes. Tenía tantos días libres que prácticamente me obligaron a reservarlas hace ya tiempo."

"Sí. También lo he visto." Ava ladeó la cabeza. "¿Vas a ir a algún sitio bonito?"

"No he reservado nada todavía. Mis padres quieren que vaya a casa un par de días pero estaba pensando mejor en apuntarme a un centro de yoga. No es que sea una gran aficionada al yoga." Rió entre dientes. "Tampoco soy muy buena, pero los centros de yoga parece que me van bien. Zumos verdes, mucho ejercicio, gente con cosas en común, por diferentes razones, pero aún así..."

"Suena bien." Sonrió Ava. "Yo lo intenté una vez en la India, pero era demasiado hippie-feliz para mí. Me hacían decir cánticos durante una hora cada mañana y yo no tenía ni idea de lo que estaba haciendo."

Mia se rió. "Nunca he tenido que participar en algo así pero es que normalmente me quedo en Europa. Hago suficientes vuelos de larga distancia ya, así que intento evitar los jet lags cuando salgo." Miró a Ava. "¿Dónde vas cuando tienes vacaciones?"

"Ningún lugar en concreto. Tiendo a quedarme con mis padres un par de días. Ha pasado tiempo desde la última vez que me fui de vacaciones. Estuve en Jordania hace cuatro años, y mis últimas vacaciones fueron hace tres años, cuando fui a Ibiza."

"¿Ibiza?" Mia le dirigió una mirada divertida. "¿Por qué será que no te imagino allí?"

"No fue idea mía. Estaba teniendo una aventura en ese momento y Danielle – así se llamaba – me rogó que fuera con ella. Ella y su marido tienen una casa muy bonita allí, en la costa, y él estaba fuera por un par de semanas, así que fui."

"Ya." Mia intentó esconder la punzada de celos que sintió con la mención de alguien que había sido parte de la vida de Ava. Sabía que era una locura pero no podía evitarlo. "¿La amabas?"

"No." Ava negó con la cabeza. "Era más una conveniencia, para ser sincera. Para las dos, creo. Danielle estaba tan aterrorizada de que la pillaran que no podíamos ir a un ningún sitio. No creo que su marido lo descubriera nunca. Todavía está con él."

"¿Todavía hablas con ella? Si sabes que todavía está con él, entonces debes..."

Ava se rió. "La vi en la portada de un tabloide en la sala de reuniones. Su marido es futbolista así que es un poco celebridad. Pero, por favor, no se lo digas a nadie. Prometí llevar su secreto súper gay a la tumba."

Mia frunció el ceño, excavando mentalmente entre las revistas de chismorreo que había leído recientemente. Y se quedó sin aliento. "¿Danielle Hunter? No es ella, ¿verdad?"

"Sí. Es ella." Ava hizo una mueca, lamentando haber hablado de Danielle en su cita. "Pero, como he dicho, está acabado. Se acabó hace tres años y no he hablado con ella desde entonces. Siguió intentando ponerse en contactar conmigo, así que cambié de número."

"Pero..." Mia se paró para pensar. "Es absolutamente despampanante. Ha estado en mis vuelos un par de veces. Le he servido. Y odio decirlo pero es encantadora."

"No es ni remotamente tan despampanante como tú." Los ojos de Ava brillaban al dedicarle el cumplido.

Mia puso los ojos en blanco. "Sí, ya". Lanzó las manos al aire desesperada. "¿Cómo voy a competir con ella, Ava?"

"Venga, Mia. No estás compitiendo. Le ganaste en el momento que entraste en la cabina de vuelo el día que nos conocimos."

"Pico de oro." Mia le lanzó una sonrisa sarcástica. "Tienes talento para decir lo correcto, ¿no, capitán?"

"Solo estoy siendo sincera," le contestó Ava.

"Curry laksa." Fueron interrumpidas por la camarera, que aclaró la mesa y puso dos cuencos grandes con la sopa de coco picante, fideos con arroz, hojaldres de tofu, langostinos y brotes de soja delante de ellas.

Mia inhaló el aroma con una sonrisa de placer en su cara. "Vale, el tema de la esposa buenorra del futbolista está oficialmente cerrado. Vamos a hablar de esto mejor." Probó una cuchara y sonrió. "Mmm. ¡¿Y lo bueno que está esto?!"

"Venga, quiero enseñarte algo." Ava alargó la mano para que Mia la cogiera, después de que el taxi las hubiera dejado en la entrada del Golden Lily. Mia la cogió, entrelazando sus dedos con los de Ava mientras la seguía alrededor de la parte trasera del hotel. Estaba oscuro, aparte de los caminos a media luz que rodeaban el área de la piscina y el Palm Garden, donde parejas de enamorados estaban disfrutando de las últimas horas de la noche alrededor de una fuente grande, que bailaba al ritmo de música clásica que salía de los altavoces escondidos en los árboles.

"¿Dónde vamos?" Mia arqueó una ceja. "No veo por dónde voy. ¿Estás segura de que hay algo allí detrás? Mira, está vallado."

"Espera," dijo Ava, bajando la voz. "Veamos si tenemos suerte esta noche." Saltó sobre la valla baja de madera y Mia la siguió. Aunque el camino estaba descuidado ahora, todavía era claramente visible, alrededor de un árbol y un par de arbustos grandes. Los ojos de Mia se estaban acostumbrando a la oscuridad lentamente. Podía ver los restos del área recreativo, con bancos de troncos de árboles y una antigua barbacoa, llena de musgo. Ava, que caminaba delante de ella, parecía saber exactamente dónde iba.

"Ya casi estamos allí," dijo, llevando a Mia alrededor de otro arbusto grande. "Cuidado, hay un estanque aquí."

La mandíbula se le cayó cuando de repente se vio de frente con cientos de lucecitas parpadeando a su alrededor. Se movían sin rumbo en todas las direcciones, algunas de ellas brillando intermitentemente.

"Guau." Apretó la mano de Ava. "¿Son luciérnagas? Nunca he visto luciérnagas antes." Dio un salto hacia atrás cuando una de ellas voló hacia ella, sobrevolando su frente.

"Sí. Es fantástico, ¿verdad?" Ava la rodeó con el brazo y la atrajo más cerca. "Me he quedado en este hotel antes, cuando volaba con mi antigua aerolínea. Uno de mis colegas de entonces me habló de esto. No están siempre aquí, así que esta noche tenemos suerte." Dos luciérnagas se posaron en el tronco de un árbol justo delante de ellas y apagaron su luz.

"¿Están bien?" Mia se inclinó hacia adelante para mirar más detenidamente a los pequeños insectos. Eran casi invisibles ahora.

"Creo que quieren un poco de privacidad," dijo en voz baja. "Las luciérnagas parpadean para atraer al sexo opuesto de su misma especie, luego apagan las luces cuando han encontrado su pareja de apareamiento."

"Eso es dulce," dijo Mia, arrodillándose y se las encontró una encima de la otra. Olas de luces centelleantes alumbraban el césped que rodeaba el estanque y el aire a su alrededor, bañando la cara de Ava en un brillo que le daba un aire angelical. La noche era cálida y estaba húmeda, y había un aroma dulce y tropical en el aire. Mia se sentía tranquila y feliz, casi espiritual. Se puso de pie y descansó su cabeza en el hombro de Ava. "Es impresionante." Alargó la mano para intentar tocar una luciérnaga pero era demasiado rápida. Voló alrededor de ellas antes de posarse en el dorso de la mano de Ava. Ava levantó la mano suavemente entre ellas. El pequeño insecto parpadeó varias veces antes de salir volando.

"Me siento tan afortunada. No me lo hubiera perdido por nada en el mundo."

Ava sonrió y le plantó un tierno beso en la mejilla. "Me encanta pasar tiempo contigo."

"A mí también." Mia la miró. "Esto que tenemos... " Miró otra vez hacia el suelo cuando se dio cuenta de que iba a hacerle una pregunta seria. "¿Qué significa para ti? Quiero decir, me gustas de verdad y pienso en ti todo el tiempo." Hizo una pausa. "Sé que es demasiado pronto para preguntarte porque solo hemos salido tres veces, pero necesito saber que tú no..."

"Que no haré, ¿qué?" Ava frunció el ceño.

"Que no te acostarás con cualquiera si vamos a seguir viéndonos. Me he puesto muy celosa esta noche cuando me has hablado de Danielle, y sé que es ridículo, pero solo necesito saber en qué posición estoy."

"¿En serio?" Ava le dedicó una mirada de flirteo, mandando un destello de calor a la zona media de Mia. "¿Me estás diciendo que no sabes dónde estás? Mírame." Se señaló la cara. "¿Te parezco como que no me importa? Jesús, no puedo dejar de sonreír cuando estoy contigo."

Mia sonrió también. "Vale, eso me hace sentir mejor." Hizo una pausa para recomponerse y le hizo la pregunta que la había estado obsesionando toda la noche. "¿Quiere eso decir que somos exclusivas?" Sintió que la cara le ardía y sacudió la cabeza de vergüenza.

Ava la miró con una mezcla de diversión y ternura. Entonces se inclinó y la besó. Suave al principio, luego más profundamente cuando abrió los labios, cogiendo la cara de Mia entre sus manos. La cabeza de Mia empezó a darle vueltas mientras se hundía en la calidez de la boca de Ava, cogiéndola del brazo. El beso se volvió más salvaje cuando sus manos empezaron a cobrar vida propia, buscando piel desnuda bajo la ropa de cada una. Mia sintió las manos de Ava en su trasero, atrayéndola más hacia ella. Ambas sabían que era momento de parar o no habría vuelta atrás.

Ava se retiró del beso y apoyó su frente en la de Mia. "Me gustaría mucho eso." Rió entre dientes antes de dar otro beso a Mia. "Y yo ya lo había asumido, espero que no te importe."

"Para nada." Mia sonreía de oreja a oreja. Ladeó la cabeza y batió las pestañas. "¿Entonces no será presuntuoso por mi parte asumir que querrás pasar la noche conmigo?"

"No. Me encantaría pasar la noche contigo." Ava la besó una vez más antes de que ambas se giraran de nuevo ante el despliegue de las luciérnagas delante de ellas. "Y, por cierto, no tienes que hacerme esa pregunta nunca más."

41

KUALA LUMPUR, MALASIA

"¿Quieres un café u otra cosa?" Le preguntó Ava cuando llegaron a su habitación en la planta treinta y cinco.

Mia abrió las cortinas y admiró el mar de luces en el exterior. La ciudad estaba todavía muy despierta. Muy abajo, entre los rascacielos, veía coches minúsculos, autobuses y multitudes de gente. A su izquierda estaban las icónicas torres gemelas Petronas, a poca distancia. El ruido de antes durante el día parecía quedar muy lejos ahora, después de su cena tranquila y el paseo por el estanque. Se giró a Ava, que sostenía la tetera en la estilosa cocina pequeña frente al cuarto de baño. La habitación estaba decorada con gusto, con una cama con dosel de madera tradicional y un área para sentarse cómoda al lado de la ventana.

"No, creo que estoy bien," dijo, cogiendo la corbata del uniforme de Ava que colgaba de una silla mientras caminaba hacia ella. Se la anudó al cuello. "¿Cómo me queda?"

Ava se la quedó mirando fijamente y dejó la tetera.

"Quedará mejor sin ese vestido, eso seguro." Sonrió de oreja a oreja. "Sin ofender al vestido."

"Ah, ¿sí? ¿Tú crees?" Mia cruzó los brazos y se quitó el vestido en un movimiento rápido, quedándose delante de Ava solo con un conjunto de lencería blanco y la corbata azul oscuro. La mirada de Ava la puso cachonda y sabía que Ava la deseaba. Se alcanzó la espalda y desabrochó el sujetador. Ava caminó hacia ella, se lo quitó y lo dejó caer al suelo. Luego le bajó las bragas. Mia las soltó.

"Sé dónde quedaría incluso mejor," dijo Ava, quitándole la corbata del cuello.

Mia contuvo el aliento, mirándola fijamente por lo que venía. "Ah, ¿sí? ¿Dónde?"

Ava señaló la cama con la cabeza. "Túmbate."

Mia se dirigió a la cama con piernas temblorosas. Estaba húmeda y con dolor por ser tocada. Se echó en la cama y apoyó la cabeza en la almohada, estirando una pierna delante de ella, la otra, doblada ligeramente hacia dentro mientras Ava se acercaba a ella con la corbata. Mia esperaba que le tapara los ojos, pero, en vez de eso, la cogió por las muñecas y le levantó los brazos sobre la cabeza, sonriendo mientras se las ataba.

"¿Qué estás haciendo, capitán?" Mia sonreía nerviosa. Ava estaba sexy cuando tomaba el mando.

"Te voy a atar al pilar de la cama." Ava se agachó y le dio un beso largo hasta que Mia gimió suavemente. La miró. "¿Te parece bien?"

Mia asintió despacio. "Lo que quieras," dijo casi susurrando.

Ava la cogió por las muñecas y las llevó hasta la esquina de la cama, donde las ató al pilar, asegurando el nudo con un tirón fuerte. Entonces miró a Mia de arriba abajo, incapaz de quitarse la sonrisita de la cara. "No tienes ni idea de lo sexy que eres, Mia." Se levantó y se dirigió a la puerta. "Ahora vengo. No te vayas a ningún sitio."

Mia yacía ahí, esperando a que Ava volviera. Tampoco es que tuviera elección. Retorció las muñecas. Los nudos no se movían pero no podía negar que como que le gustaba estar atada. Había algo increíblemente excitante en ser sumisa a Ava. ¿Dónde iban a llevar este nuevo juego? Nunca antes había hecho algo así, pero, con Ava, parecía la mejor idea del mundo.

Un par de minutos después, Ava volvió con una cubitera de hielo. Permaneció de pie un momento, al lado de la cama, mirando a Mia. "Estás caliente," dijo, cogiendo un cubito de hielo de la cubitera. Bajó las luces antes de subirse a la cama, sentándose a horcajadas sobre Mia. "Muy caliente. Creo que debería enfriarte un poco. Dime que pare cuando quieras," dijo con voz suave. Se puso el cubito en la boca, dejando un hilo húmedo en sus labios, y se agachó sobre Mia, deslizando el cubito sobre su pezón.

Mia dejó escapar un gemido en cuanto sintió esa sensación fría golpearle el pecho. Su primera reacción fue usar las manos para empujar a Ava pero no podía, y la puso más cachonda, más de lo que esperaba. Mucho más. Ava miró a Mia mientras cambiaba la boca al otro pecho. Repitió el movimiento, acariciándola con esa sensación fría antes de ponerle el cubito sobre la mejilla. Entonces puso su fría boca sobre el pezón de Mia, mordiéndolo con suavidad al principio, más fuerte después.

"¡Joder!" gritó Mia cuando una mezcla de dolor y placer la atravesó, enviando un cálido fogonazo entre sus piernas.

Ava levantó la mirada. "¿Estás bien?"

"Sí," asintió Ava. "Estoy más que bien."

Ava la miró con intensidad, una sonrisa dibujada en su boca. Luego se desplazó hacia abajo, acariciando el tórax y su estómago con el cubito, que ya estaba casi derretido. Mia se retorcía y gemía mientras la boca de Ava iba más y más hacia abajo, su lengua fría deslizándose por su piel después de haberse tragado el trocito de hielo que quedaba. Ava cogió otro cubito de hielo de la cubitera al lado de la cama y se arrodilló entre las piernas de Mia. Lentamente las separó, todavía mirándola. Su respiración era rápida, sus pechos subiendo y bajando rápidamente.

"Hazlo," rogó Mia, golpeando de nuevo su cabeza contra la almohada. Lo necesitaba.

Ava se puso el cubito entre los labios y lentamente trazó su centro, dejando una sensación de hormigueo sobre la hipersensible piel de Mia.

"Sí. Joder, sí." Mia jadeaba entre respiraciones entrecortadas. La sensación del hielo frío entre sus piernas se convertía en una de calidez para volver diez veces más fuerte cuando Ava se movió hacia arriba, frotando el cubito sobre su clítoris. Sujetó las piernas de Mia con sus manos para que no pudiera moverse, pero mantuvo la vista en ella para asegurarse de que estaba disfrutando el juego.

Mia cerró los ojos en una felicidad completa, sacudiendo sus caderas cuando Ava hizo movimientos en círculo con su boca, causándole un cosquilleo agonizante que era doloroso y placentero al mismo tiempo. Ava se tragó el resto del segundo cubito y desplazó su lengua hacia el centro de Mia antes de meterse el clítoris en la boca.

"Oh, Dios mío," gimió Mia, sorprendida por la fuerza del orgasmo. Tensó sus muslos alrededor de la cabeza de Ava, manteniendo la boca en su sitio mientras le alcanzaba por las caderas, aguantando las olas que le atravesaban como un trueno. Cuando relajó las piernas y abrió los ojos otra vez, la barbilla de Ava descansaba en su estómago, y tenía una gran sonrisa en su cara. Parecía satisfecha con ella misma, aunque la oscuridad no había abandonado sus ojos.

"Jesús, Ava. Sabes de verdad lo que haces." Mia todavía intentaba coger aire, preguntándose qué demonios había pasado. "Ven aquí," susurró. "Desátame. Quiero darte placer."

Ava se desplazó hacia arriba para besarla. Su boca estaba fría cuando su lengua recorrió los labios de Mia. Le desató las manos, las llevó hasta su boca y las besó.

"Acabas de hacerlo." Se mordió el labio, una pequeña sonrisa en su boca.

"Entiendo." Mia lo entendía de verdad. Podía sentir el placer que le causaba a Ava llevar el control, de hacerla sentir bien. "Pero quiero tocarte."

Ava dudó.

"Ven aquí," dijo Mia otra vez. Cogió la parte baja del top de Ava y se lo pasó por la cabeza. Entonces desabotonó los pantalones. "Por favor, quítatelos."

Ava se puso de pie y se los quitó, quedándose en suje-tador y bragas. Parecía vulnerable.

"Eres tan hermosa." Mia dejó que sus ojos recorrieran el cuerpo de Ava mientras estaba ahí, de pie, al lado de la cama. Palmeó el colchón. "Túmbate a mi lado. Por favor."

"No estoy acostumbrada a que las mujeres me toquen así," decía Ava mientras volvía a la cama. Se apoyó sobre su lado, de frente a Mia. "Me resulta difícil relajarme."

"Sería un honor ser la primera." Mia sonreía mientras buscaba otro beso, acomodándose lentamente sobre Ava. Ava le devolvió el beso pero se sentía diferente, como si no estuviera ahí por completo. Mia podía sentir su lucha interna.

"Lo siento, no puedo." Ava cogió las muñecas de Mia de

nuevo y rodaron, poniéndose de nuevo sobre ella. "Todavía no."

"No pasa nada." Dijo Mia con una voz dulce. "Está bien."

"Lo siento, es solo que..."

"No te disculpes Ava. Tenemos todo el tiempo del mundo y no me voy a ir a ningún lado." Dejó ir una sonrisa entre dientes. "No podría aunque quisiera, por cómo me estás sujetando ahora mismo."

"¿Te molesta?" Ava acurrucó su muslo entre las piernas de Mia.

Mia tomó aire cuando sintió otra sensación de excitación. "¿Te parezco molesta?" sonrió de oreja a oreja.

"No exactamente."

"Bueno, entonces..." Hubo un silencio. "Tómame. No puedo negar que me gusta la forma en que tomas el mando. Supongo que es algo que no sabía de mí misma." Mia levantó la cabeza para besarla pero Ava también la elevó de forma burlona. "Siempre y cuando me beses ahora mismo porque estoy empezando a impacientarme."

42

KUALA LUMPUR, MALASIA

"Hasta la próxima vez," dijo Mia de mala gana. El momento que dejó la habitación de Ava y se metió en un taxi para volver a su hotel, esto que tenían, que le estaba haciendo tan feliz, dejaría de existir, al menos, en presencia de sus colegas. No habría más besos, más roces, no más palabras dulces. Mia se montaría en el autobús con el resto de la tripulación de cabina y fingiría que no había visto a Ava durante su estancia. Luego, recogerían a la tripulación técnica y Ava la saludaría y le hablaría como al resto de sus colegas. Mia odiaba esa parte pero no podía negar que también era excitante de alguna manera, tener este sexy secreto al que sus colegas eran ajenos.

"La próxima vez suena lejos." Ava le pasó la mano por el pelo.

"¿Por qué no quedamos en Londres?" le preguntó Mia, mirándola. "Si quieres. Quiero decir, salir con alguien normalmente empieza cuando estás cerca de casa, ¿no?" soltó una risita. "Supongo que lo hemos hecho al revés. Lo sé casi todo de ti, pero ni siquiera he visto dónde vives."

"Me encantaría." Ava dudó. "Pero solo tenemos un día

libre que coincide la semana que viene y le prometí a mis padres que iría a cenar. Son muy apasionados en cuanto a nuestras cenas semanales y ya cancelé una este mes porque tenía a los decoradores en casa." Arrastraba los pies donde estaba, contemplándola. "A menos que..."

"¿A menos que qué?" Le preguntó Mia cuando se quedó callada, poniéndosele la cara colorada. Cualquier `a menos que´ estaba bien para Mia, siempre y cuando pudiera verla.

"A menos que ¿quieras venir conmigo?" Ava movió la cabeza. "Perdona. Olvídate de lo que he dicho. Es muy pronto para pedirte que vengas a conocer a mis padres."

"Iré si quieres que vaya." Mia se demoraba en la puerta, la mano todavía en el pomo. La proposición de Ava sonaba a música para sus oídos, pero no quería dar la impresión de estar excesivamente entusiasta.

"¿En serio? ¿Te gustaría venir?" Ava parecía perpleja.

"Sí. Quiero decir, puedo seguirte el juego si quieres presentarme como amiga. Me encantaría conocer a tus padres. Tus historias me han dado curiosidad."

Ava rió entre dientes. "No sé cómo decir esto, pero ya les he contado que he salido contigo un par de veces, así que no creo que me creyeran si les dijera que solo eres una amiga." Levantó una mano. "No tenía planeado contárselo, fue culpa de mi hermano, que siempre está encima de mí. Dios mío, no te he asustado, ¿verdad?"

"No, por supuesto que no." Mia le dirigió una sonrisa tranquilizadora. "Me encantaría ir contigo." Se sentía cálida y melosa solo con pensar en acercarse un poquito más a Ava y ver la parte de ella que no conocía todavía. Estaban las dos ahí de pie, sonriéndole la una a la otra tímidamente.

"Vale. Entonces es una cita." Ava se le acercó, permaneciendo delante de la cara de Mia, sus labios casi tocándose.

"Sin embargo, necesito advertirte sobre mi hermano. Es un coñazo."

"Estoy segura de que puedo encargarme de tu hermano."

"Estoy segura de que sí." Ava cogió el labio inferior de Mia con sus labios, la mordió suavemente y tiró de él. Mia soltó el pomo de la puerta y envolvió con sus brazos su cuello, ahogándose en otro largo beso.

"De verdad que tengo que irme," balbuceó, dando un paso hacia atrás. Ava la siguió, incapaz de dejarla ir. Le cogió el trasero a Mia y la empujó contra la puerta, robando otro minuto a la boca divina de Mia.

"Lo siento," dijo, después de dejarla ir. Sus ojos se encontraron con una mirada hambrienta. "Parece que no lo puedo evitar."

Mia tomó aire profundamente en un intento por recomponerse. Quería que Ava le arrancara la ropa y volver donde lo habían dejado, pero el reloj hacía tictac. Se forzó a abrir la puerta y salir, dándose un poco de espacio para no lanzarse a Ava otra vez.

"Nos vemos pronto," susurró, antes de desaparecer por el pasillo.

43

KUALA LUMPUR, MALASIA A
LONDRES, REINO UNIDO

"Eh, Mia. ¿Estás despierta?" Lynn le dio un empujón, despertándola de su maravillosa siesta de una hora en la única cabina disponible de primera clase. Cuando necesitaba un descanso, prefería los asientos de los pasajeros al área de descanso de la tripulación, que tenía más parecido a un ataúd que a una cama. Parpadeó y miró su teléfono.

"Ahora sí. ¿Qué pasa, Lynn? Todavía me quedan diez minutos. Mi alarma ni siquiera ha sonado todavía."

"La capitán está preguntando por ti," Lynn continuó, irguiéndose. "Quiero decir, Ava. Si estás demasiado cansada, le puedo decir que..."

"No." Mia se levantó ante el sonido del nombre de Ava. "Espera. Ya voy. ¿Qué pasa?"

Lynn se encogió de hombros. "Ni idea. Solo estaba preguntando si tenías tiempo de ir a la cabina de mando unos cinco minutos. No es una emergencia."

"Claro." Mia se estiró el uniforme, se puso de nuevo los zapatos y se arregló el pelo. "¿Cómo estoy?"

"Muy follable." Lynn le guiñó un ojo. "No la distraigas demasiado. Me encantaría que nos aterrizara sanos y salvo."

Mia llamó antes de abrir la puerta a la cabina, girando la cabeza hacia la cámara. Ava apuntó a Jack, que dormía en su asiento, y se puso el dedo índice delante de su boca. Hassan, el segundo oficial hoy, no estaba allí. Mia supuso que estaría en su descanso de dos horas en el área de descanso de la tripulación. Ava le hizo un gesto para que se acercara y se pusiera detrás de su asiento y señaló a la vista que tenían delante. Mia miró fijamente hacia adelante mientras se inclinaba sobre el asiento de Ava, posando sus ojos en el horizonte con más colorido que había visto jamás.

"No está mal, ¿eh?" susurró Ava, mirándola. "El amanecer sobre el Océano Índico a treinta y cinco mil pies. Incluso con el sol detrás de nosotras, no hay nada mejor que esto."

"Es impresionante." Dijo Mia en voz baja. Puso una mano sobre el hombro de Ava y ésta la cubrió con la suya mientras veían el despliegue de la mañana. Los primeros rayos de luz eran rojos, antes de que el cielo se tornara en naranja, creando un halo alrededor de las pocas nubes solitarias que tenían delante. Había silencio en la cabina y casi parecía que estuvieran viendo una película muda, esperando que la trama se resolviera por sí misma. Mia tomó aire profundamente y se maravilló ante la vista, sabiendo que este era un momento que no olvidaría nunca, jamás.

"Eso es Omán," dijo Ava señalando un trozo de amarillo en la distancia. "Es una vista extraordinaria cuando nos acercamos, el desierto mezclándose con los colores del cielo." Miró a Mia, cuya mirada estaba fija en la extensión de luz. En el aire, el amanecer no duraba mucho, y la luz del día completa venía antes que en tierra. "Pensé que te gustaría verlo."

"Gracias." Mia le sonrió y le apretó la mano. "Gracias por pensar en mí." Señaló a Jack con la cabeza. "Se supone que no debe dormirse, ¿no?"

Ava negó con la cabeza. "Le dije que no importaba porque tenemos un vuelo tranquilo por delante." Apoyó la mejilla en la mano que Mia tenía sobre su hombro y cerró los ojos por un breve momento. "¿Puedes quedarte otros diez minutos? Ahora se pone mejor."

"Estoy segura de que Lynn podrá manejárselas sin mí un poquito más." Mia sintió una maravillosa sensación de calma mientras veían el teatro del cielo cambiando lentamente el telón de fondo, cambiando colores otra vez y se dio cuenta de que, por fin, era realmente feliz.

44

CAMBRIDGE, REINO UNIDO

"¿Nerviosa?" Ava miró a Mia de reojo mientras estaba a punto de tocar el timbre de la puerta.

"En realidad no," Mia se rió. "Pero parece que tú sí que lo estás."

"Supongo que sí. Nunca he traído a nadie a casa." Ava entornó los ojos. "Y mis padres nunca me han visto junto con una mujer, aunque sepan que soy gay desde hace más de veinte años."

"Creí que dijiste que no era nada importante."

"Pensé que no era nada importante en aquel momento. Ahora tengo treinta y siete años. Traer una cita a casa rara vez parecía algo grande." Ava sonrió de oreja a oreja. "Hasta ahora. Ahora parece la cosa más jodidamente importante en el mundo entero."

"Me puedo ir si te sientes incómoda." Se ofreció Mia. "No me importaría. Cogeré un tren temprano y..."

La puerta se abrió antes de que tuviera oportunidad de acabar la frase y la madre de Ava apareció en la puerta.

"¿Qué hacéis las dos ahí de pie? Hay un timbre,

¿sabéis?." La madre de Ava le dio un repaso curioso, alargó la mano y sonrió. "Soy Noor. ¿Y tú debes ser Mia?"

"Sí. Es un placer conocerte, Noor." Mia estudió a la mujer elegante que tenía los mismos ojos verdes penetrantes de Ava. Era casi intimidante, estar frente a frente con una versión mayor de la mujer con la que salía. "Eres igual que Ava."

Noor retrocedió un paso y rió entre dientes. "Gracias, lo tomaré como un cumplido. Por favor, entrad, la cena casi está lista y todo el mundo se muere por conocerte Mia."

Mia siguió a Ava hasta el salón. Estaba bañado en un brillo cómodo proveniente del tapiz rojo y los cojines, iluminada por muchas farolas de globo decoradas puestas alrededor de la sala.

"Tienes una casa preciosa," dijo, parándose a mirar algunas fotos de Ava de pequeña que colgaban de la pared.

"Gracias, Mia. Intento lo mejor que puedo que sea lo más acogedora posible." Noor las acompañó al salón, donde Zaid, Natasha y el padre de Ava ya estaban sentados a la mesa.

Mia sintió tres pares de ojos mirándola fijamente mientras se les acercaba. "Vale, ahora estoy nerviosa," susurró. Para su sorpresa, Ava la cogió de la mano y le dio un breve apretón mientras se dirigían a la mesa.

"Chicos, esta es Mia. Mia, este es mi padre, Ahmad, mi hermano Zaid y su novia Natasha."

"Bienvenida a nuestra humilde morada," dijo el padre de Ava. Se levantó para saludar a Mia con un abrazo y dos besos. "Nunca creímos que esta día vendría." Puso las manos en los hombros de Mia y le echó una mirada. "Pero aquí estás. Soy Ahmad. Por favor, siéntate y únete a nosotros."

Mia se sentó al lado de Natasha y se presentó ella

misma, antes de girarse a Zaid. "Y tú eres Zaid." Sonrió, extendiendo la mano. "Es genial conocerte. He visto algunos de tus espectáculos, eres bueno."

"Gracias, lo intento." Zaid tartamudeó, estrechando la mano de Mia sobre la mesa. A Ava le hacía gracia ver eso por una vez, Zaid sin palabras. Se sentó al lado de su hermano, frente a Mia, y le dirigió una intensa mirada de advertencia, por si acaso.

"Hola hermana." La miró con una sonrisa de aprobación que casi bordeaba en admiración, pero no dijo nada.

Ava se relajó un poco, ahora que las formalidades ya se habían quitado de encima, y sonrió a Mia en un intento por hacerla sentir cómoda. Pero Mia no parecía necesitar apoyo. Ya estaba hablando con Natasha, riéndose por algo que había dicho.

"¿Te apetece té, Mia?" Noor levantó la tetera. "¿O prefieres vino para cenar? No somos grandes bebedores en esta familia pero siempre tenemos un par de botellas en el sótano, y a Natasha le gusta una copa de vez en cuando."

"Té sería estupendo, gracias." Mia le dio el vasito a Noor. "Muchas gracias por invitarme. Es un placer conoceros a todos."

"Igualmente." Noor le dirigió una sonrisa cálida. "Ava nunca ha traído nadie a casa, así que es algo importante para nosotros."

"Por favor mamá, no."

"No, Ava," su madre la interrumpió mientras llenaba los otros vasos. "Necesito decir esto." Se giró hacia Mia. "No fuimos muy comprensivos con Ava cuando era más joven. Sobre su sexualidad, quiero decir." Parecía nerviosa. "Aunque crecimos bastante liberales en Jordania, el padre de Ava y yo venimos de un mundo diferente, y nos llevó un tiempo hacernos a la idea. Pero llevamos viviendo en el

Reino Unido la mitad de nuestras vidas, así que las cosas han cambiado. Lo hablé con uno de mis alumnos, que también es gay, porque Ava, comprensiblemente, no tenía ningunas ganas de hablar de esas cosas conmigo. Ella me abrió los ojos." Hizo una pausa. "Me preocupaba que nuestro comportamiento con ella cuando salió del closet estuviera impidiendo que trajera a nadie a casa porque nunca, nunca, lo ha hecho. Tampoco hablaba de la gente con la que salía, hasta que por fin admitió que estaba saliendo contigo. Solo quiero decirte que estamos encantados de conocerte, Mia. Ava ha estado... bueno, ha estado sonriendo mucho últimamente y eso es una alegría para cualquier madre." Puso la mano sobre el hombro de Ava y le dio un apretón.

"Gracias mamá." Ava se puso colorada, dividida entre la vergüenza y pura felicidad. Era la primera vez que su madre admitía sus errores abiertamente, algo que nunca había esperado escuchar, especialmente no en la compañía de Mia.

"Eso es muy dulce por tu parte." Mia se sonrojó un poco también. "Ava es una mujer increíble. Me siento afortunada de haberla conocido."

"Vale ya de cursilería," dijo Zaid, sintiendo que su hermana y su novia estaban empezando a sentirse algo incómodas siendo el centro de atención. "Vamos a comer. Mamá, ¿quieres que ponga la comida en los cuencos de servir?"

"Sí, por favor. Sería estupendo. Terminaré el pan, llevará solo cinco minutos."

Ava lo miró cuando se levantaba. "Gracias," le vocalizó.

"No es todo malo, ¿no?" Dijo Natasha después de que Zaid y Noor desaparecieran por la cocina.

"Hoy no." Rió Ava entre dientes. "Venga Natasha. ¿No te

pone de los nervios algunas veces, con sus bromas prácticas?"

Natasha se rió. "Lo que tú no sabes de mí," le dijo, "es que le gano en su juego todo el tiempo. La última vez que llegó a casa tarde del pub, le oí trastear con la cerradura y esperé en el pasillo con la mano puesta en el interruptor. Estoy segura de que puedes imaginarte cómo terminó. Dos vecinos vinieron para ver cómo estábamos."

Ava se rió. "Suena a que parece que ha encontrado su horma contigo."

Natasha asintió con una amplia sonrisa. "Parece que tú también has encontrado tu horma."

"Bueno, dime Mia," el padre de Ava las interrumpió desde el frente de la mesa. "¿Cuánto tiempo lleváis saliendo? Como ha dicho Noor, Ava no comparte mucho." Tomó un sorbo del té y le guiñó un ojo a Ava.

"No estoy segura." Mia frunció el ceño. "¿Diez semanas quizás?"

"Algo así," dijo Ava. "No nos vemos mucho porque estamos en diferentes vuelos a menudo."

"Bueno, me alegro de que eso no os haya parado. Nuestra hija está siempre en movimiento, eso desde luego. Pero al menos os podéis identificar con la vida de cada una, ¿verdad? Noor y yo tuvimos la suerte de trabajar en el mismo campo durante la mayor parte de nuestras vidas también. Es agradable tener algo de qué hablar cuando llegas a casa, y que haya siempre alguien que entienda tus altos y tus bajos cuando se refiere al trabajo." Rió entre dientes. "Ya no es lo mismo desde que me jubilé. Noor me trata algunas veces como si fuera un pensionista senil." Levantó un dedo. "Pero deberías oírme tocar la trompeta. He mejorado de verdad porque ahora tengo más tiempo para practicar."

"Me encantaría oírte tocar," dijo Mia. "¿Actúas?" Se giró hacia Ava y Natasha. "¿Vosotras le habéis oído tocar?"

Ahmad se apoyó en la mesa y bajó la voz. "Eso sí que es una pregunta interesante Mia. Les he invitado a venir a un concierto a todos un par de veces, pero ninguno parece muy interesado con la idea. Cada vez que actuamos, de repente, todos están muy ocupados. Incluso mi esposa, quien, para empezar, fue la que me animó a hacerlo."

"Eso no es verdad," lo interrumpió Ava. "Habría ido pero de verdad que estaba trabajando la última vez que tenías un bolo en..." frunció el ceño. "¿Dónde era? Ah, sí, el festival de ganchillo y punto de Grantchester, ¿no? Estaba absolutamente destrozada por perdérmelo."

Oyeron risas que venían de la cocina mientras Zaid salía con un cuenco de arroz humeante y un plato de pan recién hecho.

"Yo tendría cuidado con ese tono sarcástico si fuera tú, jovencita." El padre de Ava le dirigió una mirada mitad divertida, mitad molesta antes de mirar a Zaid. "Y tú también, chico."

"Pero si yo no he dicho nada," dijo Zaid defendiéndose.

"No es lo que dices, es lo que vas a decir. Puedo verlo en ese gesto tuyo." Se giró a Mia. "¿Ves lo que tengo que soportar?"

"Parad ya la pelea," les interrumpió Noor mientras ponía un cuenco con estofado en la mesa. "Hora de comer. Zaid, ¿coges las ensaladas, por favor? No espantemos a Mia."

45

CAMBRIDGE A LONDRES, REINO UNIDO

"Tu familia es encantadora." Mia se puso cómoda al lado de Ava en el tren de vuelta a Londres. Era tarde y el vagón iba tranquilo. "Me han hecho sentir tan bienvenida y la comida de tu madre es de otro mundo."

"Sí, es bastante buena." Ava la besó en la sien. "Les has gustado de verdad, lo notaba." Sonrió de oreja a oreja. "Gracias por venir conmigo. Casi me da un ataque justo antes de entrar, pero, al final, ha sido de verdad una buena noche."

"El placer ha sido todo mío." Mia se quedó mirándola fijamente y se mordió el labio, dudando. "¿Te gustaría venir a mi casa? ¿O podríamos ir a la tuya, si prefieres?"

"Sí." Los ojos de Ava se oscurecieron. "Me tengo que levantar a las seis, pero no tenía intención de pasar la noche sin ti, eso seguro." Rozó sus labios con los de ella y tembló cuando la mano de Mia le subía por el muslo.

"Estupendo. Yo tampoco." Mia no podía negar que estaba nerviosa por llevar a Ava a su casa. Hasta ahora, sus noches juntas siempre habían sido en habitaciones de hoteles, donde estaban en terreno neutral. "No recuerdo la última vez que tuve una mujer en casa." Puso los ojos en blanco. "Aparte de mi ex, claro. Desde Marsha, solo he estado yo en mi cama."

"Como sabes, no es normal para mí llevar mujeres a casa de mis padres tampoco." Replicó Ava. "Supongo que las dos nos tendremos que acostumbrar a esto."

"**P**erdona por la subida," susurró Mia cuando abrió la puerta de su apartamento poco después de medianoche. Los tres tramos de escaleras eran empinados y estrechos, pero eso no parecía importar a Ava. Encendió las luces de la cocina. "Bienvenida a mi casa."

"Es bonita," dijo Ava, mirando a su alrededor. "Tiene carácter."

"Sí, bueno, es vieja. Todavía tiene la mayoría de las características victorianas, excepto por la cocina moderna y el cuarto de baño. No le he hecho mucho todavía." Mia rió entre dientes. "Y probablemente nunca lo haré." Abrió el frigorífico. "¿Te apetece un refresco, o agua?"

Ava fue hasta ella, se puso detrás y cerró la puerta del frigorífico. "No." Le quitó la rebeca de los hombros, la tiró al suelo y la besó en la nuca. "Quiero que te quites el top." Levantó el top de seda por la cabeza de Mia y lo tiró encima de la rebeca. Mia podía sentir por el sonido de su voz lo que venía y, ahora mismo, lo quería más que nada. Tembló cuando la boca de Ava volvió a su oído, esparciendo su aliento caliente por el cuello cuando mordía su lóbulo. "Y esto," continuó Ava, desabrochando los pantalones de Mia. Mia la dejó que los echara para abajo y salió de ellos, su respiración rápida y entrecortada de anticipación. Las manos de Ava trazaron su columna hacia arriba, alcanzando sus omóplatos. "Y el resto," susurró, desabrochándole el sujetador negro. Mia se quedó sin aliento cuando Ava le quitó el sujetador y la empujó contra la fría puerta del frigorífico, apretando fuertemente su trasero antes de bajarle las bragas. "Y luego," continuó en un tono seductor, "quiero que pongas las dos manos, una al lado de la otra, en el frigorífico y te quedes muy quieta." Dio un tirón de pelo a Mia, forzándola a que echara la cabeza hacia atrás despacio mientras, suavemente, mordía su cuello. Mia escuchó algo tintineando detrás de ella. Cuando miró sobre su hombro, vio que Ava había traído un par de esposas blancas mullidas. Ava volvió la cabeza para estar de frente al frigorífico y le besó el cuello, antes de ponerle la boca en el oído. "Tengo un regalito para ti."

46

LONDRES, REINO UNIDO

Mia se observó en el espejo del cuarto de baño mientras se bajaba el cuello de la camisa. Todavía tenía el chupetón en la base del cuello, justo encima de su clavícula derecha, un recuerdo de su apasionada noche con Ava. Tembló cuando recordó su noche de amor, una excitación dentro de su cuerpo cuando los recuerdos la inundaban. Ava era muy buena en hacer que hiciera cosas que nunca antes había intentado. No solamente se había rendido con gusto, le había rogado a Ava que le mordiera y chupara en el cuello tan fuerte que había dejado pequeñas marcas moradas. Sonrió a su reflejo, sintiéndose algo diferente hoy. Diferente en el buen sentido. Había descubierto una parte de su sexualidad que no sabía que tuviera. Se había sentido tan natural con Ava mientras su relación evolucionaba. La deseaba, y más que nada, confiaba en ella. Ava todavía no le permitía que fuera más allá con ella pero Mia sabía que confiaría en ella eventualmente. Era solo cuestión de tiempo, se dijo. Después de todo, le había presentado a sus padres y eso era algo muy íntimo de hacer. Ava se había ido el día anterior por la mañana, y, desde entonces, Mia había estado básicamente tirada en la cama, soñando despierta. No habiendo sido nunca el tipo de persona de apoltronarse en la cama estando despierta, hoy había pasado interminables horas en la cama haciendo justamente eso, revivir cada segundo de su noche con Ava, una y otra vez. Al final, se había levantado, duchado y vestido y ahora empezaba a tener hambre. Estaba a punto de salir para el supermercado para llenar el frigorífico vacío antes de que cerraran, cuando sonó el timbre.

"Hola Mia."

Mia se quedó de piedra cuando vio a Ami delante de su puerta. "¡Ami!" Cogió a su hermana pequeña entre sus brazos y cerró los ojos mientras la sostenía. "¿Qué estás haciendo aquí? Tienes suerte de encontrarme en casa, no estoy aquí muy a menudo. Creí que no habíamos quedado hasta el sábado que viene. ¿No deberías estar en la cama ahora? Creía que siempre te levantabas a las..." Se paró a mitad de frase cuando sintió que algo iba mal.

"Esperaba que estuvieras en casa." Ami resopló. "Estaba enfadada y el único sitio donde pensé que podía ir era este."

Mia podía ver que había estado llorando y bebiendo. Tenía los ojos rojos y el aliento le olía a alcohol. Era un shock, ver a su hermana pequeña así, y parecía que se estaba viendo a sí misma a esa edad. Pero sabía lo suficiente como para hacer ningún comentario sobre el hecho de que Ami estaba borracha.

"Dios mío, Ami, pasa. ¿Quieres algo? Me temo que no hay mucha comida en la casa pero tengo algo de queso y crackers, si tienes hambre." Su voz sonaba inestable mientras un sentimiento profundo de ansiedad le acechaba.

Ami dio un suspiro. "¿Tienes vino? ¿Vodka? ¿Cerveza? Necesito otra bebida."

"Lo siento, no tengo alcohol en la casa." Le dirigió una

sonrisa de disculpa. "Pero podemos ir a un pub si quieres. Hay uno en la esquina." No recordaba la última vez que había puesto el pie en un pub, pero era mejor que comprarle una botella de un lugar sin licencia y verla bebiéndosela delante de ella, en su propio apartamento.

"No, está bien. Acabo de recordar que tengo algo aquí." Ami fue tambaleándose hasta el salón, sacó una botella de vodka de su mochila y le dio un trago largo antes de tirarse en el sofá. "He tenido un día muy, muy, muy asqueroso."

Mia miró a la botella de vodka medio vacía sobre su mesa y se forzó a centrarse en hacerse una taza de té, mientras encendía la tetera con mano temblorosa. Su hermanita estaba borracha, como ella solía estar. Y por si no era lo suficientemente malo, quería hablar. Ami nunca quería hablar. *Este es el momento que he estado temiendo la mitad de mi vida y va a suceder, ahora mismo.*

"Todo el mundo me miente, Mia," soltó Ami de pronto, arrastrando las palabras un poco. "Papá, mamá, la abuela..." Miró a Mia, que puso la taza sobre la mesa y se sentó a su lado. "Necesito saber la verdad."

Mia se mordió la mejilla, no estaba segura de qué decir.

"Mi brazo izquierdo," continuó Ami cuando Mia no dijo nada. "Han pasado años desde que he sufrido ese extraño dolor pero está tocado otra vez. Creí que me había hecho daño yo misma en los entrenamientos, así que fui al fisioterapeuta. Después de eso, estuvo un poco mejor, pero empezó a dolerme otra vez la semana pasada, no podía nadar suficientemente rápido." Empezó a sollozar otra vez, enterrando la cara entre sus manos. Mia se puso a su lado y la rodeó con su brazo. Se sentía enferma, con náuseas. "No he logrado entrar en la selección, Mia."

"Siento oír eso." Mia apretó el hombro de Ami. "Sé que

no te hará sentir mejor ahora mismo, pero puedes intentarlo el año que viene."

"Eso no es todo." Ami se calló un momento. "Me he hecho una radiografía en el hospital esta mañana, para asegurarme de que no había nada raro ahí, y, aparentemente, tengo una lesión antigua, Mia. Debe haber ocurrido cuando era joven y se ha curado bastante bien en estos años, pero está claro que algo muy serio me ocurrió que nadie me ha contado nunca," sollozó de nuevo. "Y ahora está hundiendo mi futuro."

Mia sintió sus propias lágrimas caerle por la cara. Perdería a Ami. Después de esta noche, la perdería para siempre. Siempre había mantenido las distancias con ella porque sabía que este día vendría y, de alguna manera, había esperado que fuera más fácil si no estaban muy unidas. Pero no era más fácil. Ami era carne de su carne y la quería más que a nada.

"Yo lo hice," susurró. "Yo te hice eso. Jodí tu brazo y tu cabeza y tus costillas y te mandé a un coma que duró tres días. Todo es culpa mía."

Ami levantó la cabeza y la miró lentamente, sus ojos abiertos de par en par. "¿Tú?"

"Sí." Mia empezó a temblar sin control, sollozando mientras intentaba continuar. "Tenía veinte años cuando te golpeé con mi coche. Conducía hacia el camino de entrada de la casa de mamá y papá, corriendo como una idiota. Tú solo tenías cinco años." Intentó coger aliento, necesitando aire. "Estaba borracha y puesta en opiáceos. Lo siento tanto, tanto, Ami. Tú no recordabas nada cuando despertaste en el hospital. Mamá y papá me dijeron que era mejor que no lo supieras. Temían que creciéramos apartadas." Esperó a que Ami hablara pero solo había silencio. "Esa es la razón por la que no bebo. He estado luchando con mi adicción desde entonces." Se encogió de hombros. "Bueno, lo he intentado. Estoy lidiando con ello todos los días pero, sobre todo, estoy sobria. Voy a AA, ayuda un poco."

Ami continuó mirándola fijamente con ojos borrosos e irritados. Se apartó con fuerza un rizo de su pelo oscuro de la frente.

"¿Cómo no pudiste decírmelo? ¿Cómo pudiste pensar que no me enteraría? ¡Estoy estudiando fisioterapia, por amor de Dios!"

"Lo siento tanto," Mia le suplicó otra vez. "Tenía miedo a perderte. Pero ahora solo me arrepiento de no haber pasado más tiempo contigo. Te quiero Ami. Eres mi hermanita. Por favor, no me odies." Mia alargó la mano para coger la suya pero Ami se apartó de ella. Sus ojos eran fríos e intensos ahora, como si la verdad la hubiera, de repente, espabilado.

"Por favor, Ami, no te vayas." Mia le imploró de nuevo. "¿Por favor, podemos hablar de esto?"

Ami se giró y le apartó la mirada, evitando sus ojos implorantes. Se levantó, cogió su bolso y se dirigió hacia la puerta sin decir una sola palabra.

M ia se quedó allí y observó cómo se marchaba. Sabía que no había nada que pudiera hacer o decir para hacerla volver, para mejorarlo. ¿Qué bien hacía una disculpa, ahora que el sueño de Ami se había hundido? *¿Lo siento, te he jodido la vida? ¿Siento haberte mentido durante trece años? ¿Siento haber mantenido las distancias porque no podía mirarte?*

La botella medio llena de vodka estaba todavía sobre la mesa, solo a centímetros de su mano temblorosa. *No va a solucionar nada.* Alargó la mano, la cogió y cerró los ojos mientras inhalaba la estéril esencia de la pena.

47

LONDRES, REINO UNIDO

"¿**A** va?"

"¿Mia?" Ava frunció el ceño cuando escuchó la voz inestable de Mia en el teléfono. "Acabo de aterrizar." Dudó. "¿Estás bien?"

"No." Mia resopló. "No, no estoy bien." Hizo una pausa. "Ami... se ha enterado de lo del accidente. Su brazo... está mal otra vez y no consiguió entrar en la selección..." Lloró débilmente. "Arruiné su vida, Ava. Y ahora lo sabe y me odia."

"¿Mia?" Ava salió de la terminal del aeropuerto, llamando un taxi. "¿Estás borracha? Por favor, dime que no has estado bebiendo." Podía oír cómo Ava tragaba saliva.

"No queda nada. El vodka que se ha dejado Ami... todo acabado. Me lo he bebido y no queda nada."

"Está bien. Ya no necesitas más. Voy de camino, Mia." Ava se deslizó en el taxi y le dio la dirección de Mia antes de volver a centrar su atención en ella. "Voy para allá y te prepararé un café y hablaremos de ello, ¿de acuerdo?" Dio un suspiro cuando Mia no le contestó. "No estás sola en esto, Mia. Me tienes a mí."

"No, Ava. Mantente alejada de mí. Soy veneno. Te hundirá, igual que he hundido a mi hermana y a mí." Se produjo un silencio. "Necesito otro trago."

"Por favor, no bebas más," le rogó Ava. Cerró los ojos y apretó el teléfono en su mano. "Ve y siéntate en el balcón y airea tu cabeza. Bebe agua y café, intenta despejarte." Podía oír a Mia respirando profundamente al otro lado de la línea.

"Eso es fácil de decir para ti. Tú eres la fuerte, Ava. Tú no eres débil como yo."

"No eres débil Mia. ¿Me oyes?" Levantó la voz cuando Mia no le contestó. "Llevas casi diez meses sobria, por amor de Dios. Y más tiempo antes de eso. ¡Eres fuerte!"

"Como si importara. ¿Y qué son diez meses? No es que sea una hazaña, cuenta poco." Dijo Mia entre sollozos. "Además, no va a ayudar a mi hermana. Quizá este es mi castigo. Quizá estoy hecha para ser alcohólica, quizá esta es mi forma de pagar por lo que le hice a Ami. Seguro que me lo merezco."

"Eso es una gilipollez y lo sabes. Tu hermana va a estar bien. Puede que no se convierta en nadadora olímpica, pero todavía se puede ganar la vida con cualquier otra carrera. Es lista y muy joven todavía. Encontrará otras pasiones. E incluso si no lo hace..." Ava tragó saliva con fuerza. "Te quiere y te necesita. Puede que ahora esté enfadada, pero lo entenderá. Y yo te necesito, Mia. Necesito que estés sobria para que podamos estar la una para la otra."

"¿Me necesitas?" Mia se calló.

"Sí, te necesito. Creo que eres maravillosa y divertida y atractiva y fuerte. Esto que estás haciendo ahora mismo, no es nada. No es el fin del mundo. Puedes empezar de nuevo mañana. No necesitas el alcohol para alimentar tu tristeza. Solo intenta tranquilizarte, ¿de acuerdo?" Ava empezaba a preocuparse ahora. "Quédate donde estás y estaré ahí en media hora." Intentaba mantener su mente despierta mientras el taxista les conducía por el intenso tráfico. Una recaída era algo serio. *Solo espero que pueda sobreponerse a esto.*

No hubo respuesta cuando llamó al timbre de la puerta. Llamó otra vez e intentó con el pomo de la puerta. No estaba cerrada, así que entró. Mia estaba profundamente dormida, acurrucada en el sofá. Tenía las mejillas rojas de llorar. Se removió un poco cuando Ava le pasó la mano por el pelo, pero no se despertó. Ava sintió un nudo en la garganta al ver a Mia. Parecía tan vulnerable, tan triste. La botella de vodka vacía estaba a su lado, en el suelo, apoyada sobre su lado. Ava hizo una mueca cuando la recogió. La tiró a la basura, sacó la bolsa y la ató para que Mia no la viera por la mañana. Luego se lavó en profundidad, volvió al sofá y puso un brazo alrededor de la cintura de Mia en un intento por levantarla.

"¿Qué estás haciendo?" Balbuceó Mia, removiéndose despierta.

"Solo intento ponerte de pie, ¿vale? Te voy a llevar a la cama." Ava la sostenía de pie mientras Mia se tambaleaba hacia la habitación.

"Vete. No quiero que me veas así." Mia se giró y se alejó de ella.

"No voy a ningún sitio Mia." Ava abrió la puerta de la habitación y la sostuvo mientras se dirigían a la cama. Mia cayó sobre ella y se volvió a dormir, dándole la espalda a Ava. Ava estaba de pie al lado de la cama, mirándola. Incluso ahora estaba preciosa. Incluso ahora, en su momento más bajo. Le quitó los zapatos y la rebeca y se metió en la cama junto a ella. Sería mejor si mañana estaba aquí. Mia iba a necesitar todo el apoyo posible cuando se diera cuenta de que había estado bebiendo y que había deshecho diez meses de duro trabajo. Y si alguien entendía cómo se sentiría, esa era Ava. *Oh, Mia, ¿qué has hecho?* Pasó un brazo sobre Mia y la abrazó, escuchando su fuerte respiración hasta que se durmió.

A va se sacudió medio despierta a las cuatro de la mañana y un olor a alcohol la golpeó. Se sentó recta, balanceándose al borde del pánico. *Dios mío, ¿he estado bebiendo?* Entonces vio a Mia, durmiendo a su lado, y suspiró de alivio cuando se dio cuenta de que no era ella. Había estado tan preocupada por el bienestar de Mia que no se había dado cuenta antes, pero ahora, echada a su lado en la habitación oscura y en silencio, no había forma de huir de los vapores del alcohol que le entraban por las fosas nasales. Levantó la barbilla y olfateó, como una rata atraída por el veneno. El estómago se le revolvió, y de repente se sintió enferma y asqueada. *Me tengo que ir de aquí.* Ava se levantó y cogió su teléfono para llamar un Uber. Dudó por un momento, bajando la vista hacia Mia. Sabía que sería mejor si estaba aquí mañana. Pero tenía demasiados pensamientos en la cabeza. Malos pensamientos. Y, sobre todo, estaba herida de ver a Mia así. No tenía idea de cuánto le importaba Mia hasta ahora, y daba miedo lo difícil que era estar a su lado ahora, en este estado. Ava se dio la vuelta para echarle una última mirada antes de cerrar la puerta detrás de ella, caminando hacia las primeras luces del alba.

48

LONDRES, REINO UNIDO

La habitación estaba oscura pero un hilo de luz luchaba por abrirse camino entre las cortinas, indicando que el sol ya estaba alto. *¿Qué hora es?* Mia cogió su teléfono en la mesilla de noche y vio que era mediodía. *¿Llego tarde a trabajar?* Pensó dura y largamente pero su cerebro parecía no querer funcionar así que miró el calendario y suspiró de alivio. Tenía el día libre. Mia parpadeó un par de veces, intentando recordar qué había pasado y de dónde venía esa sensación de terror que tenía en el estómago. Entonces se hizo un clic y el mundo se le vino abajo como una tonelada de ladrillos. Se giró sobre su estómago y enterró la cara en la almohada. *No. Por favor, no.* Reconocía los síntomas que había esperado no sentir otra vez jamás. Dolor de cabeza, el cuello dolorido por haber dormido en la misma posición durante horas, la boca seca, el olor a vodka en la habitación... *Vodka. Dios mío, Ami. Lo sabe.* Los recuerdos le vinieron de vuelta, más rápido de lo que podía soportar. Recordó el shock y la incredulidad de Ami, y la recordó yéndose sin decir una palabra. También recordaba vagamente a Ava llevándola a la cama. *¿Está todavía aquí?*

"¿Ava?" la llamó. No hubo respuesta. Se sentó y alzó la voz. "Ava, ¿estás ahí?" Silencio. Sentía el corazón latiéndole en el pecho. *Se ha ido. ¿Por qué?* Se le hizo un nudo en el estómago. Se sintió peor de lo que nunca se había sentido después de una recaída. Ava había venido y se había ido. Quizá no había podido soportar el hecho de que ella había estado bebiendo, no mientras ella también estaba luchando por mantener su sobriedad. Mia no estaba segura de qué le hacía sentir peor: su recaída o el hecho de que Ava la hubiera visto borracha. Se sintió avergonzada y sucia mientras intentaba sentarse, lentamente. Una sensación de náuseas le subió desde el estómago. Se puso una mano en la boca, con arcadas mientras corría al cuarto de baño, tirándose contra el borde del retrete.

Mia se forzó a mirarse al espejo mientras abría la ducha. Tenía los ojos rojos e hinchados, y había manchas rojas en sus mejillas, de llorar. Tenía la piel pálida y el sonrojo natural se le había ido de la cara.

"Esto te lo has hecho tú misma," dijo "Tú has hecho esto." Le surgió la ira cuando se vio. Sin pensarlo, golpeó el cristal con el puño, rompiéndolo. Un vidrio roto cayó en el lavabo pero la mayoría se mantuvo ahí, deformando su reflejo. Había sangre bajándole por la muñeca, pero no le importó. Cogió el porta cepillos de dientes de mármol y lo estampó en el espejo otra vez, incluso con más fuerza esta vez. Trozos de vidrio volaron a su alrededor y cayeron al suelo. Lo golpeó una y otra vez hasta que no quedó más que un solo tornillo en la parte de atrás colgando.

Mia se sintió impotente mientras se desvestía y se metió en la humeante ducha, con escasa energía para mantenerse de pie. *Ahí vamos otra vez.* Levantó un dedo y escribió en la mampara.

`Día 1.´

Entonces se echó al suelo y levantó las rodillas, poniendo su frente sobre ellas mientras lloraba. La sangre de su mano se mezclaba con las lágrimas y bajaban por el desagüe en una corriente de depresión rosa. *Sangre, sudor y lágrimas. Todo para nada.*

49

LONDRES, REINO UNIDO

No debería haberme ido. Ava no había podido dormir después de volver a su apartamento. Había estado despierta durante horas, intentando justificar su comportamiento. Pero la verdad era que no había forma de justificar huir de Mia en un momento de necesidad. ¿Y si se había despertado y había vuelto a beber? Ava sabía muy bien que no habría nadie allí para pararla. Mia era una solitaria, como ella. Y aunque su problema era algo que solo Mia podía manejar, ella debería haber estado allí para ella. *¿Por qué huí?* Podría, y lo hizo, pensar en múltiples excusas, todas relacionadas con sus propios problemas. Pero sabía que eran solo excusas. Había algo más, algo que ya le había hecho huir aquella primera noche, fuera de la habitación del hotel de Mia en Nueva York. Lo sabía incluso entonces, que Mia era diferente a otras mujeres, que muy bien podría ser su alma gemela. Y eso era aterrador, porque Ava no se había sentido tan unida a nadie desde que había dejado de beber. *No. Eso no es verdad. Nunca me he sentido tan unida a nadie.* La conexión instantánea que habían sentido el día que se conocieron fue más poderosa de lo que había sentido nunca. Y sí, era arriesgado pasar tiempo con alguien que luchaba contra los mismos demonios que ella, especialmente cuando era más que probable que Mia tuviera una recaída. Pero también era una bendición, saber que Mia conocía exactamente cómo se sentía. Congeniaban a todos los niveles. Después de horas y horas de dar vueltas en la cama, Ava se levantó, se puso las mallas de correr y salió. No iba a llegar a ningún sitio quedándose en la cama y sintiéndose mal con ella misma. Mientras corría, se dio cuenta de que iba por una ruta diferente hoy. Se dirigía al apartamento de Mia.

"Hola." Ava se dobló, apoyando las manos en sus rodillas mientras miraba a Mia, de pie en la puerta. Se sentía exhausta y emocionada al ver que Mia estaba sobria. Parecía cansada y agotada, con círculos oscuros bajo sus ojos. Llevaba un kimono de seda negro y el pelo todavía mojado de una ducha reciente.

"Hola," le contestó Mia con poco entusiasmo. Abrió la puerta y se dirigió a la cocina. "¿Café?" le preguntó.

"Agua, por favor," dijo Ava, todavía intentando recuperar la respiración.

Mia le puso un vaso de agua y lo apoyó sobre la barra del desayuno que estaba entre las dos.

"¿Cómo te encuentras?" Le preguntó Ava. Se sentía estúpida de preguntar algo cuya respuesta sabía pero no tenía idea de cómo empezar la conversación.

"Como una mierda" murmuró Mia, poniéndose leche en su café.

Ava le vio la venda en la mano derecha. La sangre le había traspasado la tela sobre los nudillos. "¿Qué es eso?" le preguntó, acercándose para examinar la mano de Mia. "¿Te has hecho daño tú misma?"

Mia se retiró. "No es nada. Estaba enfadada."

Ava asintió. "Lo sé." Dudó. "Siento haberme ido anoche. Yo..."

"No necesitas disculparte," la interrumpió Mia. "Lo entiendo, créeme. No soy buena para ti, Ava. Lo has hecho tan bien, manteniéndote sobria durante casi siete años. Estar a mi lado ahora mismo no va a funcionar para ninguna de las dos porque, francamente, soy un desastre. Mírame." Levantó ambas manos, señalándose. "Sería una mala influencia para ti y lo sabes." La voz se le rompió cuando empezó a llorar. "No puedo estar contigo. No es justo para ti, Ava."

Ava se acercó sobre la barra y cogió la cara de Mia entre sus manos. "¿Una mala influencia? ¿Te das cuenta de lo que estás diciendo? Eres mi luz, Mia. Eres la única que me completa." Ava estaba temblando, al borde del pánico. No podía perder a Mia. Era lo mejor que le había pasado en mucho tiempo. "Siento haberte abandonado anoche. Debería haberme quedado contigo, asegurarme de que estabas bien, y nunca me perdonaré por haberme ido. Y sí, no voy a mentir, me da miedo lo que estar contigo podría hacerme después de tu recaída. No sé cómo seré contigo porque me haces sentir muchas cosas otra vez. Y sentir cosas quiere decir que hay una posibilidad de que podría salir herida y eso es algo que no seré capaz de controlar." Sacudió la cabeza. "Pero, ¿sabes qué? Ya no me importa. Es hora de que me permita a mí misma tener sentimientos, que te deje entrar. Mientras que te tenga, mientras que tú me tengas, lo superaré, porque te necesito."

Mia negó con la cabeza. "No te culpo por irte, Ava. No es eso." Cerró los ojos y tomó una profunda respiración. "No puedo hacerlo. ¿No lo ves? Claramente no soy material para una relación en este momento. Soy lo peor que podría pasarte ahora mismo. Lo estás haciendo tan bien, no quiero arruinártelo."

"Mia, no digas eso." Ava rodeó la barra e intentó cogerle las manos, pero Mia retrocedió un paso.

"Para empezar, no deberíamos haber estado saliendo." Mia hizo un gesto de dolor al tomar un sorbo de café. "No en el primer año de sobriedad, dicen. Y hay una razón para eso. Tú estás bien pero yo no. Creo que ya hemos establecido eso." Puso su taza sobre la barra, caminó hasta la puerta y la abrió, esperando que Ava se fuera.

"No hagas esto, Mia." Ava podía ver el dolor en los ojos de Mia, y quería tomarla entre sus brazos, abrazarla. Pero Mia parecía estar en guardia y su lenguaje corporal le decía que no lo hiciera. "Puedo ayudarte," lo intentó otra vez. "Ahora no lo ves, porque estás enfadada y decepcionada contigo misma. Pero yo creo en ti. Y sí, sé que es aconsejable no salir durante el primer año, pero no puedes planear a quién conoces, no puedes planear tu vida. Es impredecible. Y tenemos tanta suerte de habernos conocido. No lo tires, por favor. Si no hubieras tenido esa pelea con tu hermana, habrías estado bien. Puedes superarlo. Podemos, juntas."

Mia permaneció callada mientras abría más la puerta, mirando fijamente sus pies. "Por favor, vete."

Ava sabía que no tenía sentido seguir intentándolo. Mia ya lo tenía decidido. Salió con un nudo en la garganta, incapaz de girar la vista mientras la puerta se cerraba detrás de ella.

50

TÚNEZ, TÚNEZ

E l agua fría hizo que Ava se quedara sin aliento cuando se tiró a la piscina de su hotel en Túnez y nadó hacia el otro lado con estilo crol. *Uno.* Contó interiormente cuando tocó el borde y se giró bajo el agua. Los hombros todavía le dolían de haber nadado esa mañana, pero el ejercicio era lo único en lo que podía pensar para mantener a Mia fuera de su mente. No es que funcionara. *Dos.* Ese sentimiento de vacío en su interior le recordaba lo que le estaba faltando en su vida, y dolía como ninguna otra cosa que hubiera experimentado. Había estado contando los días sin Mia. Diez días ya. Diez largos y ansiosos días, y diez largas noches sin dormir. No era solamente su propia pena lo que la mantenía despierta de noche. Sobre todo, estaba preocupada por Mia. Esperaba que Mia pudiera estar arreglándoselas para mantenerse sobria, pero sabía que las primeras semanas después de una recaída eran las peores, y Mia no estaba en una buena situación. *Tres.* Pensar que ya no la tenía más en su vida era insoportable. No poder mandarle un mensaje, o llamarla. Lo había intentado, por supuesto, pero Mia la había ignorado cada vez que había intentado ponerse en contacto. Tampoco había posibilidad de verla en el trabajo pronto. Sus horarios no se habían cruzado desde la última vez que se habían visto, y las dos semanas de vacaciones de Mia empezaban hoy. Podía utilizar ese tiempo para volver a ponerse bien o podría beberse su pena en casa, sin que nadie lo supiera, y Ava sabía que esto último no se podía descartar. *Cuatro.* Echaba de menos la sonrisa de Mia y echaba de menos la sensación de sus manos en ella. Echaba de menos hablar con ella, besarla, dormir con ella y despertar con ella. La echaba de menos todo el tiempo, pero, sobre todas las cosas, quería que Mia fuera feliz. Si eso significaba que tenía que dar un paso atrás y dejarla estar, entonces eso sería lo mejor. *Cinco.* Ava nadaba más rápido ahora, ignorando el dolor en sus músculos. *No. No voy a dejarla ir.* Ira y frustración despertaron en ella, haciendo que fuera incluso más rápido. *No puedo dejarla ir.* Perdió la cuenta después de un rato y solo paró cuando se dio cuenta que estaba teniendo problemas para respirar. Se impulsó para salir por las escaleras y se quitó las gafas de nadar de un tirón, jadeando fuertemente mientras se apoyaba en un macetero grande cuadrado de una palmera al lado de la piscina.

"¿Está bien?" le preguntó una mujer que acababa de entrar en el área de la piscina.

"Estoy bien," dijo Ava entre respiraciones cortas. "Gracias." Mantuvo los ojos en sus pies mientras las lágrimas empezaron a correrle por la cara. Se mezclaron con el cloro del agua que le caía del pelo y le picaban los ojos. No le importaba. Sentía dolor y estaba bien poder, por fin, llorar y dejarse llevar. Su lugar seguro se había ido. La única persona que la entendía de verdad, la única persona en la que confiaba, se había ido de su vida y no había nada que pudiera hacer sobre ello. La desesperación se extendió por su cuerpo como un chupito de whisky barato cuando por fin se dio cuenta de que esto podría ser el final. Enderezó su espalda y volvió a la tumbona donde había dejado la toalla y el teléfono, manteniendo sus ojos alejados del bar de la piscina. Había visto las botellas en la estantería superior antes, seduciéndola para ahogar sus penas, prometiéndole hacerle sentir mejor, aunque solo fuera por un rato. *No es la solución. Eres más fuerte que eso. Control, Ava.* Su cabeza se giró hacia el bar por un segundo, donde las botellas de vino y licor marrón brillaban bajo el sol de la tarde. Un grupo de cinco personas en bañador estaban bebiendo cócteles. Parecían felices. *¿Por qué no puedo ser como ellos?* Pero Ava sabía que nunca podría. Una copa no se convertiría en dos o tres, sino en días y noches de una copa tras otra y, después de eso, caería en un pozo oscuro y sucio, tan profundo que parecería casi imposible salir de él. Y ahí era donde Mia estaba ahora mismo, en el fondo del pozo. Ava solo esperaba que pudiera ver un destello de luz a través de las grietas de la tapa. *Control, Ava.* Ava tomó una profunda respiración y se echó sobre su tumbona, no sintiéndose menos impotente que antes de nadar. Su mente estaba llena de pensamientos contradictorios. Mia necesitaba tiempo, y necesitaba hacerlo ella misma, Ava lo sabía. Pero la echaba de menos y quería estar a su lado, apoyándola en su viaje en la oscuridad. Incluso si solo era como amigas, por ahora. *No voy a dejarla ir.*

51

LONDRES, REINO UNIDO

Solamente eran las doce del mediodía y ya iba por su cuarto café, Mia cerró su cuaderno y alejó el curso *Árabe para principiantes*, harta de estudiar, cuando no se estaba enterando de nada. Distraerse había sido su plan de acción, un amargo intento de adormecer la tristeza que sentía cada vez que se dedicaba un segundo para ella misma. Hasta ahora, había llorado mucho, devastada por otro intento fallido de no beber más. Había conseguido mantenerse sobria después de esa noche con Ami y aunque estaba destrozada, se sentía más fuerte cada mañana. Había vuelto a trabajar, y su viaje a Egipto la semana pasada había sido una bendición. Pero ahora, dos largas semanas de vacaciones se extendían ante ella en un túnel largo e inquietante que hubiera querido evitar. Solo llevaba un día y ya había empezado a entrar en pánico. *¿Qué demonios voy a hacer?* Mia no tenía muchos amigos – se había asegurado de eso, rechazando cada invitación a un evento social que se había cruzado en su camino durante la mayor parte de su vida adulta – y pasar tiempo con su familia tampoco era una opción. Llamaba a Ami todos los días, pero ella nunca contestaba ni devolvía las llamadas. No le sorprendía. Había visto el dolor en los ojos de Ami, y no esperaba saber de ella nunca más.

Y luego estaba Ava... Dejarla ir había sido desgarrador pero también había sido la decisión correcta. Aunque la echaba mucho de menos, no quería que la viera así. No era justo para ella. Ava necesitaba rodearse de gente positiva, no un desastre débil y deprimido como ella. Pero estar sin ella había sido mucho más duro de lo que había anticipado. Estaba constantemente en su mente y la distraía de estar concentrada en su objetivo: estar sobria y ser feliz. Era más fácil decirlo que hacerlo. El duelo por la pérdida de una hermana que ni siquiera estaba muerta y aterrorizada de hablar con sus padres, quedaba lejos de ser feliz. Ayer se había despertado y se había vuelto a dormir, incapaz de encontrar una razón para salir de la cama. Pero la verdad era que había sido feliz. Ava la había hecho feliz de verdad por primera vez en años. Hablar con ella había sido como ir a confesar, redimiéndola de sus pecados, solo un poco. Y esa pequeña chispa de esperanza era suficiente para que Mia sintiera que un gran cambio iba a ocurrir en su vida. *Durante el tiempo que duró.* La había jodido otra vez. La había jodido hace años, cuando casi mató a su hermana, y ahora había jodido su sobriedad por sexta vez y había echado a la única persona que le había hecho feliz. *Para, Mia.* Mia necesitaba un lugar adonde ir. Cualquier lugar sin alcohol y tan lejos de Ava y de su propio apartamento como fuera posible, donde la había decepcionado hacía solo una semana. Mia agarró su iPad y salió al balcón, decidida a encontrar un viaje de última hora.

"Hola Mia." Tuesday se apoyó en la balaustrada en cuanto se sentó.

"Hola, Tuesday." Mia consiguió dedicarle una sonrisa,

aunque su saludo no sonó auténtico. Compañía era lo último que quería. De hecho, sentía ganas de gritar a su vecina, decirle que se fuera a la mierda y la dejara en paz porque, ahora mismo, cualquier salida para su ira sería un alivio. Si Tuesday se había dado cuenta de su humor, no lo había demostrado.

"He estado queriendo agradecerte la cena del otro día. La disfruté de verdad y me estaba preguntando si te gustaría venir aquí más tarde y así te puedo devolver el favor. Voy a hacer tajín." Se rió. "No, déjame decirlo de nuevo. Voy a intentar hacer tajín."

"Eso es muy amable de tu parte pero creo que esta noche no es una buena noche. No me encuentro bien en este momento," dijo Mia, levantando la mirada de su iPad un momento.

"¿Te importa compartirlo?" le preguntó Tuesday. "Algunas veces ayuda hablar, incluso cuando sientes que no puedes hacerlo." Se apoyó un poco más y bajó la voz. "Las paredes son finas en estos viejos apartamentos, y cuando las puertas de los balcones están abiertas, la insonorización no existe. Estoy segura de que eres consciente de eso. Incluso aunque lo intentes, no puedes escapar de lo que está pasando en la puerta de al lado. No finjas que no me has oído cuando Wally ha venido."

"¿Wally? ¿Wally el de la delicatesen? ¿Él es tu visita habitual de las noches de los sábados?" Mia señaló al suelo debajo de ellas. A pesar de su humor, no pudo evitar soltar una risita.

"Sí." Tuesday sonrió de oreja a oreja. "Bueno, lo que estaba intentando decir es que sé que estás pasando por un momento duro." Hizo una pausa. "Y estoy aquí para ti si me necesitas. Para eso están los vecinos, ¿no?"

"¿Qué quieres decir?" Preguntó Mia, de repente con la guardia en alto.

"Yo también soy una alcohólica en rehabilitación, ¿sabes?" La cara de Tuesday estaba seria ahora.

Mia arrugó la frente, no pudiendo esconder su sorpresa. "¿Tú?"

"Veinte años sobria." Tuesday levantó una mano. "Y por lo que deduzco, te vendría bien algo de apoyo ahora mismo."

Mia quería decir algo pero no tenía ni idea de qué. Sus ojos fueron de Tuesday a la puerta del balcón y otra vez a Tuesday, intentando decidir si escaparse o no. *¿Mi propia vecina?*

"Hay más de los nuestros de lo que puedas pensar," le dijo Tuesday de manera casual, como si estuviera hablando del tiempo. "Bueno, ¿vienes para aquí o qué?"

"Yo..." Mia tragó saliva fuerte, sus ojos fijos en Tuesday. "No sé... Vale." Se levantó, preguntándose cómo su vecina, con la que había cenado solo una vez, se las había arreglado para hacerla levantar de la silla en su estado actual. Sacudió la cabeza mientras ponía el iPad en la mesa, ponía una silla al lado de la barandilla y saltaba sobre ella.

"**B**ueno, ¿cómo lo llevas hoy?" Le preguntó Tuesday, una vez que empezaron a comer una hora después. El tajín de Tuesday era sorprendentemente bueno, y Mia no se había dado cuenta del hambre que tenía hasta que dio el primer bocado. No había comido una comida en condiciones en días.

"No muy bien." Mia tomó otro bocado, intentando no quedarse mirando el salón de Tuesday. Era algo que no había visto antes. Sofás de terciopelo morados apoyados contra paredes azules con un tipo de mural griego pintado. Había cojines mullidos de todos los colores del arco iris en el sillón y el suelo, y guirnaldas con luces rosas por todo el techo del salón. Pero por alguna razón que no podía explicar, se sentía cómoda aquí, y decidió ser sincera. "Siento como que he estado durante meses intentando hacer un puzle de diez mil piezas y alguien lo ha estropeado delante de mí."

"Y ese alguien has sido tú." Tuesday la miró con intensidad.

"Sí, ese alguien he sido yo. Y ahora tengo que empezar de cero otra vez."

"Pues sí." Tuesday rellenó los vasos de agua con una jarra rosa, cubierta con un tapete de diamante de imitación. Cualquier otro día, Mia se habría reído del intento de convertir algo tan rutinario en algo valioso pero hoy lo entendía. Tuesday estaba intentando hacer todo lo que podía para que el simple hecho de beber agua se convirtiera en algo importante, y los diamantes falsos le quedaban bien. "Pero no es el final, ¿sabes?" continuó. "Es un nuevo comienzo y los nuevos comienzos siempre son duros. Sé que es difícil pero intenta no pensar en tus fracasos. Piensa en lo bien que lo hiciste antes de que esto pasara y en cómo podrías hacerlo otra vez, pero mejor esta vez. Quizás haz que dure esta vez, porque ese es tu objetivo. Eso es por lo que luchamos."

Mia se echó hacia atrás y dejó que sus hombros se relajaran. "Lo sé. Pero ahora mismo, es duro."

"Lo es, cariño. Sé que lo es. ¿Tienes un mentor?"

"No. Nunca he tenido uno."

"¿Por qué no? Tuesday parecía asombrada.

"No sé." Mia reflexionó. "Supongo que nunca me sentí unida a nadie de AA. Y estaba bien así, apañándome yo sola." Dudó. "O creí que lo estaba..." No se molestó en acabar la frase. No era como si Tuesday no hubiera oído todo esto antes.

"¿Hasta cuándo?" Tuesday le dirigió una mirada cínica. "¿Hasta que te pusiste en una situación difícil? ¿Hasta que te sentiste una mierda? Para eso es para lo que están los mentores, ¿sabes?" Su expresión se suavizó, y suspiró, poniendo una mano sobre la de Mia. "Llámalos sponsors, llámalos ayuda, llámalos lo que quieras, pero al menos necesitas una persona en tu vida que entienda y a quien puedas llamar en cualquier momento, día o noche, cuando la mierda se extiende con el ventilador." La apretó con más fuerza. "Vivo aquí al lado. He visto mucho y he pasado por mucho. Puedo verme reflejada, así que déjame ayudarte."

Mia levantó la cabeza, los ojos rojos y cansados. "Gracias." Intentó tragarse las lágrimas. "Creo que podría necesitar tu ayuda, Tuesday."

"Lo sé, cariño."

52

LONDRES, REINO UNIDO

El público en el modesto teatro South London le dio a Zaid Alfarsi un aplauso cerrado, que él aceptó cortésmente, agradeciéndolo una y otra vez. Ava estaba sentada en la primera fila, mirando a su hermano pequeño, a quien la gente presente hoy claramente adoraba. Tenía que admitir que estaba increíblemente orgullosa de él, y que toda esa idea de pensar totalmente en positivo, que ella siempre había visto como un cliché era, de alguna manera, inspirador. Se sentía bien, a pesar de los nervios por la charla que estaban a punto de tener. Ava lo había llamado temprano ese día y admitió que necesitaba consejo. A estas alturas, ya no sabía qué hacer sobre su situación con Mia. La había dejado sola porque Mia se lo había pedido, pero algo en su interior le decía que Mia la necesitaba más que nada ahora mismo, y estaba bastante segura de que no tenía a nadie más a quien dirigirse. Ni siquiera Lynn conocía sus problemas.

"Aquí está," dijo Zaid cuando se encontró con Ava detrás de la escena un rato después.

"Aquí estoy." Ava lo abrazó y lo miró de arriba abajo. "Bonito traje" Le revolvió el pelo con una mano antes de que tuviera oportunidad de esquivarla. "Pero, la próxima vez, tómatelo con calma con el gel del pelo. Tu cabeza está tan brillante como un penique bajo esa luz." Ava le sonrió. "No, en serio. Estuviste fantástico ahí arriba, y no me puedo creer que nunca haya asistido a una de tus sesiones. Estoy tan orgullosa de ti, Zaid."

"¿En serio?"

Ava asintió. "Eres muy, muy bueno con la gente y, por lo que parece, todos han salido con una sonrisa en la cara. Parece que has hecho maravillas con esa mujer con fobia a socializar que has llevado a escena. Acabo de verla en los aseos, y parecía transformada. Estaba de cháchara con otra mujer que estaba esperando allí y no parecía incómoda en absoluto."

"Sentirse inspirada y motivada puede hacer mucho por una persona," dijo Zaid. "La energía que ha cogido hoy puede que no le dure para siempre pero, por ahora, irá saliendo de su caparazón poco a poco y darse cuenta de lo bien que sienta sentirse parte del mundo. Porque eso es todo lo que quiere." Puso un brazo alrededor del hombro de Ava y los llevó hasta la puerta trasera, a la noche. "Y si puedo ayudar a que esa mujer haga un amigo, o unirse a un club de lectura o algo, entonces mi trabajo está hecho. El resto depende de ella." Señaló la chaqueta de Ava. "¿Ya veo que decidiste ponerte un traje también para la ocasión? Muy elegante."

Ava se quitó la chaqueta y se la colgó sobre el brazo, quedándose en unos pantalones negros y una blusa blanca sin mangas. En realidad hacía demasiado calor para un blazer. "Bueno, es un teatro. No podía presentarme en vaqueros y camiseta, ¿no?"

Atravesaron Trafalgar Square que, incluso a esta hora de la noche, bullía de turistas. Se estaban haciendo fotos, sentados en uno de los cuatro leones que custodiaban la columna de Nelson, o posando frente a las estatuas y los edificios históricos. Otros deambulaban por las escaleras de piedra, descansando de sus largas caminatas o metiendo sus doloridos pies en la fuente cuando la policía estaba fuera de la vista.

"¿El dique?" preguntó Zaid mientras cruzaban la carretera, dirigiéndose a la orilla del río.

"¿Te parece mejor un sitio vietnamita que hay en Northumberland Road?" sugirió Ava. "Ese todavía estará abierto para comer." De hecho, nunca antes había salido con su hermano a beber o comer. Siempre se veían en casa de sus padres y fuera de ella cada uno tenía su propia vida. Zaid no tenía ni idea de que su hermana evitaba los pubs como si fuera una plaga.

"Claro. No sé cuál dices pero estoy hambriento. Comida vietnamita suena bien." Miró a Ava de reojo. "¿Te importa decirme que te está preocupando? ¿Son mamá y papá?" Ladeó la cabeza y frunció el ceño. "¿Necesitas dinero?"

Ava no pudo evitar reírse. Nunca lo había visto así de serio. Claramente, estaba disfrutando el hecho de que ella hubiera acudido a él para ayudarla. "No, no son mamá y papá, y tampoco necesito dinero. E incluso si lo necesitara, no se lo pediría a mi hermanito." Abrió la puerta del restaurante vietnamita y se sentó en una mesa pequeña al lado de la ventana. "Es sobre mí," continuó. "Estoy en una situación un poco difícil y no estoy segura de qué hacer. Y odio admitirlo pero pensé que tú podrías ayudarme, siendo tú tan bueno con la gente y todo eso..." Cogió el menú, evitando su mirada de sorpresa.

"Dispara," le dijo Zaid.

"Necesito saber que puedo confiar en ti primero." Ava levantó la mirada, para asegurarse de que Zaid entendía lo que quería decir.

"Por supuesto que puedes confiar en mí, soy tu hermano. O podemos tratar esto como una consulta, y así se establece la confidencialidad del cliente, ¿si eso te hace sentir mejor?" Dio un suspiro. "Mira, sé que siempre estoy tomándote el pelo, pero eso no quiere decir que no pueda ser serio cuando tengo que serlo. Además, soy bueno ayudando a la gente. Es a lo que me dedico."

"Vale." Ava asintió lentamente. "¿Pedimos tortitas de flores de arroz?" le preguntó, comprando un poco más de tiempo. Estaba empezando a echarse para atrás. "¿Y rollitos de primavera de camarones y, quizá, una porción de pollo saciado?" Estaba lejos de tener hambre pero, al menos, le distraería si lo necesitaba. "Y agua con gas para mí." Marcó las casillas en el menú con un lápiz que encontró en el tarro de los cubiertos. "¿Qué quieres beber tú?"

"Tomaré una cerveza Asahi."

Ava marcó eso también, antes de llamar la atención a la camarera con el papel. Tomó una profunda respiración, sintiéndose fatal por los nervios que tenía.

"Tengo un problema," empezó con cautela. "Pero ese no es el asunto aquí. Quiero decir, lo tengo todo bajo control."

"No estás enferma, ¿verdad?" Zaid parecía preocupado ahora.

"No." Ava hizo una pausa. No había una forma fácil de contárselo a su hermano, así que decidió soltarlo. "Soy una alcohólica en rehabilitación, Zaid. Llevo sobria catorce años, con tres recaídas entre medias. La última vez que me tomé una copa fue hace más de seis años, así que lo estoy haciendo bien." Ya está. Ya lo había dicho.

"¿Tú?" Zaid se inclinó hacia ella. Parecía en shock hasta la médula. "¿Cómo no he podido verlo? Pensé que simplemente no te gustaba el alcohol, como mamá. Jesús, Ava. ¿Cuánto lleva pasando esto?"

"Desde que tenía dieciséis años." Ava se echó hacia atrás y se encontró con su mirada. La peor parte ya estaba y, de alguna manera, se sentí aliviada, no en pánico.

Zaid se echó hacia atrás también, procesando la información. "¿Eras alcohólica a los dieciséis años?"

"Quizá no alcohólica," dijo Ava. "Pero fue cuando empecé a usar el alcohol como un mecanismo de afrontamiento. Estaba atravesando unos duros momentos con mamá y papá. Me trataban diferente después de decirles que era gay." Levantó una mano. "Y de ninguna manera les estoy culpando por mi problema con la bebida, necesito que lo sepas. Las cosas están bien entre nosotros ahora, y me gustaría que siguieran así. Pero sí, entonces fue cuando empecé. Estaba enfadada y no podía dormir por la noche, así que siempre tenía una botella pequeña de whisky debajo de mi almohada. También fumaba mucha hierba. Me ayudaba a quitarme la ansiedad un poco."

"Ava..." Zaid le cogió la mano. "Sabía que te relacionabas con la gente equivocada. Por eso mamá te mandó a Jordania, ¿verdad? A vivir con la tita Hala."

"Sí. Y eso fue bueno, después de todo. Me aclaré las ideas allí. Pensé sobre mi futuro, decidí que quería ser piloto." Ava se encogió de hombros. "Pero cuando volví y empecé mi formación, no podía dejar de usar el alcohol como muleta cada vez que tenía un examen o simplemente en eventos sociales. He aprendido a lidiar con mi ansiedad en estos años, pero fue duro para mí entonces pasar tiempo con gente nueva estando sobria. Siempre he sido tímida, y el alcohol me ayudaba a salir más de mi caparazón, así que empecé a beber otra vez poco a poco. Nunca, jamás, he estado borracha en los vuelos, pero durante la formación en tierra siempre tenía una botella de vodka en una bolsa o en mi bolsillo. La gente nunca se dio cuenta porque nunca bebía mucho hasta que llegaba a casa por la noche." Sus ojos se encontraron con los de Zaid. Aunque intentaba ocultarlo, podía sentir que estaba en estado de shock.

"Zaid, necesito que sepas que nunca he bebido antes de un vuelo y que nunca lo haré. Incluso en aquel momento. Es casi el único límite que no sobrepasé. Dejé de beber el día que empecé mi primer trabajo como oficial de segunda. Tenía veintitrés años entonces." Hizo una pausa. "Tuve mi primera recaída a los veintiséis. Una chica cortó conmigo. Ni siquiera estaba enfadada, creo que simplemente lo vi como una excusa para permitirme beber para el llamado ahogar mis penas. Tuve que tomarme una semana libre después de eso, llamé diciendo que estaba enferma y me recompuse. Fue duro esa primera vez. Pensé en dejar mi trabajo. No creí ser capaz de mantener una carrera como piloto. Pero las reuniones de AA ayudaron. Me hicieron creer en mí misma otra vez."

"¿Qué pasó después de eso?" La voz de Zaid era tranquila y cariñosa, para nada acusatoria.

"Tuve otra recaída a los veintinueve. En realidad, no pasó nada que lo despertara. La fuerza de voluntad puede funcionar en formas misteriosas. Unas veces está ahí y otras..." Se encogió de hombros. "Bueno, pasé por un pub con uno de mis colegas después de una semana frenética en el trabajo y sentí que me apetecía una pinta de cerveza, ¿sabes? Miré a la gente allí de pie, en las mesas de fuera, y pensé: `Seguro que yo también soy capaz de tomarme solo una ahora. O quizás dos, como todo el mundo un viernes por la noche.´ Mi colega me preguntó si quería entrar. Creo que me gustaba un poco, así que no quería perder la oportunidad de pasar más tiempo con ella. Debería haber dicho que no, pero no lo hice. Ella se fue después de dos copas, cuando yo ya estaba un poco achispada. No se tarda mucho cuando no bebes nunca. No sé a qué hora volví a casa esa noche, pero seguí el día siguiente, pensando que podía, porque ya la había jodido de todas formas." Hizo una pausa. "No me sentí bien pero, aún así, lo hice. Esa es la parte que nunca entenderé."

"Sí. Es difícil saber por qué hacemos lo que hacemos algunas veces." Zaid arrugó la frente. "¿Por eso te mudaste a Nueva York?"

Ava asintió. Se sentía bien por compartir su historia con su hermano. "Solicité un traslado la semana siguiente, después de haber recobrado la sobriedad. Empezar de cero parecía la forma más fácil de mirar hacia adelante. Y lo fue de alguna manera. Le dije a todo el mundo que no bebía por razones religiosas y la gente lo respetaba. No me hicieron preguntas y nunca me ofrecieron bebidas. Y luego la jodí otra vez, la jodí a lo grande, una noche. Besé a la novia de mi mejor amigo delante de él."

"Y entonces volviste a Londres," dijo Zaid después de echar cuentas. "¿Estás bien ahora? ¿Todavía sientes ansias? ¿De eso es de lo que querías hablar?" Se quedó mirando la cerveza que la camarera le acababa de traer. "Joder." Miró a la joven vietnamita. "Lo siento. Quiero decir, ¿puedo cambiar mi pedido, por favor? Pagaré por ello, por supuesto."

La camarera le dirigió una mirada confusa. "¿Quiere una más?"

"¡No!" Zaid movió las manos, señalando la botella y haciéndole gestos para que se la llevara.

"No pasa nada." Ava sonrió entre dientes. "Estoy bien. No me molesta que tú bebas."

"No importa. No sería buen hermano si bebiera esto delante de ti." Cogió la botella y la puso de vuelta en la barra de servicio antes de coger una lata de Coca Cola del frigorífico de detrás de la barra. La levantó para que la camarera lo viera.

"Pagaré por las dos," dijo Zaid, tranquilizándola. "Lo siento." Su expresión se puso seria otra vez cuando se volvió a sentar. "Bueno, dijiste antes que vas a reuniones de AA. ¿También estás viendo a un psicólogo?"

"Sí. No un psicólogo. He estado yendo a las reuniones durante alrededor de catorce años e intento ir una vez a la semana, si hay alguna en el país en el que estoy. Tuve una mentora hace tiempo, pero no habíamos hablado en mucho tiempo. Hace poco la vi cuando estuve en Nueva York y nos pusimos al día. Ahora estamos bien, así que nos mantendremos apegadas a la amistad con un entendimiento silencioso de que siempre podemos llamarnos la una a la otra si las cosas se ponen difíciles."

Zaid le dirigió una ligera sonrisa. "Bien. Eso está bien."

"Zaid," continuó Ava. "De lo que en realidad quería hablar contigo es Mia." Tragó saliva. "¿Me prometes que mantendrás esto para ti mismo? ¿La confidencialidad doctor-paciente?"

"Por supuesto."

"Vale, bueno, Mia también está en el programa..."

Zaid se quedó en silencio cuando Ava terminó de hablar. Asintió, mirándose las manos, apoyadas con tranquilidad en la mesa. "Escucha," dijo por fin, levantando una mano para rascarse la cabeza. "Lo que acabamos de hablar no va a salir de aquí, obviamente. Pero no quiero darte consejos desde un punto de vista profesional. Quiero aconsejarte como hermano, porque veo que realmente te preocupas por Mia y también quiero que tú tengas tu oportunidad de ser feliz, incluso, como has dicho, si solo sois amigas por ahora. He visto lo feliz que te hace." Sonrió. "Es encantador. Además, parece que tú ya tienes tu propia casa en orden, así que no voy a decirte que es una mala idea salir con una alcohólica en recuperación inestable si tú estás teniendo problemas con recuperarte tú misma. Porque eso es lo que cualquier psicólogo te diría."

Ava asintió.

"Bien, eso está bien. Porque Mia necesita ayuda y apoyo. Estoy de acuerdo contigo en eso." Pensó por un momento. "El beber es algo con lo que Mia va a tener que lidiar ella sola. Es su decisión mantenerse sobria, y solo suya. No hay nada que puedas hacer para influir en eso si ella no puede encontrar la fuerza. Tú debes saber eso mejor que nadie. Pero lo que puedes hacer es ayudarla de otras maneras. Ayudarla a lidiar con la razón por la que tiene ansiedad en este momento. Necesita encontrar la paz con el hecho de que nunca volverá a ver a su hermana otra vez, o encontrar el perdón, o, al menos, un entendimiento mutuo entre ella y sus padres. Y si es posible, entre ella y su hermana. Por lo que entiendo, eso es lo que le ha estado preocupando la mayor parte de su vida y posiblemente es el origen de su dolor, su frustración y su intranquilidad. ¿Conoces a la hermana?"

"No. Sé *de* ella. Probablemente puedo rastrearla."

Zaid se retorció. "Posiblemente, es el peor consejo que podría darte, especialmente viniendo de un psicólogo, pero, como he dicho, solo hablo como hermano ahora mismo, y quizá valga la pena el intento."

Ava se echó para atrás cuando la camarera puso la comida entre ambos. "¿Estás diciendo que debería hablar con su hermana?"

Zaid se encogió de hombros. "No sé. Esa decisión depende de ti." Dudó. "Yo diría que no hace daño por intentarlo."

53

LONDRES, REINO UNIDO

"¿Me estabas buscando? ¿Quién eres?" Una versión más baja y más joven de Mia permanecía de pie en la puerta de su apartamento de estudiante y miró a Ava con curiosidad cuando abrió la puerta un poco más. Ava todavía llevaba puesto el uniforme, y eso había sido una decisión consciente. Los uniformes tendían a inspirar confianza en la gente, y ahora mismo necesitaba cada pequeña ayuda que pudiera obtener. Ava observó a la chica y sintió una puñalada cuando inmediatamente pensó en Mia. Daba miedo lo mucho que se parecían. Aunque Ami tenía los hombros más anchos, seguramente de nadar, imaginó Ava, sus caras eran casi idénticas.

"Soy Ava." Ava alargó la mano. "Soy amiga de Mia." Sacudió la cabeza. "Supongo que somos más que amigas. Por lo menos lo éramos. Pero no la he visto en un tiempo y estoy preocupada por ella." Había música y risas que salían del apartamento.

Ami le estrechó la mano con duda. "¿Está bien?"

"No estoy segura, para ser sincera. No está en un buen momento, eso lo sé." Los ojos de Ava se fijaron en los de

Ami. "Y sé que tú tampoco lo estás ahora mismo. Sé lo que ha pasado pero, aún así, de verdad que te agradecería si pudiéramos hablar." Hizo una pausa y se apoyó en el marco de la puerta. "Mia no sabe que estoy aquí."

Ami permaneció en el mismo sitio y Ava casi podía oírla pensar frenéticamente. Se mordió la mejilla igual que Mia y jugueteó con un mechón de su pelo, antes de dar un paso hacia atrás.

"Vale," dijo. "Pasa." Le pasó una buena mirada por encima, posando su vista en la gorra de piloto. "¿Más que amigas has dicho?" Frunció el ceño. "Ni siquiera sabía que Mia era gay."

Ava no sabía cómo contestar a eso, así que ignoró el comentario mientras pasaba por el pasillo desordenado, aliviada de, por lo menos, tener la oportunidad de hablar.

"Siento de verdad si ahora es mal momento," dijo Ava, señalando la fiesta que había en el salón. La puerta estaba abierta y podía ver a gente bailando. Se dio cuenta del olor fuerte a alcohol, que sin duda había impregnado la alfombra de color crema manchada durante años. A pesar de la fiesta, Ami parecía sobria. Si acaso, parecía cansada. También tenía la misma mirada que Mia después de un turno largo, y era duro, estar frente a frente con una mujer que se parecía tanto a Mia.

"Es el cumpleaños de mi compañera de apartamento," explicó Ami. "Pero no pasa nada. No estaba de humor para celebraciones de todas formas." Las llevó hacia arriba. "Vamos a mi habitación. Está hecha un lío pero supongo que eso no importa ahora mismo."

Ava interiorizó la habitación de Ami y recordó cuando ella misma solía vivir así, con todas sus cosas apiñadas en un lugar tan pequeño. Había libros y papeles por todos lados. Las ropas estaban desparramadas por el suelo y en la silla del escritorio. La mesa quedaba apenas visible bajo los montones de maquillaje, accesorios y cajas de zapatos, y había botellas de cerveza vacías en las estanterías sobre ella, al lado de un par de marcos con fotos familiares y una impresionante colección de medallas de natación, colgando de puntillas en la pared. Ami aclaró la silla y tiró la ropa a un rincón.

"Aquí," dijo, palmeando el respaldo, antes de sentarse en la cama individual frente a Ava. "Cuéntame."

54

LONDRES, REINO UNIDO

Había sido un mal día. Mia había encontrado un par de lugares de retiro de yoga en internet, pero no se veía ser capaz de reservar ninguno de ellos, mucho menos hacer una maleta y arrastrarse hasta el aeropuerto. Quería, aunque solo fuera para alejarse, pero no le quedaba energía después de haber estado llorando durante toda la noche. Finalmente, se había quedado dormida cuando el sol salía, exhausta y con un bajón para la historia. No había esperado que fuera diferente. No era la primera vez que sufría una recaída. Esta vez, sin embargo, tenía que lidiar también con el hecho de que había perdido a su hermana, y a Ava, que estaba constantemente en su mente. Tuesday había sido una distracción bienvenida, e incluso un gran apoyo, pero en cuanto se metía en la cama y estaba sola con sus pensamientos, la desesperación la inundaba como si hubiera estado acechando en un rincón oscuro de su habitación, esperando que volviera. Triste no empezaba ni a describir cómo se sentía. Removió al tuntún la olla con la salsa de pasta preparada, sin ganas de comérselo. La sustancia blanca estaba llena de grumos y solo verlo le daba náuseas. Apagó el gas y lo apartó a un lado, justo cuando alguien llamó a la puerta. Mia lo ignoró, apoyando la frente en sus brazos, doblados delante de ella en la encimera de la cocina mientras se echaba hacia adelante y gemía.

"¿Mia?". Hubo otra llamada en la puerta.

Mia se quedó congelada, reconociendo la voz de su hermana. *¿Ami?* Esprintó hacia la puerta y la abrió, no muy segura de si lo había oído o no.

"¿Ami?" Mia se quedó sin palabras cuando vio a Ami de pie delante de ella. "Ami," dijo otra vez, los ojos llenándose de lágrimas. "Estás aquí." Mia tragó saliva fuertemente. "Estás aquí," repitió con incredulidad.

Ami mostró una débil sonrisa. "Sí, estoy aquí," dijo en voz baja. "¿Puedo entrar?"

"Por supuesto, perdona." Mia abrió más la puerta, dejando entrar a Ami. Siguió a su hermana hasta el salón y se sentó a su lado en el sofá, justo como había hecho hacía poco más de dos semanas. "Estoy tan contenta de que estés aquí." Mia se cubrió la boca con una mano, todavía en estado de shock por la inesperada visita de Ami. Estaba llorando otra vez, pero esta vez de alivio. Las lágrimas le corrían por la cara y sus hombros se sacudían cuando miraba a Ami. "No puedo creer que estés aquí," dijo entre sollozos.

Ami le puso la mano en un hombro y le dio un apretón. Cuando Mia empezó a llorar más fuerte, la cogió entre sus brazos y la abrazó con fuerza. Mia se reía entre las lágrimas.

"Lo siento, soy un desastre."

"No te disculpes." Ami le dio un beso en la sien y se echó hacia atrás, apoyándose en el respaldo del sillón, doblando una pierna bajo el muslo. "Fui demasiado dura contigo. Te eché la culpa porque necesitaba a alguien a quien culpar y fue injusto de mi parte."

"No fue injusto," Mia dijo. "Fue mi culpa, completamente. Fui yo, Ami, yo..."

"Espera, déjame hablar." Ami levantó una mano. "Sé que fue un accidente, y que llevas pagando por ello todos estos años. La culpa que debes haber sentido..." Hizo una pausa. "Lo sé todo. Sé cómo has estado luchando y sé lo baja de ánimo que te has sentido. Cómo has estado evitando ir a casa y cómo has estado evitándome a mí. Ahora todo tiene sentido."

"¿Lo sabes?" Mia frunció el ceño. "¿Cómo?"

"Ava," continuó Ami. "Vino a verme y me dijo que no estabas bien. Me lo contó todo." Ami le dirigió una mirada suplicante. "Pero, por favor, no te enfades con ella. Ava es una mujer fantástica y no sabía qué más hacer. Se preocupa por ti de verdad, Mia." Rió entre dientes. "Ni siquiera sabía que te gustaban las mujeres. ¿No es una locura? ¿Lo poco que sé sobre tu vida? Quiero decir, ¿saben mamá y papá siquiera que eres gay?"

"Se lo conté." Mia hizo una pausa. "Cuando tenía quince años. Pero no hemos hablado mucho desde entonces. Sentía que mamá y papá todavía me culpaban. Y lo merecía, claro. Deberías haber visto sus caras... No podían ni mirarme cuando volví de rehabilitación, y después de eso, bueno, nunca hablamos de eso. O de nada importante, la verdad. Simplemente seguimos con nuestras vidas y lo enterramos tan profundamente que algunas veces es casi como si nunca hubiera pasado."

"No deberías haber permanecido lejos por mí." Ami lloraba ahora también. "Siento tanto que lo que pasó te hiciera sentir así. Todo lo que siempre quise fue estar con mi hermana mayor, ser amigas. He echado de menos tenerte a mi lado, Mia. Y mamá y papá también te echan de menos. Mamá está preocupada porque no te ha visto ni hablado contigo un buen tiempo, así que, por favor, créeme cuando te digo que ya no te culpan." Mia le acercó un pañuelo de papel para que se sonara la nariz y cogió otro para ella.

"¿De verdad?"

"Sí. Ya sabes cómo son. Les encanta hablar del tiempo y los vecinos y todas esas cosas, cualquier cosa excepto conversaciones difíciles. Han estado evitando el tema, por supuesto. Pero eso no quiere decir que no quieran verte."

Mia miró fijamente al frente, procesando lo que Ami acababa de decirle. "Sienta tan bien poder hablar contigo por fin, Ami, y decir lo que es importante." Dudó. "¿Podrás perdonarme alguna vez?" Por fin había un rayo de esperanza en que podría seguir con su vida y concentrarse en su futuro, sin tener que preocuparse por su pasado.

"Fue un accidente," dijo Ami. "No me atropellaste a propósito."

"Pero estaba borracha y medicada," admitió Mia.

"Sí que lo estabas. Pero me alegro de que todavía estés por aquí, que no te matases ese día." Ami estiró la mano para tocarle la cicatriz de la frente y trazó un dedo hacia abajo hasta su oreja. "Y tu oído. ¿Por qué no sabía nada de eso tampoco?"

"Mamá y papá son buenos manteniendo secretos," dijo Mia. "Tenían miedo de que creciéramos separadas si tú hubieras sabido que fui yo quien causó tu probable daño permanente. Es irónico, ¿no?" Sollozó. "Nos sorprendió que hubieras llegado tan lejos en natación porque casi no podías mover el brazo izquierdo durante años cuando eras más joven."

Ami levantó el brazo izquierdo y le dirigió un saludo. "Bueno, mi brazo izquierdo funciona bien. Quizá no para un oro olímpico, pero eso es algo que ni siquiera los brazos más perfectos conseguirán tampoco." Su expresión se hizo más seria. "Oye, quiero que sepas que me alegro de que dejaras de beber y que tienes tus ansias bajo control ahora. Y sí, te perdono, si eso es lo que necesitas oír." Sonrió. "Te quiero, Mia."

"Yo también te quiero." Mia se sentía tan ligera como una pluma. La enormidad de lo que había hecho había estado manteniéndola hundida desde aquel día, hacía trece años. Había estado encadenada a su culpa, y ahora, esa cadena se estaba desmenuzando. "¿Pero, y tu carrera como nadadora? Debes estar tan enfadada..."

Ami asintió. "Lo estaba. Lo estoy. Pero he pensado largo y tendido sobre ello y no veo la razón para guardar rencor. Claro, estaba decepcionada por no haber pasado la selección, pero tampoco es que haya sido el sueño de toda mi vida. Era una afición y supongo que he tenido suerte de haber llegado a ser tan buena. No quiere decir que vaya a dejar de nadar ahora. Me encanta y es una parte de mí. Pero igualmente lo es llegar a convertirme en fisioterapeuta." Sonrió. "Estoy reevaluando mi vida y no es tan desesperanzadora como parecía cuando recibí la noticia al principio. De hecho, estoy deseando tener algo de tiempo para mí." Le dirigió una sonrisa de oreja a oreja. "Y a comida frita. Toneladas de comida frita y montones de queso."

Mia se rió. "Ya es hora de que pida esa pizza que te prometí entonces."

"Pizza suena genial." Ami le puso una mano en la rodilla. "Por cierto, Ava es fantástica. Tienes suerte de tenerla."

"Sí, lo sé." Mia sonrió. "Y me alegro de que la conocieras, incluso aunque fuera bajo estas circunstancias." Movió la cabeza. "Después de mi recaída, le dije que necesitábamos dejar de vernos. No quiero arrastrarla conmigo. Sé que es lo correcto pero no lo siento así."

"No creo que debas preocuparte por eso, hermana.

Parece estar loca por ti y esperará hasta que estés lista. Solo necesitas hacerle saber lo que sientes por ella." Ami arrastró los pies, se acercó un poco más a Mia y levantó una ceja. "¿Oye, quieres saber algo?"

"¿Qué?"

"Estoy saliendo con alguien."

"¿En serio? Háblame de él." Arrugó la frente. "¿Supongo que es un *él*?"

"Sí, es un *él*" Ami soltó una risita. "Aunque también salgo con chicas de vez en cuando."

"Vale..." Mia se echó hacia atrás, relajando el cuerpo un poco por fin. "Tampoco yo tenía ni idea de eso. Mamá y papá nunca me han contado nada, desde luego."

"No, no lo sabías, ¿verdad? Tenemos mucho que aprender la una de la otra." Ami le dirigió una sonrisa irónica. "Mamá y papá solo oyen lo que quieren oír, no importa lo que les digas. Y, para ser sincera, no me importa que ellos vivan sus vidas como avestruces si eso es lo que les hace felices, mientras que tú y yo no lo hagamos."

Mia observó a su hermana. Se parecía mucho a ella. Tenían el mismo pelo oscuro, aunque el de Ami era más corto, las mismas cejas pobladas y la misma sonrisa, torcida un poco hacia la izquierda. "Has crecido un montón, Ami. Eres brillante, mucho más de lo que era yo a tu edad." Sonrió. "Ahora, cuéntame cosas de este hombre con el que estás saliendo..."

55

NUEVA YORK, EE.UU

Ava cogió su bolsa del maletero y bajó del autobús delante de su hotel de Nueva York. Comprobó su teléfono una vez más pero no había mensajes. Otro vuelo y otra noche más y todavía nada de Mia. La excitación que normalmente sentía cuando venía aquí había desaparecido. Ahora mismo, solo quería pasar las horas durmiendo e intentar no pensar en Mia. Estaba con Raf y Mohammed, acababa de conocer al primer oficial y esperaba de verdad que no intentaran persuadirla para salir a comer.

"Gracias," murmuró cuando un botones le abrió la puerta. Raf y Mohammed ya estaban en la mesa de registro de entrada. Deambulaba por la entrada, fingiendo admirar la recepción que tantas veces había visto antes, hasta que, por fin, subieron a sus habitaciones.

"Ava," la llamó una voz desde el área de asientos. Ava se giró para ver quién la estaba llamando, aunque había reconocido la voz inmediatamente. No se lo podía creer. Ahí estaba Mia, y estaba más guapa que nunca. Vestida de manera informal en vaqueros y un top de seda amarillo, saludó con la mano a Ava desde el sillón cuando se levantó.

Parecía nerviosa, jugueteando con el dobladillo del top, pero integrada con el interior amarillo y blanco de la recepción, parecía como si estuviera en una sesión de fotos. Llevaba alisado su pelo largo y oscuro y le colgaba alrededor de la cara y los hombros como si fuera una cortina de seda. Iba sonriendo mientras se dirigía hacia Ava y la abrazó.

"Mia." Ava la abrazó fuerte y enterró la cara en su cuello. Su olor le hacía sentir como si volviera a casa y suspiró cuando una calidez maravillosa le recorrió el cuerpo. "¿Qué estás haciendo aquí?" le susurró.

"Necesitaba verte." Mia la dejó ir, dio una paso hacia atrás pero le cogió de las manos. Le mantuvo la mirada cuando sus ojos se encontraron, y le sonrió. "Te he echado de menos."

"Yo también te he echado de menos." A Ava se le hizo un nudo en la garganta. "Estás bien. Gracias a Dios que estás bien."

"Ahí voy." Mia acarició la mejilla de Ava, su sonrisa haciéndose más grande. "Es tan maravilloso volver a verte. Espero que no te importe que haya venido. Me estaba volviendo loca en casa y me di cuenta de que el único sitio que podía darme algo de paz era donde estuvieras tú."

Ava le apretó la mano. "Me alegro mucho de que hayas venido. Te he echado tanto de menos, Mia." La observó. "Parece que estás bien. Quiero decir, estás impresionante," se corrigió.

"Gracias." Rió nerviosa. "Tú también." Su cara se puso más seria. "Oye, siento haber aparecido así pero tenía que hacerlo." Hizo una pausa. "Y no sé qué puedo darte ahora mismo pero quizás podríamos hablar y... No sé."

"Eh, está bien, lo entiendo," dijo Ava, bajando la voz. La gente que esperaba en la cola para hacer el registro de entrada las estaba mirando. "Sé que no estás en ese lugar

LISE GOLD

ahora mismo. Sé que no puedes simplemente encender un interruptor y lanzarte de nuevo a una relación. Pero de verdad que estoy feliz de que estés aquí, y me encantaría que habláramos." Ava se lo decía en serio. Sentía una calidez que no podía entender completamente con la mera visión de Mia. Se sentía reconfortada y familiar, pero excitante al mismo tiempo. "No necesito nada de ti ahora mismo. Solo quiero estar ahí para ti cuando me necesites."

"Gracias." La visión de Mia se puso borrosa por las lágrimas y suspiró de alivio. "Gracias por entender." Sonrió. "Y gracias por hablar con mi hermana. Tengo mucho que contarte."

Ava elevó una ceja. "¿Has hablado con Ami?"

"Sí." Mia le apretó el brazo, llevándolas hasta la cola de registro. "Gracias a ti." Sacudió la cabeza ante la expresión aprensiva de Ava. "No te preocupes. No estoy enfadada contigo por ir a ella, Ava. Estoy agradecida."

"Es un alivio," dijo Ava. "Me prometió que mi visita quedaría entre nosotras, pero claramente no es tan buena manteniendo secretos como tú. También siento haberle dicho que habíamos estado saliendo. Simplemente asumí que sabía que eras gay."

"No pasa nada." Mia le dirigió una mirada tranquilizadora. "Sé tanto de mi hermana como tú ahora. Estoy completamente fuera del closet, es solo que no hablamos mucho en mi familia. Pero estoy deseando conocer mejor a Ami. Vamos a comer la semana que viene."

"Ah, ¿sí? Eso es maravilloso, Mia."

"Sí que lo es." Mia se calló por un momento. "Me siento bien Ava. Quiero decir, todavía no estoy ahí, por supuesto que no, pero me siento positiva y con esperanza, como que sé dentro de mí que esta vez va a ser diferente. Que puedo estar sobria para siempre."

Ava puso un brazo alrededor de la cintura de Mia y se la acercó. "No tienes ni idea de lo feliz que eso me hace. Y ya lo estás haciendo tan bien." Pasó una mano por el pelo de Mia. "No te preocupes por los días que vienen, solo disfruta del hoy, conmigo."

"Tienes razón." Mia apoyó la cabeza en el hombro de Ava. "He reservado una habitación para mí. Supongo... Parecía que era lo correcto, aunque de verdad quiero estar contigo."

"Por supuesto. Lo entiendo. Pero eso no quiere decir que no te pueda llevar a tomar un café, ¿no?" le preguntó Ava.

"Eso sería estupendo. Me voy a quedar dos noches y vi en tu horario que no vuelas de vuelta hasta tarde mañana. Podríamos hacer algo divertido juntas, ¿a menos que tengas planes?"

Ava soltó una risita y miró su reloj. "Incluso aunque tuviera planes, estarían cancelados ahora mismo." Su expresión se volvió sombría. "Gracias por venir, Mia. Estaba tan preocupada por ti."

"Lo sé." Los ojos de Mia se encontraron con los de Ava. "Pero ahora estoy bien y verte me ha alegrado el día." Dudó. "Eh, hay una reunión en ese lugar de Brooklyn al que me gustaría ir primero. ¿Quieres venir conmigo? ¿Y podríamos ir a tomar un café después?"

Ava sonrió. "Te seguiría a cualquier lugar."

56

NUEVA YORK, EE.UU

"Tengo una sorpresa para ti," dijo Mia mientras paseaban por Cobble Hill en su camino de vuelta de la reunión de AA. "Puede que no te guste pero como tú interferiste en mis asuntos con mi hermana, supuse que no podrías culparme por hacer esto."

"¿Por hacer qué?" Ava seguía a Mia calle abajo, donde ella solía vivir, sorprendida al ver que se dirigían a la cafetería de Imani. "¿Cómo conoces este sitio? Solía venir aquí todo el tiempo."

"Solo confía en mí en esto y no te enfades conmigo, ¿vale?" Mia abrió la pesada puerta y entró en el agradable aroma de granos de café recién molidos. "Bonito lugar," dijo.

Imani estaba detrás del mostrador, sirviendo a un cliente. Dejó escapar un chillido cuando vio a Ava, dejando inmediatamente lo que estaba haciendo. Corrió alrededor del mostrador para saludarla.

"¡Esta es mi chica!" abrazó a Ava, y su mirada se giró a Mia. "¿Y quién es esta señorita tan guapa?"

"Esta es Mia." Ava se sonrojó, de repente insegura de cómo presentar a Mia. "Mi amiga."

"Oh, Dios mío. ¿Acabas de decir la palabra *amiga* y te has puesto colorada al mismo tiempo? Y *mírate*." Imani se giró a Mia y le dio un abrazo también. "Bienvenida, *amiga* de Ava." Articuló la palabra en un tono burlón y se rió más fuerte de lo que Mia había oído nunca a nadie reírse.

"Es genial conocerte," dijo Mia, casi ahogándose en el abrazo apretado de Imani.

"Igualmente." Imani se apartó un paso y la miró de arriba abajo.

A Mia le gustaba esta Imani. No esperaba que una de las viejas amigas de Ava fuera tan extrovertida pero era refrescante conocer a alguien que no se reprimiera. Imani era claramente ella misma todo el tiempo. Mientras fingía estar en la conversación de Ava e Imani, sus ojos se desviaron hacia un hombre sentado al lado de la ventana. *Es él.* Lo reconoció por las fotos en su página de redes sociales. No había sido difícil encontrarle la pista. De hecho, solo le había llevado diez minutos al teléfono en uno de sus descansos en el trabajo. Tenía su nombre, la compañía para la que había volado, y había supuesto que aún seguía viviendo en Brooklyn. Aparentemente, eso era todo lo que necesitabas hoy en día para encontrar a alguien.

"Será mejor que vuelva con mis clientes, está bastante concurrido ahora mismo," dijo Imani. "No quiero que dejen comentarios malos." Golpeó suavemente el brazo de Ava. "Nos ponemos al día luego, ¿vale? Supongo que estás aquí para ver a Pedro." Dio un último apretón al brazo de Ava. "Estoy orgullosa de ti por hacerlo. Está allí, al lado de la ventana."

Ava se quedó paralizada con la mención del nombre de Pedro. "¿Qué?" Miró alrededor y sus ojos se abrieron de par en par cuando vio a su viejo amigo. "¿Lo has...?" Se giró hacia Mia.

Mia se estremeció. "Lo siento, pero estoy haciendo esto por ti." Retrocedió un paso. "Me voy a dar un paseo. Llámame cuando termines, ¿vale?" Desapareció antes de que Ava pudiera decir una sola palabra.

Ava arrastraba los pies nerviosa en el sitio, echándole miradas a la puerta. Pero Pedro ya la había visto y la saludaba con la mano. Se preparó, lo saludó también y se dirigió a su mesa.

"Pedro." Casi no podía creer que estuviera sentado ahí, esperándola como si nada hubiera pasado. Pedro se levantó y le dio un largo abrazo. Ava cerró los ojos y lo apretó más fuerte contra ella. Lo había echado de menos.

"No me puedo creer que seas tú de verdad, Ava." Pedro la agarró por los hombros y le dirigió una sonrisa sincera. "Y todavía estás tan buenísima como hace seis años. ¿O son siete ya?" Se encogió de hombros. "Dejé de contar a los dos años, me imaginé que ya no te vería nunca más." Pedro hizo un gesto a la mesa para que se sentara junto a él. "Te he echado de menos."

Ava sonrió, mirándolo de arriba a abajo con curiosidad. "Yo también te he echado de menos." Se sentó, quedándose sin palabras por un momento. "No me puedo creer que estés aquí," dijo por fin. "Que estés aquí y que quieras hablarme." Ella insistió en mirarle a los ojos mientras bajaba la voz. "Lo que te hice fue imperdonable."

Pedro se encogió de hombros. "Oye, hace ya mucho de eso. He avanzado en la vida. Tú has avanzado."

"Sí, pero era tu novia y..." Ava bajó la mirada hacia la mesa.

"Era promiscua como el diablo. Me engañó cinco veces más después de eso. Todas con mujeres, tengo que añadir. Me di cuenta un día demasiado tarde, pero ya sabes que estaba loco por ella. Solo que no quería ver la verdad."

"Lo siento mucho," fue todo lo que pudo decir Ava.

"Te conozco, Ava. Y esa noche no eras tú. Lo que sea que te hizo hacer lo que hiciste, fue lo suficientemente importante como para que dejaras tu trabajo y te fueras al día siguiente." Pedro hizo una pausa. "Eso fue lo peor para mí. Que simplemente te fuiste sin decir adiós, sin ninguna explicación. Lo hacíamos todo juntos por aquel entonces. Trabajábamos juntos, vivíamos juntos, salíamos juntos..."

"Exactamente." Ava dio un profundo suspiro. "Estaba avergonzada de lo que había hecho. Supuse que no querrías hablar conmigo nunca más, así que hice las maletas y me volví a Londres."

"No deberías haberlo hecho."

"Lo sé."

"Dos expresos doble. Invita la casa." Imani puso las tazas delante de ellos con una sonrisa radiante. "Desde luego que es fantástico veros aquí a los dos otra vez."

"Gracias Imani. Eres un ángel." Pedro le guiñó un ojo antes de girarse hacia Ava. "Mira, pasara lo que pasara, no te guardo rencor, si eso es lo que te asusta. Ya no estoy enfadado, simplemente me encantaría tenerte de nuevo en mi vida."

Ava intentó reprimir las lágrimas que se le estaban formando en los ojos ahora. Se había imaginado muchas veces ver a Pedro otra vez, pero la escena siempre había incluido ira y rabia. No había nada de eso hoy. Pedro era su viejo yo, tranquilo y dulce, como siempre solía ser.

"Soy una alcohólica en recuperación," se oyó decir de repente. "También lo era en aquel momento." No se podía creer que se lo acabara de decir. Aparte de Mia y su hermano, Imani era la única en su círculo de amigos y familia que sabía esto de ella.

Los ojos de Pedro se abrieron de par en par. "Pero... Siempre creí que no bebías por razones religiosas."

"No." Ava se encogió de hombros. "Soy poco religiosa." Dudó. "Y cada vez que decía que iba a la mezquita... bueno, iba a reuniones de AA. Esa es mi iglesia, supongo."

"Ya." Pedro dejó interiorizar la información.

"Mira, no es una excusa, Pedro. Nunca usaría el estar borracha como excusa. Fue horrible por mi parte y estoy avergonzada de mí misma. Pero nunca habría besado a tu novia aquella noche si no hubiera estado borracha. Yo no soy así. No soy yo cuando estoy borracha. Me convierto en una persona egoísta y despreciable a quien le importa una mierda los demás." Tragó saliva fuertemente. "Pero tú eras mi amigo, mi mejor amigo. Necesito que sepas eso."

Pedro se echó hacia atrás y observó a Ava. "No tenía ni idea," dijo. "¿Por qué no me dijiste que tenías un problema?"

"No es exactamente algo de lo que esté orgullosa." Ava tomó un sorbo de café. "Y, además, prefiero lidiar con ello yo misma, siempre ha sido así. Nadie excepto yo puede ayudarme. Y lo he estado llevando bien. No he tomado una copa desde aquella noche."

"Eso es fantástico." Pedro le cogió la mano sobre la mesa. "Entonces, ¿estás bien? ¿Y esa encantadora mujer que me mandó un mensaje, estás saliendo con ella?"

"Sí, estoy bien, y Mia es increíble." Ava hizo una pausa. "No estamos saliendo exactamente. Es una situación delicada ahora pero... Creo que me estoy enamorando de ella." Otra vez había dicho las palabras antes de pensarlas mucho. Todavía no se lo había dicho a ella y, demonios, no se había dado cuenta de ello hasta este mismo momento que las había dicho en voz alta. Pero sabía que era verdad.

"¿Amor?" Pedro le dirigió una sonrisa burlona. "Caray,

nunca pensé que oiría decir la palabra con A salir de tu boca."

"Yo tampoco." Ava se sonrojó, esperando que el virus de la verdad, que parecía que se había incrustado en su sangre hoy, no la hiciera decir más cosas que creía de todo corazón, pero que no las había pensado con calma. "La vida nos puede sorprender algunas veces. ¿Y tú? Imani me contó que llevas saliendo con alguien un tiempo. Una chica guapa, de pelo oscuro, dice."

"¿Has estado hablando de mí?"

"Quizá un poco. Quería saber que estabas bien." Dijo dubitativa.

"Estoy más que bien." Pedro cogió su teléfono de la mesa y miró por las fotos. "Esta es Valerie," dijo, dándole el teléfono a Ava. "Nos casamos el año que viene."

"¿En serio? Felicidades. Estoy muy feliz por ti." Ava la miró más de cerca. "Es deslumbrante."

"Eh, no te hagas ideas." Pedro sonrió de oreja a oreja. "Es broma." La sonrisa se le borró de la cara cuando la miró de nuevo. "Es estupendo tenerte de vuelta, Ava."

"Sí. Es genial verte otra vez." Dijo Ava. "Hace tanto... tu acento ha cambiado. Pareces americano ahora."

"Eso es lo que pasa cuando vives aquí. Si no puedes vencerlos, únete a ellos, ¿no?"

Ava se rió. "Es verdad." Lo miró, jugueteando nerviosa con el azucarero que estaba entre ellos en la mesa. "¿Crees que podríamos vernos otra vez? Estoy en Nueva York más o menos una vez al mes y me encantaría verte la próxima vez. A menos que quieras dejarlo así. Lo entenderé si quieres hacerlo."

Pedro negó con la cabeza, apuntándole con un dedo. "No te atrevas a alejarte de mí otra vez, Ava. Oye, tengo una idea mejor. ¿Por qué no venís Mia y tú a cenar con Valerie y yo esta noche? Podríamos ir a algún sitio discreto, ¿ese local pequeño de pizza en Moore Street quizá? Todavía está allí."

Ava asintió, sonriendo de oreja a oreja. "Eso sería genial." Sacó el teléfono. "Antes que nada, déjame que apunte tu número." Le dio a Pedro su teléfono para guardar su número. "Y, ¿Pedro?"

"¿Sí?" dijo.

"¿Por casualidad conoces aquí a alguien que alquile aviones privados?"

57

NUEVA YORK, EE.UU

"Me lo pasé estupendamente anoche." Mia le puso una mano sobre el muslo a Ava mientras conducía hacia su destino misterioso en Long Island. "Pedro y Valerie son encantadores. No me importaría verlos más."

"Sí. Son geniales." Ava no podía dejar de sonreír. "Gracias, Mia. De verdad que te agradezco lo que hiciste. No creo que hubiera hablado con él otra vez si no me hubieras arrastrado hasta allí ayer."

"Me alegro de que funcionara." Mia suspiró. "Sobre todo me alivia que no quisieras matarme después de haberte tendido una trampa. No parecías muy contenta cuando te diste cuenta de por qué estabas allí."

"Quizá necesito escucharte más a menudo."

Mia se rió. "Si está en tus planes escucharme ahora mismo, voy a aprovechar la oportunidad para decirte que, de verdad, necesitas aprender a conducir. No me puedo creer que no tengas carnet de conducir."

Ava se encogió de hombros. "Nunca fue una de mis prioridades." Cubrió la mano de Mia con la suya. "Además, estás sexy detrás del volante."

Mia le lanzó una mirada de flirteo antes de volver a mirar a la carretera. "Me alegro que mi conducción te haga feliz y me encanta este llamativo coche de alquiler. Pero lo que realmente quiero saber es, ¿dónde demonios voy?"

"Ya te lo he dicho, es una sorpresa." Ava rió entre dientes. "No te preocupes, creo que te gustará." Apuntó a una salida. "Coge la 110 aquí."

Mia tomó la salida que las llevaba a una carretera más pequeña y tranquila. Pasaron por pueblos pequeños y granjas en dirección a Farmingdale. "Sabes que Farmingdale no es exactamente un destino de turismo, ¿verdad?"

"Lo sé." Ava señaló otra vez. "Gira aquí a la izquierda."

Mia hizo lo que le dijo y estalló en carcajadas. "¿Walmart? ¿Ahí es donde me llevas? ¿Por eso necesitábamos un coche? ¿Para toda la compra?" Y entonces vio la señal al aeropuerto Republic. "A no ser que vayamos a..." Sus ojos se abrieron de par en par cuando miró a Ava. "No vamos a volar, ¿no?" Condujo el coche hasta una carretera más pequeña, entre dos campos grandes. El calor del sol de la tarde estaba creando un espejismo en el suelo delante de ellas, formando olas pequeñas brillantes carretera adelante.

"No." Sonrió Ava. "Tú vas a volar. Dijiste que siempre quisiste hacerlo, así que aquí estamos."

Los ojos de Mia se abrieron como platos. "No puedes hablar en serio. No sé volar."

"Hablo en serio. Te enseñaré. Estoy cualificada y estaré sentada a tu lado, con el mismo control del avión, así que no tienes que preocuparte por nada."

Mia se quedó en silencio, procesando la información. "¿Estás segura?"

"Sí. Aquí." Ava señaló con la cabeza un aparcamiento grande, con solo cinco lugares ocupados. "Venga, llegamos tarde."

. . .

"¿**M**e oyes?" le preguntó Ava, después de haber hecho la inspección y haberle dado a Mia una sesión informativa, explicándole los controles y los instrumentos de la cabina. Después de eso, había escuchado el ATIS, que les informó de las condiciones atmosféricas del aeropuerto. Ajustó los cascos de Mia después de haberse puesto los suyos.

"Alto y claro, capitán." Respondió Mia.

"Bien." Ava soltó una risita. "Pero tú eres la capitán hoy, así que puedes llamarme oficial. ¿Estás lista?"

"No." Mia se rió nerviosa, mirándose las manos temblorosas. El avión biplaza a propulsión era pequeño, y no se sentía segura exactamente, incluso con Ava sentada a su lado.

"Eh, no pasa nada si quieres echarte para atrás." Ava le puso una mano sobre el hombro. "No pediste esto."

"No, quiero hacerlo." Tomó una profunda respiración. "De verdad que quiero."

"Vale." Ava le dirigió una sonrisa tranquilizadora. "Estoy aquí y me voy a asegurar de que estemos seguras. No te daré el control hasta que estemos ahí arriba, así que, por ahora, relájate." Se dirigió al interruptor maestro y extrajo las ruedas de control, realizando varias pruebas que le había explicado antes. En el estado de nervios en que se encontraba, Mia había olvidado la mitad de ellas, pero seguía diciéndose que estaba a salvo en manos de Ava.

Ava empujó el tope de la mezcla, encendió la luz de la bomba de gasolina, comprobó el flujo de combustible e hizo el proceso a la inversa. "Vale, la luz de la baliza está encendida. ¿Me puedes decir para qué es eso?"

Mia se rió entre dientes con el tono voz de maestra de

colegio de Ava. "Es para que otros vean que estamos a punto de despegar."

"Muy bien." Ava miró a ambos lados para asegurarse de que no había nada en su camino. "Aclarado," gritó, asegurándose que cualquiera que estuviera cerca del avión la oiría. Luego se giró a Mia.

"Vale, primero, vamos a arrancar el motor. Tarda un poco en calentarse." Ava giró la llave en su mando de control, explicando en alto lo que hacía mientras comprobaba la presión del aceite y escuchando el ATIS otra vez. La hélice empezó a girar y el motor sonaba tan fuerte que Mia tuvo problemas en poder oírla los primeros segundos, incluso con los cascos puestos. Ava habló con el control de tierra y les leyó el número del avión, su localización y la dirección a la que se dirigían, esperando autorización. La compleja jerga con la que le respondieron le sonaba a ruso a Mia. "Vamos a hacer fila en la pista dos," continuó Ava. "Por lo que parece, rodar por la pista es como conducir un coche, pero no lo sé porque nunca he conducido uno antes," bromeó Ava. Soltó los frenos e inmediatamente los pisó otra vez para asegurarse de que funcionaban y dirigió el avión hacia la pista con sus pies. Eso sorprendió a Mia. Siempre pensó que el mando de control mantenía el avión en tierra, no movido por pedales por los pies del piloto. También estaba asombrada de las complicaciones que tenía hacer que un avión tan pequeño despegara del suelo y, de repente, sintió un respeto nuevo y total por los pilotos. Ava parecía a gusto mientras se dirigían a pista, quedándose en mitad de la línea amarilla del asfalto.

"Ahora solo necesitamos hacer un par de comprobaciones más," dijo Ava cuando hicieron un alto en pista. Apuntó al sistema de mando de la cabina, repitiendo en voz alta lo que era cada cosa. "Coordinador de giro, indicador de

rumbo, velocidad del aire, altitud, velocidad vertical, altíme-
tro. Todo funciona bien." Hizo las últimas comprobaciones
del motor, antes de comprobar otra lista de cosas en su
mano, explicándole a Mia cada detalle de lo que estaba
haciendo. Luego habló otra vez con control de tierra, infor-
mándoles de que estaban listas para despegar. Rodaron y
cogieron velocidad en la corta pista. Mia contuvo el aliento
mientras se elevaban del suelo con un suave movimiento.
Aunque se había pasado una gran parte de su vida en el
aire, era una experiencia totalmente nueva sentarse en la
cabina en un despegue. La velocidad se sentía de manera
diferente, ahora podía ver todo lo que tenía delante. A su
lado, Ava seguía comunicándose con el control de tierra
mientras ascendían. Walmart se hacía más y más pequeñito,
y los coches de la carretera bajo ellas se convertían en
puntitos de color mientras alcanzaban altitud.

"Esto es increíble." Mia suspiró mientras volaban sobre
la línea costera de Long Island. Sus nervios ya habían
desaparecido mientras bajaba la vista hacia las islas estre-
chas y arenosas, penínsulas que sobresalían, separadas de
tierra firme por bahías poco profundas. El agua era de un
vívido color azul desde arriba, y la arena mucho más blanca
de lo que había imaginado. "Es realmente precioso desde
aquí arriba."

"Long Island es precioso," dijo Ava. "Pero el caso es que
todo parece mejor desde arriba. No ves la basura en las
playas, o las caras refunfuñonas de la gente. Lo que te
captura es la imagen más grande. Hace que todo parezca
simple y por eso volar parece mágico." Soltó una risita.
"Dios, me lo estoy pasando tan bien. No he volado un avión
pequeño en años."

"¿No son todos iguales? Sabes lo que estás haciendo,
¿verdad?" Las cejas de Mia se elevaron alarmada.

"Por supuesto que sé lo que estoy haciendo." Ava le dirigió una sonrisa tranquilizadora. "Piensa en los aviones como si fueran coches; conducir un coche antiguo no es lo mismo que conducir uno nuevo automático. El principio es el mismo pero las herramientas son diferentes, y para mí es fantástico volar con algo diferente para variar." Posó una mano sobre la rodilla de Mia. "Pero aún disfrutando tanto como lo estoy haciendo, no estamos aquí para mí, así que te paso los mandos ahora."

Mia miró la palanca de control delante de ella y tragó saliva.

"No pasa nada," dijo Ava. "Cógelo. Te he explicado cómo funciona, ahora muévelo un poco para que lo sientas."

Mia movió con cuidado la palanca a la derecha y el avión se movió ligeramente,

"Está bien. Ahora intenta el otro lado. Con cuidado, no demasiado." Dijo Ava.

Mia hizo lo que le dijo y sonrió cuando giraron hacia la izquierda y empezó a moverse suavemente.

"Genial." Ava comprobó que Mia estuviera bien antes de continuar. "Vas a seguir la línea costera, justo hasta el pico de Long Island y luego vas a girar. ¿Te sientes cómoda con eso?"

"Creo que puedo hacerlo." Mia sonreía de oreja a oreja ahora mientras se giraban hacia la costa atlántica otra vez y seguían la fina línea de costa bajo ellas. "Oh, Dios mío, ¡estoy volando!" gritó. "Mírame, ¡estoy volando!"

"Gracias," dijo Mia de corazón cuando bajaban del avión. Las piernas todavía le temblaban de emoción y su voz tenía un tono chillón, pero se sentía en la cima del mundo. "Me sentía tan poderosa ahí arriba."

Suspiró. "Guau. ¿Podemos hacerlo otra vez en algún momento?"

Ava se rió. "Me alegro de que no te asustara. Podemos ir siempre que nuestros horarios lo permitan, solo di la fecha."

"¿No es muy caro?" le preguntó Mia, mordiéndose el labio. "Tengo algunos ahorros pero no estoy segura de poder permitirme..."

"No te preocupes por eso." Ava la cogió de la mano mientras se dirigían al edificio del aeropuerto para devolver las llaves y el papeleo. "No es tanto como crees. El amigo de Pedro me hizo un precio especial y no es que tenga mucho más donde gastarme el dinero."

"Pero no puedo..." Mia dudó. "Por mucho que me encantaría, no podemos tener citas ahora mismo. Lo voy a hacer bien esta vez y yo..."

"Puedo darte lecciones como amiga, ¿no? Oye, sé que necesitas tiempo y yo, precisamente, lo entiendo mejor que nadie." Ava dudó y apretó la mano de Mia. "Te voy a esperar, Mia. Te lo prometo. Aunque dure meses, o años. Solo quiero tenerte en mi vida. Si eso quiere decir que solo tomemos café juntas de vez en cuando, o una llamada de teléfono a la semana, está bien para mí. Y sé que ya lo he dicho pero necesito que sepas que te estoy agradecida por lo que has hecho por mí. Significa mucho tener a Pedro de nuevo en mi vida y no sé si hubiera tenido el valor de contactar con él si no te hubieras metido tú. Realmente me preocupo por ti, Mia. Eres especial y..." Calló un momento. "Bueno, quizá tú eres la única para mí. Quiero mantenerte cerca y si cambias de opinión, lo respetaré, lo prometo."

Mia casi se ahogó de emoción al escuchar sus palabras. Se le saltaron las lágrimas mientras apretaba también la mano de Ava.

"Yo también me preocupo por ti mucho," dijo suavemente. "Ojalá pudiera pasar cada hora que estoy despierta contigo, pero no quiero lanzarme a nada antes de saber que me encuentro lista y estable. Especialmente no contigo. No quiero poner en peligro tu sobriedad o un potencial futuro juntas." Miró a Ava. "Tú eres todo lo que siempre he soñado, Ava. Eres todo lo que siempre he querido y es jodidamente difícil no besarte o hacer lo que es tan natural."

Ava tomó a Mia entre sus brazos y la abrazó con fuerza. La palabra `futuro´ también la había ahogado a ella ahora y sonrió a través de sus lágrimas, sabiendo que iban a estar bien. "Eh, no llores. Va a estar bien. Todo va a estar bien. Y, mientras tanto, estaré aquí esperando."

58

LONDRES, REINO UNIDO

El teléfono de Mia sonó. Lo cogió y sonrió, intentando hacer muchas cosas al mismo tiempo mientras removía la salsa de champiñones y cortaba la ensalada al mismo tiempo. Era Ami.

`Siento llegar tarde. Estoy buscando aparcamiento.´

La visita de Ami era una distracción bienvenida. Solamente habían pasado diez semanas desde su recaída, pero lo había sentido como años. Mia se había pasado la mayor parte de ese tiempo mirando el teléfono, esperando que Ava estuviera disponible para poder mantener largas conversaciones sobre nada en particular. Solo cotilleos y ponerse al día de dónde estaban en el mundo y lo que habían hecho. Oír su voz era siempre lo más destacado de su día y cada vez que Ava le decía que la echaba de menos, le daba fuerzas para mantenerse sobria. Mia lo estaba llevando mejor ahora, mucho mejor, y se sentía más fuerte y más tranquila cada día. En las raras ocasiones en que ambas estaban en el mismo vuelo, salían a cenar juntas, pero Ava nunca intentaba nada más que darle un abrazo antes de despedirse y volver al hotel. No flirteaba con ella como solía hacerlo, pero siempre se aseguraba de que Mia supiera que era la persona más importante de su vida. Mia agradecía su apoyo más que nada, pero echaba de menos sus momentos de flirteo. La química todavía estaba ahí. Eso era más que obvio por las breves miradas que Ava le dirigía y los leves roces que suponían más descargas eléctricas para Mia algunas veces. Pero habían conseguido distanciarse de otra cosa que no fuera lo que estaban intentando ser ahora mismo desesperadamente: solo amigas. Vertió la salsa en un cuenco y estaba cogiendo la cubertería cuando sonó el timbre.

"¡Ami!" sonrió, dándole la bienvenida a su hermana.

Ami la abrazó y elevó la nariz en el aire. "¿Qué es ese olor increíble, hermana? ¿De verdad estás cocinando? Creí que solo tenías comida de ese lugar de abajo."

Ava se rió, señalando la cocina. "Me alegro de que pienses que huele bien porque no tengo ni idea de lo que estoy haciendo. Wally de la delicatesen está de vacaciones con mi vecina Tuesday. Es muy mono. Creo que están enamorados."

"Qué dulce." Ami se dirigió a la cocina, metió un dedo en la salsa y lo probó. "Esto está bueno de verdad, Mia. ¿Dónde has aprendido a cocinar así?"

Mia se rió. "YouTube." Le dio la vuelta a su portátil hacia Ami, mostrándole un video de `cómo hacer´ salsa de champiñones y filete. "Hacen que parezca fácil pero no lo es, créeme, y de antemano me disculpo si el filete está seco." Observó a Ami. "Tienes buena pinta."

"Gracias" Sonrió Ami. "Me siento bien, supongo."

"¿Es el hombre con el que estás saliendo?" le preguntó Ava.

"Nah. Rompimos hace un par de semanas." Hizo una mueca. "En realidad, yo rompí con él. No vi que fuera a llegar a nada, así que pensé que era mejor pararlo antes de que ambos nos involucráramos más."

"Oh. Siento oír eso." Mia movió los ingredientes cortados de su ensalada a otro cuenco. "¿Estás bien?"

"Sí, estoy bien," dijo Ami, no sonando preocupada en absoluto. "Supongo que todavía no nos conocemos bien. Voy por las relaciones más rápido que las brazadas en la piscina. Necesitas saber eso sobre mí." Se rió. "No es que haya nada fundamentalmente malo en mí, pero me gusta explorar mis opciones antes de comprometerme, si sabes lo que quiero decir. Además, tiendo a enamorarme completamente y luego cambio de opinión una vez conozco a la persona. No es ideal pero parece que sigo un patrón."

Mia se rió también. "Por lo menos te conoces lo suficientemente bien como para decir eso."

"Sí." Ami asintió con una sonrisa. "Si al menos pudiera aplicar mi conocimiento de manera práctica y dejar de perder el tiempo con gente con la que nunca voy a estar hasta el final, eso sería genial." Señaló los dos filetes en el plato. "¿Necesitas ayuda?"

"Solo comiéndotelo." Dijo Mia, acercándole el cuenco con la ensalada a su hermana. "¿Puedes poner esto en la mesa, por favor? Oh, y la sal y la pimienta y el aceite de oliva, están ahí." Le señaló una cesta en una repisa sobre la encimera de la cocina. "Yo cojo el resto." Era una sensación increíble tener a Ami de vuelta en su vida. Hablaban de todo y no había ni un momento embarazoso desde que habían empezado a pasar tiempo juntas. Ami era divertida e impredecible y estaba llena de sorpresas, eso lo había entendido hasta ahora, y disfrutaba de su compañía de verdad. No se habían visto muy a menudo, solo tres veces desde que habían reavivado su relación. Pero esas veces se habían convertido en largas noches, poniéndose al día en cada aspecto de sus respectivas vidas, terminando con Ami quedándose dormida en el sillón mucho más tarde de la medianoche cada vez.

"Bueno, ¿cómo va con Ava?" le preguntó una vez sentadas.

Mia cortó su filete y sonrió a la mención del nombre de Ava. "Es increíble. No pasa un día sin que hablemos, la echo de menos constantemente. Echo de menos la intimidad, ¿sabes?"

"¿Pero todavía no habéis llegado ahí?" le preguntó Ami. "¿Después de tu recaída?"

"No" Mia dio un suspiro. "No sé si estoy preparada. Quiero hacer lo correcto esta vez."

"Pero la echas de menos, ¿no? ¿Y quieres estar con ella?" Ami la señaló con el tenedor.

"Por supuesto que quiero estar con ella. Todo mi cuerpo la desea, cada minuto del día. Solo que no quiero joderlo." Los ojos se Mia ardían de pasión.

"Entonces, ¿estás esperando?" Había un mensaje de fondo retador en la voz de Ami.

"Sí, supongo que sí. Estoy esperando el momento oportuno."

Ami arrugó la cara. "¿Estás esperando hasta que estés preparada?"

"Sí." Mia frunció el ceño. "¿Qué hay de malo en eso?"

"Nada," dijo Ami, echando ensalada en su plato. "Es solo que..."

"¿Qué?" le preguntó Mia con brusquedad.

Ami gesticuló. "No estoy segura de querer tener esta conversación. No quiero empezar un debate. ¿Nos podemos olvidar de que he dicho nada?" Tomó un bocado del filete. "Guau, esto está realmente bueno."

"No, no podemos." Mia le dirigió una sonrisa extraña.

"Estás haciendo esa cosa con tus ojos y te conozco lo suficientemente bien para saber lo que significa, así que creo que deberías decir lo que tienes en la cabeza. Escúpelo."

"Vale. Bueno... lo que yo me estaba preguntando es, ¿cómo sabes cuándo estás preparada?"

Mia miró a su hermana. Esa era una buena pregunta, porque ella misma no tenía ni idea. Había estado esperando por el momento AJÁ pero nada había cambiado, aparte del hecho de que se sentía más fuerte cada día y que echaba de menos el roce de Ava más y más según pasaba el tiempo. Ava no había sido más que dulce y paciente, y Mia sabía que seguiría así hasta que ella iniciara el cambio en su status. Pero no lo hacía más fácil estar con ella, porque Ava era su última fantasía y mucho más.

"¿No te agobia el dolor de echarla de menos físicamente cuando estás haciendo esto tú sola?" Ami se encogió de hombros. "Quiero decir, ¿no serías mucho más feliz si pudierais follar de vez en cuando?"

Mia soltó una risa ante la franqueza de Ami. "Supongo que sí." Se puso seria. "Pero no es tan simple. No quiero poner en peligro la sobriedad de Ava."

"Ava parece que está bien." Dijo Ami. "No soy una experta, pero ella me parece bastante estable y creo que tienes miedo porque ella es tan jodidamente perfecta." Se enderezó y miró a Mia a los ojos. "Creo que tienes más miedo de joderla contigo que con Ava. Ahora mismo te sientes insegura y eso es entendible. Tienes miedo de cometer errores pero también quieres ser feliz, ¿no? ¿No es ese el objetivo de todo el mundo?"

"Supongo," contestó Mia, no muy segura de hacia dónde se dirigía su hermana.

"Entonces, ¿por qué no vas simplemente a por ello? ¿Y ver adónde te lleva? ¿Por qué malgastar un tiempo precioso pensando en las cosas cuando podrías estar haciéndolas?" Ami estaba en racha ahora y no se estaba guardando nada. "¿Por qué esperar el momento oportuno cuando Ava te hace sentir increíble ahora mismo?" Se apoyó en la mesa. "Mira, puedes pensar que soy demasiado joven e impulsiva para decir esto, pero sé de lo que estoy hablando. La vida puede tomar giros inesperados algunas veces y puede que tengas que reevaluar lo que es importante de vez en cuando. Pero esperar a que las cosas mejoren no va a cambiar nada. Solo haz lo que te haga feliz, Mia. Y si sale mal, pues que salga mal. Las relaciones se estropean todo el tiempo, cualquier cosa puede pasar. Así que, agarra el momento y disfruta lo que tienes mientras está ahí todavía." Cogió la mano de Mia. "Mira, sé que las normas están ahí por alguna razón. A estas alturas, he leído casi todo lo que hay que leer sobre AA y la mayoría tiene sentido para mí. Pero cada situación es diferente y, en tu caso, creo que estarías en una posición mucho mejor si solo hicieras lo que te hace feliz, porque ella es buena para ti y tú eres buena para ella. Y, sobre todo... creo que te ama."

"¿Eso crees?" Mia se echó hacia atrás en la silla, en silencio tras lo que acababa de decir Ami.

"De verdad que lo creo."

"Yo también la amo," susurró Mia. "He pensado en lo que acabas de decir, en que simplemente vaya a por ello. Y puede que tengas razón. ¿Pero y si no? ¿Qué pasa si volvemos a estar juntas y vuelvo a recaer otra vez? ¿Qué pasa si la arrastro conmigo?"

"Por lo que yo veo ahora mismo, en lo decidida y fuerte que estás, eso parece poco probable. Es posible, por supuesto, pero poco probable. Quiero decir, ¿qué pasa si tu avión se estrella mañana? ¿Qué pasa si atropellan a Ava?" Ami tocó madera en la mesa. "¿No habrías deseado haber pasado cada momento libre con ella, sin importar las circunstancias?"

Mia le dirigió una sonrisa triste. "Por supuesto. Pero aún así, quiero hacer lo correcto." Se calló un momento. "Creo que ella podría ser la única para mí."

59

KUALA LUMPUR, MALASIA

Ya estaba oscuro cuando Mia volvió de sus compras en Kuala Lumpur. Tiró las bolsas encima de la cama y se quitó las sandalias de cuero, cambiándolas por un par de hawaianas blancas. Las bolsas estaban llenas principalmente de regalos para Ava. Una taza para el café, una camiseta, cinco bolsas de pasta de curry, una caja de luces de adorno para el balcón, y una jarra de agua ridícula que parecía un acuario, con peces de brillantina y plantas emparedadas entre las dos paredes de cristal exterior. Era solo otra excusa para verla cuando volviera, lo sabía. Era su manera de mostrarle a Ava que le importaba, que pensaba en ella cada segundo del día. Fue hasta el balcón, dándole la bienvenida a la brisa que corría mientras cogía el teléfono de su bolso. Estaba pensando si unirse a sus colegas para cenar cuando sus ojos captaron un destello de la ciudad, que brillaba detrás de los árboles del jardín del hotel. Las luces le recordaban a las luciérnagas que había visto con Ava. Pero es que todo le recordaba a Ava, todo el tiempo. El deseo de estar cerca de ella siempre estaba ahí y ahora era todo lo que quería. Se quedó mirando fijamente los árboles un momento antes de, inconscientemente, coger el bolso y bajar hasta recepción. Vagaba por allí, sintiendo como si estuviera andando dormida, como si no tuviera control sobre dónde iba a ir.

"¿Podría, por favor, llamar un taxi para llevarme al Golden Lily?" se oyó decir a sí misma.

M ia encontró la cancela y el camino que Ava le había enseñado, y caminó a través de la maleza, casi sin ver en la oscuridad.

Ahí están. Las luciérnagas habían vuelto. O quizá nunca se habían ido. Mia permaneció de pie sin respirar por un momento, mirando fijamente el despliegue de las luces parpadeantes mientras revivía vívidamente el recuerdo de esa noche maravillosa con Ava. Recordaba lo que Ava le había contado. *Las luciérnagas parpadean para atraer al sexo opuesto de su misma especie, luego apagan las luces cuando han encontrado su pareja de apareamiento.* Se le puso la piel de gallina en los brazos mientras veía a dos pequeños insectos posarse en el suelo delante de ella. Parpadearon durante un momento antes de volverse invisibles en la oscuridad.

"Sois una pareja," susurró, echando de menos a Ava como una loca. Se sentó en el tronco de un árbol y observó a las luciérnagas. Pasaba el tiempo y la oscuridad se hizo más densa. No era el sitio más cómodo y de vez en cuando sentía la picadura de un mosquito, pero había algo muy relajante y casi meditativo simplemente en estar sentada aquí bajo el calor, el lejano sonido de la música clásica proveniente del hotel casi ahogado por los ruidos tropicales de las ranas y otros animales que no sabía identificar. Su mente seguía volviendo a lo que Ami había dicho hacía unas pocas semanas. *Quizá tenga razón. ¿Por qué esperar para ser feliz y estar lista cuando nunca me he sentido mejor que cuando estoy con Ava?* No tenía sentido cuando lo decía así. Y lo que Ami decía tenía sentido. Ava estaba estable, y estaría bien. La mano de Mia tanteó en su regazo en busca de su teléfono. Sin embargo, como si tuvieran comunicación telepática, vibró, apareciendo la cara de Ava en la pantalla. Un par de luciérnagas volaron hacia ella, curiosas, comprobando de dónde provenía esa nueva fuente de luz. Mia lo dejó sonar un par de veces para ver si se acercaban más, pero no parecían lo suficientemente interesadas como para posarse en él. Sonrió al coger el teléfono, una sacudida de alegría le recorrió.

"Hola Ava. Estaba pensando en ti."

"Buenos pensamientos, espero."

"Siempre." Mia sonrió y cerró los ojos con la voz cálida de Ava, el sonido moviendo las mariposas en su estómago cada vez que la oía.

"¿Cómo está KL?" le preguntó.

"Es agradable. He salido de compras hoy." Mia estiró las piernas delante de ella, intentando ponerse más cómoda. "Y estudiando. Creo que ya estoy lista para practicar mis habilidades de conversación contigo ahora."

"¿En serio? No puedo esperar." Ava hizo una pausa. "Todavía estaré en casa dos noches más si no estás demasiado cansada cuando vuelvas."

Mia podía imaginarse a Ava sonriendo en el teléfono. Sonaba alegre. "Eso sería genial. ¿Cómo está Londres?"

"Lluvioso. Te echo de menos."

"Yo también te echo de menos." Mia se calló un momento. "Las luciérnagas todavía están aquí. Las estoy mirando ahora mismo. Son preciosas."

Ava suspiró. "¿Sí? ¿Te has colado en el Golden Lily? Ojalá estuviera ahí contigo."

Mia sintió un nudo en la garganta y se tragó las lágrimas. Ava era tan dulce y tan paciente, perfecta en todos los sentidos, y lo daría todo por tenerla a su lado ahora mismo. Tomó una decisión en ese mismo momento, en ese mismo lugar. "Ava... He estado pensando mucho y no estoy segura a qué estoy esperando ya. Me siento bien pero no me siento completa sin ti. Quiero que volvamos a estar como estábamos... Estoy lista."

"¿Estás segura?" La voz de Ava era suave.

Mia miró las luciérnagas parpadear. "Sí, estoy segura. Es todo en lo que puedo pensar ahora mismo, cuánto te deseo... Soy feliz cuando estoy contigo. ¿Cómo no puede eso ser bueno? Eres buena para mí. Y estoy bastante segura de que yo puedo ser buena para ti también."

"Tú eres buena para mí." Ava dejó salir un suspiro de alivio al escuchar esas palabras. "Mia, no tienes ni idea de lo feliz que soy ahora mismo." Dudó un momento. "Espero que sepas que tú eres la única para mí. Pase lo que pase, lo afrontaremos juntas. Tú y yo, ¿vale?"

"Lo sé." Mia empezó a llorar. Silenciosas lágrimas de alegría le cayeron en el regazo. "Tú y yo." Sonrió. "Quiero verte. ¿Puedo ir a tu casa cuando llegue? Me muero por ver dónde vives."

"Por supuesto," dijo Ava. "Te habría invitado antes pero no creí que fuera lo más inteligente que estuviéramos en mi apartamento juntas. Es duro cuando estamos solas. Los límites se desdibujan y es imposible quitarte los ojos de encima. Ya sabes lo que quiero decir."

"Lo sé." Mia levantó la vista al cielo. "Créeme, he luchado tanto como tú... No puedo esperar a besarte."

Ava rió entre dientes. "Estoy tan nerviosa que no puedo ni pensar con claridad ahora mismo. Y voy a casa de mis padres a cenar en un par de horas. ¿Qué van a pensar cuando me vean ahí sentada con esta cara de boba toda la noche?"

Mia se rió también. "Estarás bien. Di hola a tus padres de mi parte, ¿vale?"

"Lo haré. Dulces sueños, Mia. Te veo pronto."

"Sí. Te veo pronto."

Mia volvió al hotel, absorbiendo el mundo. Parecía perfecto, como si todo hubiera vuelto a su lugar. Había tantas estrellas esta noche, y el olor a lluvia todavía estaba en el aire después de la tormenta que había habido por la mañana temprano. Paseó por los jardines del hotel y pasó la fuente de los amantes, donde sonaba la misma música clásica una y otra vez. Estaba tranquilo ahora y se sentó en el borde de la fuente, se quitó las chanclas y se levantó el bajo del vestido blanco con tirantas antes de meter los pies en el agua. Las luces bajo el agua cambiaron de rojo a naranja, haciendo brillar su cuerpo mientras gotas pequeñitas le salpicaban en la cara y brazos. Por primera vez en su vida, Mia pensó en su pasado y su futuro con una completa calma interior. Pensamientos y recuerdos, dolorosos y felices, venían y se iban, pero ninguno le preocupaba. Todo estaba simplemente tal y como tenía que estar y aceptar eso por fin era como darse un baño largo y cálido. *Todo va a estar bien.*

60

CAMBRIDGE, REINO UNIDO

Ava dejó el teléfono y se hundió en el sillón con una taza de té en su mano. Sonrió mientras miraba por la ventana. Normalmente, la lluvia le hacía sentir triste, pero ahora mismo estaba en la cima del mundo. *Mia*. Cada vez que pensaba en ella, el mundo parecía mejor y más brillante, y tenía ese cálido sentimiento que no sabía explicar muy bien. Su conversación lo había cambiado todo. Era la promesa de un nuevo comienzo, quizá un largo futuro juntas. Tomó un sorbo de té y dobló las piernas bajo ella. El suave albornoz la envolvía mientras se relajaba haciendo nada en absoluto. Ava nunca había sido alguien que contemplara su futuro. Simplemente estaba contenta con el presente, pero ahora que las dos habían sido más que claras con lo que querían, no podía evitar fantasear con las posibilidades que implicaba un futuro con Mia. La idea de despertar junto a ella tan a menudo como pudieran era excitante y pensar en tener una vida juntas, compartirlo todo y fabricar nuevos recuerdos hacía que su corazón cantara de felicidad. No podía esperar a verla otra vez.

. . .

"¿**Q**ué habéis estado haciendo?" Preguntó Noor cuando toda la familia estaba sentada ya en la mesa.

"Nos vamos de vacaciones," dijo Zaid, refiriéndose a él y a Natasha.

Natasha movió la cabeza. "Zaid quiere decir que *él* se va de vacaciones. Yo estaré trabajando. Me han contratado para una sesión de fotos en Dubái en un par de semanas. Es para una marca francesa de bañadores." Puso una mano sobre la de Zaid. "Pero estoy segura de que tendremos tiempo más que suficiente para explorar la ciudad juntos por las noches, y tengo un día entero libre antes de empezar, así no pareceré cansada el primer día de sesión."

"Eso suena excitante," dijo Noor, llenándose el plato. Le acercó el plato a Natasha y se volvió hacia Ava. "¿Ava?"

"¿Qué?" Ava miró por la mesa cuando escuchó su nombre. Había estado distraída cuando menos.

"¿Tu plato?" Noor observó a su hija. "Qué pena que Mia no haya podido venir. No la hemos visto en mucho tiempo. ¿Va a venir pronto?"

Ava sonrió. "Claro mamá. Es solo que ha estado fuera mucho tiempo por trabajo. La traeré la semana que viene, o la semana siguiente."

Los ojos de Zaid se encontraron con los de Ava a través de la mesa y levantó una ceja cuestionadora. Ava asintió levemente, su sonrisa haciéndose más amplia. Él sonrió de oreja a oreja y le guiñó un ojo.

"¿Qué estáis conspirando vosotros dos?" Noor miró de Ava a Zaid y otra vez a ella.

"En realidad Ava," dijo Zaid, removiendo su estofado, "iba a preguntarte si podrías conseguirme un billete. A Dubái. Natasha ha conseguido sus vuelos a través de su agente pero yo no he reservado los míos todavía y se me acaba de ocurrir que quizá podrías conseguirme un descuento o algo."

"Claro," dijo Ava inmediatamente. Estaba más que feliz de ayudarle. Después de haber confiado en él, se sentía más unida que nunca a él, y quería hacer algo bonito por él. "Será gratis si te pongo en la lista de espera. Intentaré ponerte en clase business pero podrías tener que ser más flexible en las horas y los días. Dame las fechas que Natasha está allí e intentaré hacer algo por esas fechas."

"Gracias hermana." Zaid sonrió de oreja a oreja y le dio un empujón a Natasha. "¿Ves? Así de fácil es cuando tienes una hermana que es una capitán fantástica."

El padre los miró con suspicacia. "¿Por qué estáis siendo los dos tan amables con el otro así de repente?"

Zaid se encogió de hombros. "¿Por qué no?"

"¿No es lo siempre has querido papá?" le preguntó Ava.

"Por supuesto cariño," intervino la madre. "Pero estoy de acuerdo con tu padre, no es normal. Nunca sois amables el uno con el otro."

"Bueno, a lo mejor ahora es el momento de empezar." Ava se levantó. "Disculpadme, necesito ir al cuarto de baño." Levantó una pierna para rodear la silla y se tropezó cuando el pie golpeó la madera. Se cayó sobre la silla vacía que había a su lado y solo pudo agarrarse a ella, evitando que se cayera. Cuando intentó levantarse otra vez, volvió a tropezarse. Miró a Zaid, que lloraba de la risa frente a ella, y miró los cordones de sus zapatos que, por supuesto, habían sido atados juntos debajo de la mesa. Dejó los zapatos y le dirigió una mirada de advertencia a Zaid mientras se alejaba de la mesa.

"Capullo."

61

LONDRES, REINO UNIDO

"Hola." Dijo Mia suavemente.

Ava abrió más la puerta y se quedó mirándola un momento, antes de recordar saludarla también.

"Hola. Entra." Mia estaba radiante y preciosa y sexy con un vestidito azul marino y zapatos bajos de ante azul marino bajo un chubasquero de estilo trenca. Llevaba el pelo suelto y mojado por la lluvia, la cara libre de maquillaje y su piel tenía un brillo saludable. Se observaron por un momento, no seguras de si besarse o no. Ava cerró la puerta tras Mia y su mirada bajó de los ojos de Mia a sus labios. La boca de Mia dibujó una sonrisilla también mientras daba un paso hacia Ava, envolviendo sus brazos en su cuello y besándola. Ava gimió suavemente al sentir la lengua de Mia jugando con la suya y profundizó el beso mientras pasaba su mano por el pelo de Mia, la otra moviéndose por la espalda, antes de posarse en su trasero. Se sentía increíble sentir a Mia entre sus brazos otra vez. Sintió un escalofrío cuando Mia se alejó del beso y la miró.

"Guau. Nada ha cambiado, ¿eh?" susurró Ava.

"No." Mia sonrió nerviosa, los ojos oscuros con deseo. "No parece que haya cambiado."

"Es fantástico verte de nuevo." Ava cogió el chubasquero de Mia y lo colgó en el perchero de la entrada al lado de la puerta.

"Es bueno verte a ti también." Mia miró a Ava de arriba a abajo. "Estás..." Movió la cabeza, sin palabras. Ava llevaba vaqueros y una camiseta sin mangas blanca debajo de una camisa a cuadros azul que tenía abierta. *Sin sujetador.* Mia tragó saliva, luchando por mantener sus ojos alejados de los pechos de Ava. "Estás sexy."

"Gracias." Ava recorrió la mejilla de Mia con un dedo. "Y tú estás mona y sexy, como siempre." Mantuvo su mirada durante un momento y retrocedió un paso. "Perdona, deja que te traiga una toalla."

"No hace falta, estoy bien." Sonrió Mia, mordiéndose la mejilla. "Es solo el pelo y es solo lluvia." Se quitó los zapatos y entró al apartamento, pasando por el lado de Ava.

"No te tenía por un tipo de mujer con cocina estilo granja," dijo Mia cuando entró en la cocina abierta y al salón. "Pero ahora que estoy aquí, supongo que te pega."

"Ya estaba aquí cuando lo compré." Ava encendió la cafetera Nespresso. "Pero ahora no me importa. Me hace sentir casera de vez en cuando." Levantó una taza. "¿Café?"

"Claro." Mia cruzó el salón y abrió las puertas del pequeño balcón que daba a la calle, dejando que entrara el ruido de Londres. Llovía más fuerte ahora pero el viento lo alejaba de ellas, dejando el área pequeña para sentarse seco. "Bonita vista," dijo, apoyándose en la balaustrada. Ava se unió a ella en el balcón y le dio la taza, mirando la frondosa calle residencial. Había música proveniente de los muchos pubs que había alrededor y taxis negros en fila en los semáforos, esperando dejar a los ya borrachos londinenses en los muchos clubs que había en el área.

"Tienes una casa realmente bonita," dijo Mia. "No es lo que esperaba para nada, se siente más familiar."

"Gracias. He empezado a apreciarlo recientemente." Ava insistió en apartar una de las sillas de madera de debajo de la mesa cuadrada para Mia. "Mi señora." Luego encendió las tres velas que estaban sobre un trozo de teja en medio.

"Gracias." Mia soltó una risita nerviosa. "Eres tan galante, capitán."

Ava sonrió de oreja a oreja. "Estás impresionante, ¿lo sabías?" Se apoyó sobre la puerta, mirando fijamente a Mia. "Oh, casi lo olvido." Ava entró y volvió con un plato lleno de pasteles y dulces caseros. "Mi madre hizo esto. Tuve que prometerle que te haría probar al menos uno de cada. Ya sé que hay por lo menos para seis personas pero me mataría si no te lo ofreciera." Se sentó al lado de Mia y tomó un sorbo de su café.

Mia cogió uno con azúcar y gimió mientras se lo comía. "Los dulces de tu madre son increíbles." Dijo después de tragar. "Pero yo ya lo sabía." Levantó el plato para ofrecerle uno a Ava, pero ella lo rechazó con un movimiento de la mano.

"No, gracias. Tengo unas diez bolsas de esos en el congelador. Siempre me insiste en que me traiga algunas a casa después de la cena. Eso es normalmente después de que me haya dado la charla sobre mis no existentes malos hábitos con la comida." Rió entre dientes. "No estoy segura de cómo se las apaña para justificar estas bombas de calorías de azúcar como aceptables pero, bueno, llévate las que quieras cuando te vayas. ¿Crees que tus padres querrían algunas? Se mantendrán bien durante años, siempre y cuando estén en el congelador."

Mia se rió. "Mis padres son unos bárbaros con la comida. Cualquier cosa dulce que no se parezca a una barra de chocolate o a natillas, está fuera del menú." Lo intentó de nuevo. "Sin embargo, yo estaría eternamente agradecida de tenerlos en mi congelador. Así que me llevaré una bolsa, muchas gracias." Se mantuvieron en silencio un momento, mirando la noche mientras se tomaban sus cafés.

"Tengo comida," dijo Ava por fin. "Está lista para calentar si tienes hambre. No estaba segura si querrías algo después del vuelo y sé que es tarde." Miró su reloj. Eran casi las once. "Hay algo de comida que he traído de casa de mis padres y también tengo comida para llevar jamaicana, en caso de que prefieras algo diferente. Pero, por favor, no te sientas obligada a comer solo porque la encargué." Ava se preguntó por qué de repente estaba hablando tanto, como si estuviera nerviosa. ¿Estaba de verdad nerviosa?

"Eres tan dulce." Mia puso una mano sobre su muslo. "Pero estoy bien." Señaló el plato que tenía delante. "Esto es perfecto. No tengo mucha hambre ahora mismo. Es verte otra vez lo que está haciendo que mi estómago haga cosas raras... pero en el buen sentido," añadió con una sonrisa nerviosa.

"Creo que el mío está haciendo lo mismo," dijo Ava, bajando la mirada a la taza en sus manos temblorosas. "Y es peor que nunca."

"No creo que eso sea malo." Dijo Mia, bajando la voz. "Oye, he estado pensando... Quiero que conozcas a mis padres, Ava."

Ava se giró a ella, sorprendida por el rápido cambio de la conversación. "Vale... Me encantaría conocer a tus padres."

Mia parecía en shock, como si las palabras hubieran salido de su boca sin permiso. "Quiero decir, ya es hora, ¿no?" No sonaba muy convencida ahora que había dado voz a su idea, pero continuó. "Ellos no son como tus padres, ni con educación ni sofisticados. De hecho, son bastante básicos en su conversación, pero quizá ahora es el momento oportuno para abrirme a ellos un poco, ¿sabes? Ahora que Ami y yo estamos bien y no necesito pensar más sobre las mentiras y la..."

"Deja de preocuparte tanto, Mia," la interrumpió Ava. "Sería un honor conocer a tus padres. Después de todo, ellos te hicieron." Puso una mano sobre la de Mia. "Eh, todo va a ir bien. Has dado el primer paso y el resto será más fácil. Y yo estaré ahí contigo."

Mia asintió, aterrorizada por el hecho de estar incluso teniendo esta conversación. Dio un profundo suspiro y decidió ser completamente honesta.

"No sé cómo tener una relación con mis padres. No sé cómo comunicarme con ellos. Ha pasado demasiado tiempo... Demasiadas mentiras, demasiadas excusas, supongo."

"Y mañana puedes dar ese primer paso para arreglar esa relación." Le dijo en un tono suave. "Nunca hay un momento oportuno, así que bien podrías hacerlo más pronto que tarde. No pienses en lo que está roto, piensa en cómo arreglarlo. Ellos te quieren y quieren verte. Ese es el mejor comienzo que podrías tener." Hizo una pausa un momento para pensar. "Oye, tus padres han cometido errores, y ellos lo saben. Deberían haberle dicho a tu hermana lo que pasó, no deberían haberte pedido que mintieras, y no deberían haber enterrado sus cabezas en la arena cuando se trataba de tus problemas con la bebida. Pero ellos no pretendían causarte ningún daño, solo estaban lidiando con ello de la forma que ellos creían que era mejor." Tomó la mano de Mia. "Puedes cambiar las cosas para mejor, Mia. Si la relación con tus padres está basada en mentiras, sé completamente honesta con ellos. Cuéntales cómo te sientes con el hecho de que te hicieran mentirle a tu hermana toda tu vida. Diles que eres una alcohólica en recuperación pero que lo estás llevando bien. Pero no te olvides de decirles también que los quieres, porque eso es lo más importante. Necesitas ser honesta. Completamente honesta."

"¿Como tú estás siendo honesta con tus padres?" le preguntó Mia. Su tono no era con ironía, solo preguntaba.

Ava suspiró. "Yo haré lo mismo. Creo que ya es hora para mí también."

"Vale." Mia parecía estar pensando en ello antes de mirar a Ava de nuevo. "¿Lo harías de verdad?"

"Creo que las dos lo necesitamos." La mirada de Ava se encontró con la de Mia. Le dirigió una sonrisa y le apretó la mano. "¿Qué tenemos que perder? Nos tenemos la una a la otra."

Mia le devolvió la sonrisa. "Sí, sí que nos tenemos." Se acercó un poco más a ella, reuniendo el valor para decirle lo que había estado queriendo decirle por un tiempo.

"Creo que te amo, Ava." Movió la cabeza. "No, eso no ha sonado bien." Una risa nerviosa se le escapó de la boca. "Sé que te amo. Eso es lo que estaba intentando decirte." Hizo una pausa. "Y no hace falta que lo digas también, solo quiero que sepas que creo que eres increíble y que te amo."

Ava se echó hacia atrás en su asiento, procesando en silencio lo que Mia acababa de decirle. La felicidad que sentía con esas dos palabras hizo que se dibujara una gran sonrisa en su cara. Sus ojos se fijaron en los de Mia y se le llenaron de lágrimas.

"Yo también te amo," dijo por primera vez en su vida. Se sentía bien y lo decía de verdad. Mia lo era todo para ella. Era su amiga, su amante, su roca y ahora mucho más.

62

LONDRES, REINO UNIDO

"Esto es." Ava abrió la puerta de su habitación y encendió la luz para revelar una habitación espaciosa, de estilo impecable. Mia entró y echó una vista a su alrededor. Había una sensación de calma, acentuado por el uso de los colores blancos y grises. La cama parecía lujosa e invitadora y no había desorden. La luz era suave, como si Ava se hubiera tomado su tiempo en perfeccionar la atmósfera aquí, bañando la cama en un brillo confortable.

Mia rió entre dientes cuando su mirada se fijó en un extremo de la cama. "¿Por qué no me sorprende que tengas esposas unidas a tu cama?" Intentó suprimir una punzada de celos.

"No es eso," contestó Ava rápidamente. "No las he usado en años. Perdí las llaves hace mucho tiempo así que simplemente las dejé ahí." Sonrió mientras abría el cajón superior de su mesita de noche y sacó otro par. "Pero tengo un par de repuesto por si quieres probarlo."

Mia miró las esposas que colgaban de los dedos de Ava. Dudó por un momento, las cogió, las volvió a meter en el cajón y lo cerró. Entonces empujó a Ava hacia la cama y trepó hacia ella, sentándose a horcajadas sobre sus muslos. La primera reacción de Ava fue empujar a Mia y darse la vuelta para quedar encima de ella, pero Mia rechazó moverse cuando las manos de Ava le agarraron la cintura.

"No," dijo. "Me encanta que seas tan mandona en la cama. Lo sabes y podemos jugar a eso siempre que quieras. Pero esta noche, si vamos a hacer que esto funcione, necesito que te dejes llevar. Necesito que confíes en mí." Ava la miró y sonrió pero Mia podía sentir la duda en sus ojos. "Está bien. Solo soy yo." Acarició la mejilla de Ava con dulzura, para deslizar sus dedos hacia abajo después y dejándolos sobre el cuello de la camiseta.

Ava asintió y tragó saliva fuertemente. "Lo sé." Hizo una pausa. "Lo intentaré. Es solo que ha pasado mucho tiempo desde que alguien..." Se paró a mitad de frase, sus ojos permaneciendo en los de Mia. Mia podía sentir el conflicto interno que mantenía Ava mientras intentaba relajarse. Se dobló hacia adelante y la besó con suavidad, consiguiendo que un gemido saliera de la boca de Ava.

"¿Lo ves? Soy solo yo," repitió Mia antes de reclamar su boca otra vez. Ava cerró los ojos mientras profundizaba el tierno beso que ahora se estaba volviendo más apasionado cuando Mia se colocó encima de ella, poniendo un muslo entre sus piernas. Ava se quedó sin aliento por el contacto.

"Quiero que te entregues a mí," susurró Mia. "Necesito que te rindas, Ava. Quiero que seas mía esta noche y quiero que estemos juntas. Realmente juntas e iguales. Sin límites, sin inhibiciones y sin juegos. ¿Puedes intentarlo?"

Ava tomó una rápida respiración mientras Mia la besaba desde el cuello hacia abajo y le abría la camisa. Yacía quieta, mirando a Mia fijamente, su corazón palpitando rápido. Había anticipación y deseo en sus ojos pero también algo más, algo que Mia no había visto antes.

"No tengas miedo," susurró Mia. Deslizó la camisa de Ava sobre sus hombros y esperó a que se lo quitara, antes de levantar la camiseta sin mangas sobre su cabeza, exponiendo sus pechos pequeños. Posó sus cálidas manos sobre ellos y sintió cómo el pecho de Ava subía y bajaba, o con excitación o con miedo, no estaba segura. "Está bien," susurró otra vez. Se dobló hacia adelante y posó un camino de besos sobre ambos pechos, antes de, suavemente, tomar un pezón en su boca. Una sonrisa trepó hasta la cara de Mia cuando oyó a Ava suspirar de placer, y siguió con el otro pezón, mordiéndolo suavemente mientras su lengua lo rodeaba. Ava gimió otra vez, un poco más alto esta vez. Mia continuó besando sus pechos y su cuello hasta que sintió que Ava se relajaba y su respiración era más estable. Entonces se elevó, se quitó el vestido sobre la cabeza y lo tiró al suelo, al lado de la cama, antes de empezar a desabotonar los vaqueros de Ava. Se mordió el labio cuando se encontró con los ojos de Ava, intentando desesperadamente leerle la mente. Ava estaba dubitativa pero ayudó a Mia a quitárselos y la dejó que le quitara las bragas también. Mia dejó que su mirada recorriera por un momento el impresionante cuerpo desnudo que tenía delante, sus labios abriéndose en una mezcla de deseo y asombro.

"Eres preciosa," le dijo con voz suave. Extendió la mano para desabrocharle el sujetador en la espalda y lo lanzó al suelo antes de gatear hacia adelante y ponerse encima de Ava lentamente.

Ava resopló con el contacto. "Te siento increíble," susurró, mientras trazaba los lados de los pechos de Mia y bajaba hacia su cintura. Subió las manos otra vez, metiéndolas por entre el pelo de Mia mientras se besaban, suavemente al principio pero más hambrientas cuando empezaron a frotarse la una con la una. Cada vez que Ava intentaba coger a Mia de las muñecas, Mia le cogía las manos, con ternura, recordándole lo que ella quería, lo que necesitaba de ella.

Mia se separó del beso cuando oyó a Ava gemir otra vez, su respiración entrecortada y sus ojos llenos de deseo. Besó todo el camino desde el cuello otra vez hasta los pechos de Ava.

Ava se encontró atrapada en un conflicto delicioso mientras yacía ahí, ahora rindiéndose totalmente a Mia. Su mente le decía que parara lo que estaba sucediendo y retomar el control, pero su cuerpo parecía estar disfrutando de la atención, una sensación cálida se extendió por entre sus piernas. Sintió las manos de Mia acariciando sus pechos, la lengua en sus pezones, y la boca en su estómago mientras descendía besándola. Se sentía bien.

"¿Estás bien?" le preguntó Mia, levantando la mirada.

Ava asintió, incapaz de retirar sus ojos de los de Mia cuando dejó que su lengua se deslizara hacia abajo en dirección al área de pelo oscuro entre sus piernas. Nunca había experimentado la necesidad de ser satisfecha por nadie más, nunca le gustó la idea de abandonar su dominio, y en el pasado, normalmente, no había querido quitarse la ropa en la cama. Pero había algo en Mia que hacía que ese sentimiento angustioso de dejarse llevar fuera placentero, y se permitió relajarse y empezar a desear más ahora. Confiaba en Mia, la deseaba. Y cuando la lengua de Mia se deslizó por entre sus piernas, no pudo evitar gritar. Instintivamente, se cubrió la boca, no acostumbrada a dejarse llevar así. Su otra mano estaba en la de Mia, sus dedos entrelazados. La cálida lengua en su centro, lamiéndola de arriba y a abajo de una manera lenta y provocadora la estaba volviendo salvaje. Mia parecía increíblemente sexy, la forma en que movía sus caderas mientras la llevaba hacia un creciente orgasmo. Ava se dobló cuando sintió que un relámpago estaba a punto de producirse. No quería que terminara todavía. Era demasiado pronto. Se sentía muy, muy bien, y quería compartir el momento. Estar juntas, como Mia le había rogado. Pasó su mano sobre el pelo de Mia y la atrajo hacia sí.

"Espera," susurró. "Por favor, ven aquí." Besó a Mia, maravillándose con la extraña sensación de saborearse a ella misma.

Mia levantó su mirada para encontrarse con la de Ava y le dirigió una leve sonrisa. Sus ojos estaban más oscuros de lo que Ava los había visto antes. Se posó sobre el cuerpo de Ava, cubriéndola, como si quisiera poseer cada milímetro de ella. Su mano se movió entre las piernas de Ava, haciendo que se quedara sin aliento y que cerrara los ojos cuando la exploró otra vez con sus dedos. Ava deslizó su propia mano entre ellas e hizo lo mismo. Mia gimió cuando sintió los dedos de Ava en su sexo y empezó a cabalgar en su mano con un ritmo lento, sus caderas moviéndose de la forma más sensual mientras penetraba a Ava con dos dedos.

La visión de Ava se nubló cuando sintió a Mia dentro de ella, penetrándola lentamente. "Sí," gimió, no segura de si las palabras salían de su propia boca. "No pares, Mia." Rodeó con su brazo los hombros de Mia y la sostuvo fuerte, mientras con su otra mano continuaba empujando, ahora cubierta en la humedad cálida de Mia. Se sintió libre y completa, y se ajustó al ritmo de Mia, escuchando los maravillosos sonidos que estaba haciendo mientras la penetraba. Se movían como una sola persona y cuando Ava dejó de pensar, entendió lo que Mia había querido decir. Estaban juntas.

Mia levantó la cabeza, buscando los ojos de Ava. "Mírame, Ava."

"Estoy aquí," susurró Ava, sus ojos encontrándose con

los de Mia. Sintió un maravilloso calor creciendo en su interior y fue incapaz de contenerse más. Por fin dejó que el orgasmo la inundara, forzándose a mantener los ojos abiertos y mirar a Mia. No había ayer, ni mañana, ni pensamientos, ni contenerse. Solo había el ahora, el ahora mismo, con Mia. Sus músculos se tensaron y relajaron, dándole olas de placer cada vez que Mia se movía dentro de ella. Ava estaba indefensa, a merced de la hermosa mujer que tenía encima y ya no le importaba. Acarició el pelo de Mia y trazó sus mejillas mientras resistía las últimas oleadas. Mia estaba cerca ahora, y Ava sonrió cuando gimió, convirtiendo su cara en una expresión de completo éxtasis, antes de caer sobre Ava y enterrar la cara en su cuello, temblando.

La unión y la cercanía eran algo que Ava no había experimentado antes. Cerró los ojos y atrajo a Mia más fuerte contra ella. La sintió, la sintió de verdad. Sus respiraciones estaban sincronizadas y sus corazones latían como uno, fuerte y rápido. En ese momento, se dio cuenta de que necesitaba ser amada. Una lágrima le cayó mejilla abajo mientras se abrazaba a la única persona con la que quería estar. Lloró en silencio. Mia levantó la mirada, cogió su cara entre sus manos y besó sus lágrimas.

"Te amo tanto," susurró Ava, otra vez.

63

GRAZELEY, REINO UNIDO

"Hola mamá, papá." Mia les dio un abrazo a los dos. "Esta es Ava."

La madre de Mia parecía tímida mientras estrechaba la mano de Ava. "Muy encantada de conocerte, Ava."

Ava le dirigió una sonrisa cálida en un intento de hacerla sentir bien. "Muy encantada de conocerla a usted también, señora Donoghue."

"Por favor, no me llames así." La mujer, que no guardaba parecido con Mia en absoluto, dejó escapar un risa nerviosa. "Me llamo Dot."

"Vale, Dot entonces." Ava vio cómo Dot retiraba su mano temblorosa. Tenía casi la misma altura que Mia pero con un poco más de peso. Tenía los ojos azules y un cupé corto y teñido, cuidadosamente arreglado con generosas cantidades de gel para el pelo. Llevaba puesto un vestido sin mangas negro con estampado de flores que parecía un poco demasiado ajustado para ella, y zapatos negros de tacón. Su cara redondeada era normalmente amistosa, supuso Ava, viéndole las patas de gallo alrededor de sus ojos, pero ahora mismo parecía nerviosa como el demonio, mientras jugueteaba con sus uñas pintadas largas. "Gracias por recibirme."

"No es ninguna molestia querida. Es excitante teneros a las dos aquí. No hemos visto a Mia en un buen tiempo y, desde luego, nunca trae..." Dot dudó, estrujando su cerebro para encontrar la palabra adecuada a usar. "Amigas a casa," dijo por fin. "Quiero decir, mujeres." Dot continuó concentrada en sus uñas rojas hasta que, de repente, recordó que estaban en medio de las presentaciones. "Oh, y este es mi marido, Ron."

El padre de Mia, un hombre delgado con ojos oscuros, estrechó la mano de Ava y murmuró algo que Ava no pudo entender. Parecía en peor estado que su esposa pero, al menos, tenía su gran barba para esconderse.

Mia veía cómo sus padres tenían problemas y lo sintió por ellos. No era culpa de ellos que nunca hubiera traído a nadie a casa. Había mantenido esa parte de ella para sí misma, así que nunca se les dio la oportunidad de que se acostumbraran al hecho de que salía con mujeres.

"¿Vamos al salón?" Sugirió, salvándoles a todos ellos de un silencio doloroso.

"¡Mia!" Ami salía del cuarto de baño mientras cruzaban el pasillo y le dio un abrazo antes de girarse a Ava. Para sorpresa de Ava, también la abrazó a ella. "Estupendo verte otra vez, Ava. Me alegro de que estés aquí."

"¿Os conocéis vosotras?" preguntó Dot, perpleja.

"Sí." Ami apretó el brazo de Ava. "Nos conocimos hace un tiempo." Lo dejó así mientras se adelantaba hacia el salón, donde la mesa ya estaba lista para la comida del domingo.

"Huele de maravilla, mamá," dijo Mia en un intento de airear la incomodidad. "¿Qué vamos a comer?"

"Pollo y patatas al horno con zanahorias, guisantes y

salsa de carne," dijo Dot, señalando con la cabeza la cocina. "Y pudin de pan y mantequilla para el postre. Ya casi está hecho." Se giró a Ava otra vez y la miró a los ojos esta vez. "¿Comes carne, Ava? Se me olvidó preguntar por completo, pero es que Mia tampoco dijo nada de…"

"No te preocupes, Dot." Ava le puso una mano en el brazo. "Como casi de todo y ahora mismo no puedo pensar en nada mejor que en un asado. ¿Necesitas ayuda en la cocina?"

Los ojos de Dot se abrieron de par en par, como si Ava hubiera propuesto algo absurdo. "No, gracias, querida. Estoy bien. Solo siéntate y disfruta."

"Te echaré una mano, Dot," dijo el padre de Mia, escapándose del salón. A juzgar por la mirada de sorpresa en la cara de su esposa, Ava se preguntó si había puesto el pie alguna vez en la cocina, y mucho menos ofrecerse para ayudar.

"Oh Dios mío, son tan raros," susurró Ami después de que sus padres ya estuvieran fuera de vista.

"¿Qué esperabas?" dijo Mia. Se habría reído de la situación si no fuera por la conversación que estaban a punto de tener. "No me han visto con una mujer antes y no tienen idea de cómo comportarse."

"¿Por qué no pueden intentar comportarse como hacen normalmente? Los ojos de papá parecen que están a punto de salírseles de la órbita." Se rió Ami.

"Dales un respiro," dijo Ava. "Esto es duro para ellos y no va a ser más fácil hoy." Cogió de la mano a Mia bajo la mesa. "¿Estás bien?"

Mia asintió. "Creo que sí. Solo quiero quitármelo de encima."

"No te preocupes, se relajarán," susurró Ami. "Siempre lo hacen, después de un par de bebidas." Sonrió a Ava. "A papá le gusta una cerveza con la comida del domingo y mamá bebe este vino dulce asqueroso que..." Puso una mano delante de su boca, sus ojos abriéndose como platos, cuando se dio cuenta del error. "Lo siento mucho, se me olvidó completamente." Se avergonzó, mirando la botella de vino en la mesa delante de ellas. "Las dos sois..." Cogió la botella. "¿Me la llevo?"

"No, está bien." Mia la ignoró con la mano. "Estamos bien."

Ami hizo una mueca. "¿Estáis seguras? Porque no quiero que ninguna se sienta incómoda."

"Sirvo alcohol a la gente en mi trabajo todos los días," la tranquilizó Mia. "Créeme, estoy bien."

"Yo también," intervino Ava. Se echó hacia atrás en la silla e intentó lo mejor que pudo mostrase relajada. La presencia de Ami ayudaba – Ava se sentía cómoda con ella, y le gustaba la hermana más pequeña y caradura de Mia. "Bueno, ¿cómo has estado, Ami?" le preguntó. "Después de la noticia quiero decir, sobre la selección al equipo."

"Estoy bien," dijo Ami, chupándose una uña. "He estado menos exhausta, eso desde luego. Ahora tengo más energía para estudiar y quedé con amigos el fin de semana pasado. Fue divertido." Se giró a Mia, que parecía mortificada. "Mia, tienes que dejarlo ir. ¿Cuántas veces tengo que decírtelo?"

"Lo intento." Mia consiguió una sonrisa. "De verdad que lo estoy intentando."

"Bien," continuó Ami. "Porque de verdad que necesito que dejes de castigarte sobre esto. Hace mucho tiempo de ello y solo estoy feliz de tenerte de vuelta en mi vida otra vez." Dio un suspiro. "Por cierto, voy a intentarlo el año que viene otra vez, pero me voy a asegurar de mantener mi vida equilibrada para no sobrepasarme en ningún aspecto. Si no lo consigo, abandono y nadaré solo para pasarlo bien. Me he dado cuenta de que la vida puede ser muy bonita cuando tienes tiempo para disfrutarla."

"No recuerdo la última vez que estuviste aquí para la comida del domingo, Mia," dijo Dot mientras ponía el pollo sobre la mesa para que su marido lo trinchara.

"Yo creo que tampoco," dijo Mia dubitativa. "Siento no haber estado por aquí mucho."

"No te disculpes, querida. Ya sé que siempre estás por ahí y sé cuánto amas tu trabajo. Estamos felices por ti, ¿verdad, Ron?" Se sentó y giró su atención hacia Ava, un poco más preparada esta vez.

"Bueno, Ava," dijo, aclarándose la garganta. "He oído que os conocisteis en el trabajo. Mia me ha dicho que eres capitán."

"Sí." Ava le acercó su plato a Dot. "Trabajamos en la misma compañía de aerolínea aunque nuestros turnos no coinciden muy a menudo."

"Eso debe ser difícil, volar un avión," murmuró Ron en un intento de unirse a la conversación. Levantó la botella. "¿Te apetece una cerveza, Ava, o prefieres vino? Mi esposa tiene un vino blanco excelente si quieres probarlo. Bueno y dulce, dice. Nunca lo he probado, no me gusta el vino."

"No, gracias, no bebo." Ava le dirigió una sonrisa educada.

"De acuerdo. Más para mí entonces." Ron se echó cerveza para él. "¿Te importa si pregunto por qué? ¿Tiene algo que ver con tu religión?"

"No, no es nada de eso," dijo Ava. "Estoy en el programa. De AA." Exhaló lentamente. Era aterrador decirlo en voz alta. Pero estaba allí para apoyar a Mia, sin importar lo que pasara.

"Oh." Ron hizo una pausa un momento para pensar. Dejó de ponerse cerveza en su vaso y la volvió a poner sobre la mesa. Dot se quedó mirando a Ava, casi echando las patatas en la mesa. "¿Eso quiere decir que eres..." Dudó. "Eh... alcohólica?"

"Soy alcohólica en recuperación," contestó Ava. "Por eso es por lo que ya no bebo."

"Ya." Ron miró a su esposa en busca de ayuda, pero Dot le evitó la mirada. "¿Y la aerolínea te permite volar así?"

"Papá, todavía tiene sus brazos y sus piernas, por supuesto que puede volar." Ami puso los ojos en blanco. "Algunas veces, chicos..."

"No, no pasa nada, Ron. Es una pregunta que me hacen mucho," mintió Ava. Nadie le había hecho la pregunta antes porque nadie lo sabía. "Ya no bebo así que estoy absolutamente bien para volar. No soy inestable. He estado sobria durante mucho tiempo y he aprendido a lidiar con situaciones difíciles." Le hizo un gesto a su cerveza. "Está bien," dijo con una risita nerviosa. "Puedes beberte la cerveza delante de mí. No me vas a tentar o molestar."

Dot se concentraba en las zanahorias ahora, llenando los platos tan lentamente como podía, intentando retrasar el momento en que tendría que unirse a la conversación. Por fin dejó de llenar el plato de Ava, con suficiente comida como para alimentar a una familia entera. Le pasó el plato.

"Gracias, Dot. No estoy segura de poder terminarme todo esto pero parece delicioso." Ava consiguió una sonrisa mientras miraba la torre de comida delante de ella y se giró hacia Mia, animándola a decir algo.

Mia hizo una mueca y se encogió de hombros. Parecía aterrorizada y Ava sintió pena por ella.

"¿Estás viendo a un psiquiatra, Ava?" le preguntó Ron.

Ava intentó no reírse, a pesar del tema tan serio. "Si

quieres decir un psicólogo, Ron, entonces, no, no estoy viendo a ninguno. Las reuniones de AA son suficientes para mí. Voy una vez a la semana, donde quiera que esté en el mundo. Me mantienen centrada."

"Quizá deberíamos hablar de otra cosa, Ron," dijo Dot, intentando desesperadamente llevar la conversación a una dirección menos controvertida. "¿Qué tal tus padres, Ava? ¿A qué se dedican?"

"En realidad, mamá, creo que deberíamos seguir con este tema." Mia miró a ambos, acumulando cada gramo de fuerza que tenía. "Yo también soy una alcohólica en recuperación. Eso es lo que quería deciros."

Como era de esperar, hubo un silencio en la mesa. Su madre pareció confusa al principio y luego su cara se convirtió en una gesto de horror. Puso la cuchara de servir de nuevo en el cuenco con las zanahorias y se sentó. Su padre simplemente se le quedó mirando fijamente, sin expresión en la cara.

"Os lo estoy contando porque quiero ser honesta con vosotros. No quiero seguir evitando más venir a casa los fines de semana y continuar inventando excusas, mintiéndoos de por qué no bebo. Quiero que seamos capaces de hablar de cosas."

"Tú no eres alcohólica, Mia," dijo su madre con voz débil. "Mírate. Eres una joven preciosa y funcional, con un trabajo estable. Por supuesto que has podido tener problemas cuando eras más joven, pero hemos lidiado con ello. Fue erróneo, un comportamiento de adolescente. Ahora sabes más."

"Si por lidiar con mis problemas en aquel entonces quieres decir que me mandasteis a rehabilitación durante dos meses, entonces sí," dijo Mia, ignorando las miradas de advertencia de su madre. "Pero eso fue porque tuve que someterme a algún tipo de tratamiento bajo los términos de la orden judicial. Y cuando volví, vosotros, automáticamente, asumisteis que todo se había resuelto mágicamente y me hicisteis enterrar la cabeza bajo la arena, me hicisteis fingir que nada había pasado. Nunca se volvió a hablar de ese horrible momento, jamás. Mientras que nadie lo supiera, nada había ocurrido. Creísteis que el problema había sido enterrado."

"Mia, no vamos a ir ahí, ¿me oyes?" Los ojos de Dot se abrieron de par en par, indicando que la conversación se había terminado.

"Tu madre tiene razón. Tú no eres alcohólica," dijo su padre. "Nunca me preocupo por ti, siempre estás ocupada y lejos, fuera de casa. Nunca hemos tenido que prestarte dinero o ayudarte en nada. Eres estable. ¿Cómo podrías ser alcohólica?"

"Oh, ¿así que si no puedes verlo, entonces rehúsas a reconocer que está ahí?" Mia elevó la voz. "¿Y qué hay de Ava? Ella es piloto, por amor de Dios. Puede que no lo veáis, pero la lucha es real. Cada día. Estoy intentando abrirme a vosotros, parece que no os dais cuenta de cuántas noches he pasado sin dormir pensando en esto. Llevo nerviosa toda la semana por cómo contaros esto y ahora que por fin he encontrado el valor, estáis intentando barrerlo bajo la alfombra, como siempre. ¿Cómo creéis que me hace sentir eso? ¿No os preguntasteis nunca por qué no venía los fines de semana? ¿O por qué evitaba cumpleaños y celebraciones? ¿O por qué estaba siempre mudándome de sitio? ¿Por qué no tengo muchos amigos? ¿Por qué no salgo nunca? ¿O por qué no habéis cenado conmigo en un restaurante desde mi diecisiete cumpleaños?" Hizo una pausa. "Soy muy buena escondiendo mis adicciones porque aprendí de los mejores."

Hubo silencio. Sus padres intercambiaron miradas, los dos sintiéndose más que incómodos ahora.

Mia miró a Ami, que asintió para darle ánimos. "Le conté a Ami lo que pasó," continuó. "Le conté que casi la maté. Ahora lo sabe todo."

Dot parpadeó un par de veces antes de que las lágrimas le cayeran. Miró de Mia a Ami y otra vez a Mia, el pánico escrito en toda su cara.

"¿Por qué no me lo contaste, mamá?" Ami cambió su mirada. "¿Papá?" Hizo una pausa. "Os pregunté el mes pasado, cuando me di cuenta de que mi brazo estaba mal otra vez. Tuvimos una conversación y os pregunté si podíais pensar en alguna razón por la que mi brazo estaba más débil en esa parte, sin importar lo duro que entrenara. Y me dijisteis que no teníais ni idea. ¿Por qué mantenerlo en silencio? ¿Y por qué le dijisteis a Mia que se lo quedara para ella? Ha estado llevando este secreto durante años, evitándome porque no podía verse cara a cara conmigo." Ami tenía lágrimas en sus ojos ahora también. "Entiendo que estuvierais intentando protegernos, y que queríais que tuviéramos una buena relación, pero vuestra estrategia se os ha dado la vuelta como el demonio. Ahora es cuando estoy empezando a conocer a Mia y no tenéis ni idea de lo bien que sienta." Empezó a llorar. "Tener por fin una hermana que quiere pasar tiempo conmigo."

"Por favor, Ami" Mia se levantó y sostuvo a Ami en un abrazo. Sentaba tan bien ser capaz de sostenerla y reconfortarla. "No es culpa suya. Ellos solo estaban haciendo lo que creían que era lo mejor para nosotras. Esto es una conversación, no una pelea. Necesitamos hablar."

"No fue nuestra intención que crecierais separadas," Dot gimió. "Los médicos nos dijeron que podría haber un daño permanente en tu brazo y no quisimos que culparas a Mia.

Pero luego creciste tan fuerte y sana, que no sentimos la necesidad de contártelo todo."

El padre de Mia se aclaró la garganta. "Estábamos intentando protegeros a las dos," dijo con voz temblorosa. "Y Mia, salvamos tu futuro, ¿no lo ves? ¿Quién te habría dado empleo sabiendo de tus problemas con la bebida y que también eras una drogadicta que casi mató a su hermana? Ya te habían echado de la universidad, y te habían prohibido conducir durante dos años, así que tu oportunidad para llevar una vida decente ya era escasa. Y luego estaba el pueblo, ¿qué habría pensado la gente de ti si lo hubieran sabido?"

"Sé que lo hicisteis por mí," dijo Mia. "Y estoy agradecida por tener unos padres tan increíbles que siempre hicieron lo mejor por mí en sus corazones." Paró de hablar, resistiendo las lágrimas mientras se mordía el tembloroso labio. "Pero lo que necesito saber de verdad es que me habéis perdonado por lo que le hice a Ami. Porque estoy en una posición maravillosa ahora, con Ava y Ami y con mi trabajo, pero no puedo seguir adelante a menos que hablemos de esto. Siempre ha estado esta sombra sobre mi cabeza..." Tragó saliva fuertemente, intentando no llorar. "Siempre he tenido este miedo de que me odiabais por lo que hice, aunque siempre habéis sido amables conmigo."

"¿Cómo podríamos odiarte?" Dot parecía herida. "Te queremos más que a nada, Mia. A las dos." Miró a Mia a los ojos y luego a su plato antes de estallar en lágrimas otra vez. "Solo queríamos lo mejor para ti," sollozó. "Y ahora eres alcohólica por nosotros."

"No mamá, eso no es verdad," dijo Mia, elevando la voz. "Mis problemas con la bebida no tienen nada que ver contigo y con papá. Empezó bastante antes del accidente. Quiero decir, es la entera razón *por la que* pasó. No hay nadie a quien culpar sino a mí. Simplemente soy una de esas personas." Dudó un momento, se levantó y rodeó la mesa para darle a su madre un cálido abrazo desde atrás. Habían pasado años desde que había hecho eso. Dot cogió a Mia por los antebrazos y la atrajo más hacia ella contra su pecho. Le temblaba todo el cuerpo.

"Lo siento tanto. Debería haber visto que tenías problemas, y debería haberte ayudado." Dot lloró.

"No necesitas disculparte." Mia besó a su madre en la cabeza. "Solo necesito saber que me habéis perdonado."

"Por supuesto que te hemos perdonado," dijo Dot con voz débil, el llanto disminuyendo un poco. "Fue un accidente. Estábamos enfadados contigo, claro. Pero también vimos tu dolor y cómo sufriste mientras Ami estaba en el hospital." Sacudió la cabeza. "Pero no voy a mentir, Mia. Me sentí aliviada cuando la corte te mandó a rehabilitación. Ya teníamos bastante con Ami y no teníamos la energía de lidiar contigo encima de todo eso. Sé que deberíamos haber hablado sobre ello, pero solo queríamos que todo volviera a la normalidad. Lo siento." Dot apretó los brazos de Mia. "Pero te perdonamos hace mucho tiempo."

Mia sintió que el alivio la inundaba y apretó su mejilla contra la de su madre. "Gracias," dijo con voz suave. "Te quiero, mamá." Luego se dirigió a su padre, cuyos ojos estaban llenos también de lágrimas. Nunca le había visto tan emocional.

"Ven aquí, Mia," dijo mientras se levantaba, sosteniéndola entre sus brazos. Mia caminó hasta el abrazo. "Y tú también, Ami." Ami se unió a ellos en un extraño abrazo a tres bandas. "Os queremos tanto a las dos. Y estamos tan orgullosos de vosotras." Mia sonrió mientras se separaba del abrazo. Se había dicho más en esos diez minutos que en los últimos trece años y parecía como si un muro se hubiera levantado entre ellos.

"¿Estás bien, mamá?" le preguntó cuando se sentó al lado de Ava.

Dot asintió y se limpió la cara. "Estoy bien, cariño. Me alegro de que lo hayamos hablado y que tú y Ami estéis bien." Sollozó otra vez. "Pero también me has dicho que eres alcohólica y eso me rompe el corazón." Sus labios empezaron a temblarle.

"Soy una alcohólica en recuperación, mamá, como Ava. Y lo estamos llevando bien, las dos." Mia tomó la mano de la madre por encima de la mesa. "Hay una reunión abierta en dos semanas, en una iglesia de Chatham, y me gustaría que vinierais los dos conmigo."

"¿Vas a la iglesia?" le preguntó Dot sorprendida.

Mia negó con la cabeza. "No, pero la reunión es en una iglesia, y está abierta a amigos y familiares." Hizo una pausa. "Oye, solo quiero que todo quede fuera ya, eso es todo. No quiero que os preocupéis por mí, y no quiero que os avergoncéis de mí. Todo lo que quiero es que os unáis a mí, solo una vez, para que sepáis cómo funciona. Después de esto, podemos dejar todo atrás y movernos hacia adelante, porque no define quién soy. Pero es una gran parte de mí que siempre he mantenido para mí y quiero ser honesta con vosotros ahora. No se lo voy a decir a nadie más y no quiero que nadie más lo sepa. Las únicas personas que saben esto de mí son Ava, Ami y mi vecina Tuesday."

"Yo también voy a invitar a mis padres," dijo Ava en un intento por ayudar a Mia. "Ellos tampoco saben de mi situación, pero voy a contárselo." Ambos, Dot and Ron la miraron.

"¿No tienes miedo a que esto les preocupe?" preguntó Dot.

Ava se encogió de hombros. "Por supuesto. Como Mia tenía miedo antes de venir aquí hoy. Pero tengo la sensación de que estarán bien. El miedo es principalmente mío, creo. Da miedo realmente decírselo a la gente que está cercana a ti. Mi hermano lo sabe y me apoya mucho. Y Mia estará allí también, por supuesto." Apretó la mano de Mia bajo la mesa.

"El hermano de Ava es Zaid Alfarsi," dijo Mia en un intento por aligerar el ambiente.

"¡Noooooooooo! ¿El orador motivacional sexy?" Los ojos de Ami se agrandaron como pelotas de golf. "¿Es eso verdad, Ava?"

Ava se rió. "Sí, Zaid es mi hermano."

"¿Estará él también allí, en la reunión? Porque si él va, yo también quiero ir. ¿Está soltero?" preguntó Ami.

"Tiene novia," dijo Ava con una gran sonrisa. "Y no, no vendrá. No quiero atraer atención innecesaria hacia mí o Mia. Su presencia tiende a hacer eso. Pero estoy segura que podría presentártelo en algún momento, si de verdad quieres conocerlo."

"¿En serio? ¡Me encantaría! Bueno, ¿y cómo es en la vida real?" Ami continuó con su interrogación. Mia agradecía el entusiasmo de Ami, ahora que la parte más difícil de la conversación había terminado. Miró alrededor de la mesa mientras Ava hablaba con Ami, sintiéndose exhausta emocionalmente, pero también bendecida por tener a tanta gente que se preocupaba por ella en su vida. Sus padres estaban en shock y preocupados, pero por fin se estaban abriendo y, más importante, sabía que la habían perdonado. Su madre estaba interesada en la conversación, claramente intrigada con la idea de tener una celebridad entre ellos, pero demasiado agotada para unirse a ellas. Su padre estaba sentado, bebiendo su cerveza, abstraído en sus propios pensamientos. Y su hermana estaba allí, de su lado, y Mia sabía que siempre estaría ahí para Ami, pasara lo que pasara. Vio a Ava sonreír y su corazón se encendió. Era tan hermosa que algunas veces encontraba difícil mirarla sin perderse. A pesar del alivio que sentía ahora que lo había contado todo a sus padres, Mia no podía esperar a llegar a casa. Todavía tenían mucho de qué hablar, pero ahora no era el momento. Sus padres tendrían que hablar entre ellos y a Ami. Todo necesitaba ser procesado y eso estaba bien. Pronto, ella y Ava cogerían el tren para Londres e irían a casa de Ava para pasar otra increíble noche juntas antes de volar a diferentes destinos por la mañana y Mia quería aprovecharlo al máximo. Puso una mano sobre el muslo de Ava, una señal de que estaba lista para irse pronto, y Ava se la cubrió con la suya, haciéndole saber que había recibido la indirecta.

EPÍLOGO – KUALA LUMPUR, MALASIA

El Golden Lily en Kuala Lumpur estaba concurrido. Aunque la época de turismo ya había terminado, había una gran conferencia sobre fabricación en la ciudad y la mayoría de los hoteles estaban llenos hasta los topes con hombres de negocios, sufriendo el calor con sus trajes y corbatas. Era tarde y Mia estaba echada sobre uno de los bancos de Palm Garden, con la cabeza posada en el regazo de Ava, después de una cena divertida con algunos de sus colegas.

"Estoy empezando a acostumbrarme a este lugar," dijo, escuchando la lista de música que nunca cambiaba su selección de sonidos clásicos. Tarareaba con la melodía.

"Yo estoy empezando a acostumbrarme a ti," le contestó Ava, echándose un poco hacia adelante y plantándole un beso suave en los labios. Miró a su alrededor para asegurarse de que nadie lo había visto y sonrió de oreja a oreja. "Ha sido una conversación esclarecedora esta noche. No tenía ni idea de que todo el mundo sabía lo nuestro."

"Supongo que han sumado dos y dos." Mis soltó una risita. "Sigo pidiendo los mismos vuelos que tú, y siempre estoy saliendo de tu hotel por la mañana. No creo que fuera tan difícil de darse cuenta." Bajó la cabeza de Ava para darle otro beso. "Supongo que tampoco ayuda que soy incapaz de mantener mis ojos alejados de ti." Miró fijamente los ojos verdes de Ava.

La boca de Ava dibujó una sonrisa cuando sus ojos se encontraron. "Igual que yo. Por lo menos ya está ahí fuera, no tiene sentido esconderse más." Dio un suspiro. "De todas formas, ya me estaba cansando de tener que escabullirme. Estoy orgullosa de tenerte como novia y también estoy orgullosa de que todo el mundo sepa que estoy con la mujer más despampanante del mundo."

"Eres tan encantadora." Mia cogió un mechón del pelo de Ava que tenía en la cara y se lo enrolló en el dedo. "Pero tienes que agradecérselo a Farik." Farik había sacado el tema durante la cena en un andrajoso restaurante con karaoke que él había elegido por razones egoístas. Todavía excitado por el éxito de haber conseguido una gran ronda de aplausos después de cantar una balada de Disney, había señalado a Mia y a Ava y les dijo: "Y ahora es el momento de que vosotras dos tortolitas cantéis una canción." No es que le hubieran dejado mucho sitio para actuar – Farik había escrito su nombre diecisiete veces, cabreando a los lugareños, que habían tenido que esperar a que Farik terminara cada vez que ellos querían ir. Después de su comentario, ocho pares de ojos se quedaron mirándolas fijamente, encantados con que el cotilleo que llevaba tanto tiempo rodando hubiera sido confirmado, ya que ninguna de ellas lo había negado. Mia le había dado un beso en la mejilla a Ava y ésta había sonreído tímidamente.

El teléfono de Mia dio un pitido y lo cogió para ver quién le estaba mandando mensajes. Se rió cuando abrió la foto que Lynn le había mandado, y se lo dio a Ava.

"¿En serio? ¿Todavía están juntos?" Ava se acercó el teléfono e hizo una mueca con la foto de Lynn en bikini y el capitán Bob Slender en bañador con su brazo alrededor de ella en una playa, tomando cócteles con el sol a sus espaldas, con el pie de foto: *Recuerdos desde Barbados*. "Les di una semana pero ya llevan cuánto... ¿un año?"

"Algo así," dijo Mia. "A Lynn le gusta mantenerme al día en la relación más larga que ha tenido nunca. Parecen felices juntos, ¿no crees?"

"Yo estaría feliz si fuera él," bromeó Ava. "Pero no estoy segura de qué obtiene Lynn, o lo que sus hijos adultos sienten sobre su nueva madrastra." Echó otra mirada a la foto, observando sus caras, ignorando la mano de Bob en el pecho de Lynn. "Pero sí, supongo que tienes razón, parecen felices de verdad." El teléfono de Mia pitó otra vez. "Es tu madre," dijo Ava, devolviéndole el teléfono a Mia.

"Joder. No lo abras entonces, sabrás que he leído su mensaje." Mia apagó el teléfono y lo volvió a poner en el bolso. "Probablemente solo quiere fotos." Suspiró. "Mamá quiere estar involucrada en todo desde que formaste ese chat de grupo con nosotras y nuestros padres. Esa ha sido de lejos la peor idea que has tenido jamás, por cierto."

"Lo sé." Ava sonrió de oreja a oreja. "Ahora tengo que tener mi teléfono en silencio porque los mensajes no paran nunca. Incluso mi padre está siempre con ello. ¿Has visto el video con trompetas que ha mandado hoy?"

"Me temo que sí," dijo Mia en tono juguetón. "Todavía me duelen los tímpanos. Pero, sin embargo, me alegro de que sugirieras que fuéramos todos a cenar después de la reunión abierta de AA. Es de locos lo bien que se llevan nuestros padres ahora, ¿verdad?, considerando que son especies totalmente diferentes. Mi madre incluso intentó cocinar algunas de las recetas familiares de tu madre la semana pasada, pero no pudo encontrar la mitad de los ingredientes en su pueblo, así que los sustituyó por cualquier cosa que tenía en la despensa del mismo color. Te digo, Ami y yo lo pasamos mal con esa comida."

Ava se rió. "Todo lo que puedo decir es que me alegro de no haber estado allí." Acarició el pelo de Mia de la forma en que sabía que le gustaba. "Pero, bromas aparte, me alegro de que todo fuera tan bien. Si una sobrecarga de mensajes es nuestro mayor problema, entonces diría que tenemos mucha suerte."

"Tienes razón." Mia miraba a Ava con amor. "Me siento afortunada. No tenía ni idea de lo realmente increíble que sería, despertarme en tus brazos casi todas las mañanas, sabiendo que todo está como tiene que estar." Se calló por un momento. "No puedo ni empezar a decirte cuánto significas para mí."

Ava posó un tierno beso sobre su frente. "No necesitas decírmelo, Mia. Lo sé." Mantuvo su mirada por un momento, antes de girar la cabeza y quedarse mirando al jardín. "Eh, ¿quieres que vayamos a dar ese paseo que me prometiste? Ver a nuestros amiguitos, ¿si están allí todavía? Tienden a desaparecer hacia finales de año, cuando empieza a hacer más frío."

"Vale." Mia se levantó y estiró los hombros. "Estoy segura de que estarán allí. Todavía es cálido y hay humedad."

Ava se dirigió a la fuente y se echó agua fría en la cara. "Calidez es una obviedad. Parece que es puro verano."

"Sí que lo parece." Mia le dio un pañuelo de papel que sacó de su bolso para que se secara las manos, pero ya había usado la escasa tela de sus pantalones cortos caquis de algodón para secárselas. "Pero no me quejo." Mia usó el pañuelo para secarse la frente. "Me gusta verte con ropa pequeña."

"¿Ah, sí?" Ava le dirigió una sonrisa descarada. "Bueno, pues da la casualidad de que a mí me gusta verte con ese vestido corto blanco que llevas. ¿Quieres saber por qué?"

"Creo que sé por qué." Mia dio un salto y soltó una risita cuando Ava le alcanzó el bajo del vestido y le cogió el trasero mientras se dirigían a la parte de atrás del jardín.

Se sentaron en una pila de hojas que habían recogido del suelo húmedo y encendieron las linternas de sus teléfonos. Era un ritual que habían desarrollado en las muchas veces que habían estado aquí juntas. Tan pronto como las luces estaban encendidas, las luciérnagas venían hacia ellas, curiosas por comprobar el misterio del origen de la luz. Los insectos giraban a su alrededor y se acercaban un poco más cuando Ava empezaba a encender y apagar su linterna. Mia alargó la mano sobre su teléfono hasta que una de ellas se posó en el dorso de su mano, todavía parpadeando.

"Creo que le gustas," dijo Ava. "Desde luego que está intentando impresionarte."

"Eso parece." Mia acercó su cara, maravillándose de la brillantez de la luz que producía el pequeño insecto. "Hola, hombrecito, ¿quieres ser mi amigo?" La luciérnaga parpadeó una vez más antes de salir volando.

"Supongo que no." Rió entre dientes Mia.

"No te preocupes, aquí tienes otro chico reluciente, solo." Ava se agachó hacia adelante, fingiendo coger una luciérnaga del suelo del bosque. Cuando se puso derecha y abrió las palmas de sus manos, no era una luciérnaga lo que brillaba en sus manos. Mia entrecerró los ojos mientras observaba el objeto. De repente, su cara se transformó en una mezcla de sorpresa y placer.

"Es un anillo," se quedó sin aliento. "¿Es para mí?" Se le

llenaron los ojos de lágrimas y tragó el nudo que tenía en la garganta, abrumada por el inesperado gesto.

"Si lo aceptas," dijo Ava en voz baja. Alzó el anillo cuando sus miradas se encontraron y tomó un profundo aliento. "Te amo, Mia," dijo. "Eres mi luz. Eres la única para mí. Me siento fuerte cada día porque tú das significado a mi vida. Me haces feliz y eres la razón para mantenerme sobria y ser la mejor persona que puedo ser." Tragó saliva fuertemente, luchando con sus emociones. Lo quería decir, necesitaba decirlo todo. "Llevas sobria catorce meses y quiero que sepas que estoy muy orgullosa de ti. Pero también quiero que sepas que seguiré apoyándote pase lo que pase, igual que sé que siempre estarás ahí para mí." Se le rompió la voz. "Porque, ¿quién sabe? La vida es larga, ¿verdad?, si tenemos suerte. Y cualquier cosa puede pasar. Pero mientras nos tengamos la una a la otra, sé que todo irá bien." Una lágrima le recorrió por la mejilla. Mia cogió la cara de Ava entre sus manos y se la besó. Sonrió, su vista borrosa por sus propias lágrimas.

"¿Me estás preguntando lo que creo que me estás preguntando?" susurró.

"Lo siento," continuó Ava, meneando la cabeza con una sonrisa. "Casi me olvido de la parte más importante." Cogió la mano de Mia y la levantó. "Mia, preciosa Mia... ¿quieres, por favor, casarte conmigo?"

Mia se mantuvo callada un momento, procesando todavía lo que estaba pasando. Entonces asintió, sonriendo de oreja a oreja. "Sí," dijo. "Por supuesto que me casaré contigo. Es todo lo que siempre he querido."

"No tienes idea de lo feliz que eso me hace." Ava deslizó el anillo en el dedo de Mia. "Gracias."

"Es precioso," dijo Mia, admirando el anillo, antes de

inclinarse hacia Ava. "No me puedo creer que esto esté pasando." Rozó sus labios con los de Ava. "Te amo tanto."

Ava no podía dejar de sonreír. "Y yo no me puedo creer que vayas a ser mi esposa." Pasó sus manos por el pelo de Mia y la besó, gimiendo en silencio cuando Mia se sentó a horcajadas sobre su regazo y profundizó el beso. Recorrió los brazos de Mia y sintió que la piel se le ponía de gallina mientras se hundían la una en la otra, alumbradas por las tenues luces de sus teléfonos y las parpadeantes luciérnagas. Mia tembló cuando se retiró de la boca de Ava y miró sus ojos verdes, que se habían vuelto más oscuros. Conocía esa mirada demasiado bien y le hacía cosas que no podía ni empezar a describir. Nada había cambiado, y antes de que se diera cuenta, la sensación familiar de excitación empezó a establecerse en su centro, haciéndola desear más.

Ava recorrió la mejilla y la mandíbula de Mia, rozando sus dedos hasta el remanso de su escote, donde los dejó descansar un momento antes de tirar de ella por el escote del vestido. "¿Quieres subir a mi habitación?"

"Sí. Quiero, quiero subir, capitán," dijo Mia con la respiración entrecortada. Una sonrisa se dibujó en su cara cuando admiró su anillo de nuevo. Se levantaron y echaron una última ojeada a las luciérnagas, antes de coger sus teléfonos y apagar las luces.

FIN

AGRADECIMIENTOS

Ante todo, me gustaría dar un enorme gracias a Rocío, mi amiga y traductora. Si no te hubiera conocido en Ellcon en 2018, ahora no tendría mi primera traducción al español y me siento realmente segura con mi trabajo en tus manos. Tengo muchas ganas de llevarte a cenar en Madrid pronto.

Irene Niehorster, mi lectora beta, ha sido un placer trabajar contigo por primera vez y ha sido maravilloso conocerte un poco mejor. ¡Espero que podamos seguir trabajando juntas!

Mi amiga, la capitana Brooke Castillo (y por si os lo estáis preguntando, sí, es fantástica, sexy y capitán mujer:)), has sido súper útil al darme los conocimientos del misterioso mundo de una cabina de mando. Todavía te debo una sesión de karaoke.

Mi amiga, Elle Simmons, me has tenido enormemente entretenida con tu amplio conocimiento interno de los procedimientos de las compañías aéreas y las jugosas historias de cabina que nosotros, los pasajeros, se supone que no debemos saber. ¡Sigamos manteniendo Skype y el vino!

Zainab Nassir, gracias por instruirme sobre la vida en Jordania. Es el primer país sobre el que he escrito y que no he visitado pero ahora estoy intrigada y ¡quiero ir!

Y, sobre todo, quiero dar las gracias a Emilie Bruff y a toda esa maravillosa gente con la que he hablado que está luchando con el alcoholismo, por ser tan abiertas y honestas conmigo y hacer que me hiciera una idea de lo que es ser una alcohólica en rehabilitación. Nuestras conversaciones no tienen precio y me sentí conmovida por vuestras historias. Os deseo toda la fuerza y el amor del mundo.

ACERCA DEL AUTOR

Lise Gold es autora de ficción lésbica. Su actitud romántica, su entusiasmo por viajar y su amor por historias que hacen sentirte bien forman el corazón de su escritura. Las novelas de Lise son el resultado de la búsqueda de una nueva pasión, después de pasar catorce años trabajando como diseñadora. Lise vive en el Reino Unido con su esposa.

OTRAS OBRAS DE LISE GOLD

Lily's Fire

Beyond the Skyline

The Cruise

French Summer

Northern Lights

Southern Roots

Eastern Nights

Living